आचार्य चतुरसेन शास्त्री

26 अगस्त 1891–2 फरवरी 1960

आचार्य चतुरसेन शास्त्री का जन्म 26 अगस्त 1891 में उत्तर प्रदेश के बुलंदशहर के पास चंदोख नामक गांव में हुआ था। सिकंदराबाद में स्कूल की पढ़ाई खत्म करने के बाद उन्होंनेसंस्कृत कालेज, जयपुर में दाखिला लिया और वहीं उन्होंने 1915 में आयुर्वेद में 'आयुर्वेदाचार्य' और संस्कृत में 'शास्त्री' की उपाधि प्राप्त की। आयुर्वेदाचार्य की एक अन्य उपाधि उन्होंने आयुर्वेद विद्यापीठ से भी प्राप्त की। फिर 1917 में लाहौर में डी.ए.वी. कालेज में आयुर्वेद के वरिष्ठ प्रोफेसर बने। उसके बाद वे दिल्ली में बस गए और आयुर्वेद चिकित्सा की अपनी डिस्पेंसरी खोली। 1918 में उनकी पहली पुस्तक *हृदय की परख* प्रकाशित हुई और उसके बाद पुस्तकें लिखने का सिलसिला बराबर चलता रहा। अपने जीवन में उन्होंने अनेक ऐतिहासिक और सामाजिक उपन्यास, कहानियों की रचना करने के साथ आयुर्वेद परआधारित स्वास्थ्य और यौन संबंधी कई पुस्तकें लिखीं। 2 फरवरी 1960 में 68 वर्ष की उम्र में बहुविध प्रतिभा के धनी लेखक का देहांत हो गया। उनकी रचनाएं आज भी पाठकों में बहुत लोकप्रिय हैं।

बड़ी बेगम

आचार्य चतुरसेन

ISBN : 978-93-5064-333-4

प्रथम संस्करण : 2015

BADI BEGUM (Short Stories) by Acharya Chatursen

राजपाल एण्ड सन्ज़

1590, मदरसा रोड, कश्मीरी गेट-दिल्ली-110006

फोन: 011-23869812, 23865483, फैक्स: 011-23867791

website : www.rajpalpublishing.com

e-mail : sales@rajpalpublishing.com

क्रम

बड़ी बेगम

दिन ढल गया था और ढलते हुए सूरज की सुनहरी किरणें दिल्ली के बाज़ार में एक नयी रौनक पैदा कर रही थीं। अभी दिल्ली नयी बस रही थी। आगरे की गर्मी से घबराकर बादशाह शाहजहाँ ने जमुना के किनारे अर्द्धचन्द्राकार यह नया नगर बसाया था। लाल किला और जामा मस्जिद बन चुकी थी और उनकी भव्य छवि दर्शकों के मन पर स्थायी प्रभाव डालती थी। फैज़ बाज़ार में सभी अमीर-उमरावों की हवेलियाँ खड़ी हो गयी थीं। इस नये शहर का नाम शाहजहानाबाद रखा गया था, परन्तु पठानों की पुरानी दिल्ली की बस्ती अभी तक बिल्कुल उजड़ नहीं चुकी थी बल्कि कहना चाहिए कि इस शाहजहानाबाद के लिए बहुत-सा मलबा और समान पुरानी दिल्ली के महलात के खण्डहरों से लिया गया था, जो पुराने किले से हौज़ खास और कुतुबमीनार तक फैले हुए थे।

नदी की दिशा को छोड़कर बाकी तीनों ओर सुरक्षा के लिए पक्की पत्थर की शहरपनाह बन चुकी थी, जिसमें बारह द्वार और सौ-सौ कदमों पर बुर्ज बने हुए थे। शहरपनाह के बाहर 5-6 फुट ऊँचा कच्चा पुरवा था। सलीमगढ़ का किला बीच जमुना में था जो एक विशाल टापू प्रतीत होता था और जिसे बारह खम्भों वाला पुख्ता पुल लाल किले से जोड़ता था। अभी इस नगर को बने तीस ही बरस हुए थे, फिर भी यह मुगल साम्राज्य की राजधानी के अनुरूप शोभायमान नगरी की सुषमा धारण करता था।

शहरपनाह नगर और किले दोनों को घेरे थी। यदि शहर की उन बाहरी बस्तियों को—जो दूर तक लाहौरी दरवाज़े तक चली गयी थीं और उस पुरानी दिल्ली की बस्तियों को, जो चारों ओर दक्षिण-पश्चिम भाग में फैली थीं—मिला

लिया जाए तो जो रेखा शहर के बीचों-बीच खींची जाती, वह साढ़े चार या पाँच मील लम्बी होती। बागात का विवरण पृथक् है, जो सब शहज़ादों, अमीरों और शहज़ादियों ने पृथक्-पृथक् लगाये थे।

शाही महलसरा और मकान किले में थे। किला भी लगभग अर्द्धचन्द्राकार था, इसकी तली में जमुना नदी बह रही थी। परन्तु किले की दीवार और जमुना नदी के बीच बड़ा रेतीला मैदान था जिसमें हाथियों की लड़ाई दिखाई जाती। यहीं खड़े होकर सरदार, अमीर और हिन्दू राजाओं की फौजें झरोखे में खड़े बादशाह के दर्शन किया करते थे। किले की चहारदीवारी भी पुराने ढंग के गोल बुर्जों की वैसी ही थी जैसी शहरपनाह की दीवार थी। यह ईंटों और लाल पत्थर की बनी हुई थी इस कारण शहरपनाह की अपेक्षा इसकी शोभा अधिक थी। शहरपनाह की अपेक्षा यह ऊँची और मज़बूत भी थी; उसपर छोटी-छोटी तोपें चढ़ी हुई थीं, जिनका मुँह शहर की ओर था। नदी की ओर छोड़कर किले के सब ओर गहरी खाईं थी जो जमुना के पानी से भरी हुई थी। इसके बाँध खूब मज़बूत थे और पत्थर के बने थे। खाईं के जल में मछलियाँ बहुत थीं।

खाईं के पास ही एक भारी बाग था, जिसमें भाँति-भाँति के फूल लगे थे। किले की सुन्दर इमारत के आगे सुशोभित यह बाग अपूर्व शोभा-विस्तार करता था। इसके सामने एक शाही चौक था जिसके एक ओर किले का दरवाज़ा था, दूसरी ओर शहर के दो बड़े-बड़े बाज़ार आकर समाप्त होते थे।

किले पर जो राजा, रज़वाड़े और अमीर पहरा-चौकी देते थे, उनके डेरे-तम्बू-खेमे इसी मैदान में लगे हुए थे। इनका पहरा केवल किले के बाहर ही था। किले के भीतर उमरा और मनसबदारों का पहरा होता था। इसके सामने ही शाही अस्तबल था, जिसके अनेक कोतल घोड़े मैदान में फिराये जा रहे थे। इसी मैदान के सामने ही तनिक हटकर 'गूजरी' लगती थी, जिसमें अनेक हिन्दू और ज्योतिषी नजूमी अपनी-अपनी किताबें खोले और धूप में अपनी मैली शतरंजी बिछाये बैठे थे। ग्रहों के चित्र और रमल फेंकने के पासे उनके सामने पड़े रहते थे। बहुत-सी मूर्ख स्त्रियाँ सिर से पैर तब बुरका ओढ़े या चादर में शरीर को लपेटे, उनके निकट खड़ी थीं और वे उनके हाथ-मुँह को भली भाँति देख पाटी पर लकीरें खींचते तथा उंगलियों की पोर पर गिनते उनका भविष्य बताकर पैसे ठग रहे थे। इन्हीं ठगों में एक दोगला पोर्चुगीज़ बड़ी ही शान्त मुद्रा में कालीन बिछाये बैठा था; इसके पास स्त्री-पुरुषों की भारी भीड़ लगी थी, पर वास्तव में यह गोरा धूर्त बिल्कुल

अनपढ़ था। उसके पास एक पुराना जहाज़ी दिग्दर्शक यन्त्र था और एक रोमन कैथोलिक की सचित्र प्रार्थना-पुस्तक थी। वह बड़े ही इत्मीनान से कह रहा था, "यूरोप में ऐसे ही ग्रहों के चित्र होते हैं!"

पीछे जिन दो बाज़ारों की यहाँ चर्चा हुई है, जो किले के सामने मैदान में आकर मिले थे, वहीं एक सीधा और प्रशस्त बाज़ार चाँदनी चौक था, जो किले से लगभग पच्चीस तीस कदम के अन्तर से आरम्भ होकर पश्चिम दिशा में लाहौरी दरवाज़े तक चला जाता था। बाज़ार के दोनों ओर मेहराबदार दुकानें थीं, जो ईंटों बनी की बनी थीं तथा एक मंजि .ला ही थीं। इन दुकानों के बरामदे अलग-अलग थे, और इनके बीच में दीवारें थीं। यहीं बैठकर व्यापारी अपने-अपने ग्राहकों को पटाते थे, और माल-असबाब दिखाते थे। बरामदों के पीछे दुकान के भीतरी भाग में माल-असबाब रखा था तथा रात को बरामदे का सामान भी उठाकर वहीं रख दिया जाता था। इनके ऊपर व्यापारियों के रहने के घर थे, जो सुन्दर प्रतीत होते थे।

नगर के गली-कूचे में मनसबदारों, हकीमों और धनी व्यापारियों की हवेलियाँ थीं, जो बड़े-बड़े मुहल्लों में बँटी हुई थीं। बहुत-सी हवेलियों में चौक और बागीचे थे। बड़े-बड़े मकानों के आस-पास बहुत मकान घास-फूस के थे जिनमें खिदमतगार, नानबाई आदि रहते थे।

बड़े-बड़े अमीरों के मकान नदी के किनारे शहर के बाहर थे, जो खूब कुशादा, ठण्डे, हवादार और आरामदेह थे। उनमें बाग, पेड़, हौज और दालान थे तथा छोटे-छोटे फव्वारे और तहखाने भी थे, जिनमें बड़े-बड़े पंखे लगे हुए थे। और खस की टट्टियाँ लगी थीं। उनपर गुलाम-नौकर पानी छिड़क रहे थे।

बाज़ार की दुकानों में जिन्सें भरी थीं; पश्मीना, कमख़ाब, जरीदार मण्डीले और रेशमी कपड़े भरे थे। एक बाज़ार तो सिर्फ मेवों ही का था, जिसमें ईरान, समरकन्द, बलख, बुखारा के मेवे—बादाम, पिस्ता, किशमिश, बेर, शफतालू, और भाँति-भाँति के सूखे फल और रूई की तहों में लिपटे बढ़िया अंगूर, नाशपाती, सेब और सर्दे भरे पड़े थे। नानबाई, हलवाई, कसाइयों की दुकानें गली-गली थीं। चिड़िया बाज़ार में भाँति-भाँति की चिड़ियाँ—मुर्गी, कबूतर, तीतर, मुर्गाबियाँ बहुतायत से बिक रही थीं। मछली बाज़ार में मछलियों की भरमार थी। अमीरों के गुलाम—ख्वाजासरा व्यस्त भाव से अपने-अपने मालिकों के लिए सौदे खरीदे रहे थे। बाज़ार में ऊँट, घोड़े, बहली, रथ, तामझाम, पालकी और मियानों पर अमीर लोग आ-जा रहे थे। चित्रकार,

नक्काश, जड़िये, मीनाकार, रंगरेज़ और मनिहार अपने-अपने कामों में लगे थे।

इस वक्त चाँदनी चौक में एक खास चहल-पहल नज़र आ रही थी। इस समय बहुत-से बरकन्दाज, प्यादे, भिश्ती और झाड़ू बरदार फुर्ती से अपने काम में लगे हुए थे। बरकन्दाज और सवार लोगों की भीड़ को हटाकर रास्ता साफ कर रहे थे। झाड़ू बरदार सड़कों का कूड़ा-कर्कट हटा रहे थे। दुकानदार चौकन्ने होकर अपनी-अपनी दुकानों को आकर्षक रीति पर सजाये उत्सुक बैठे थे। इसका कारण यह था कि आज बड़ी बेगम की सवारी किले से इसी राह आ रही थी।

:: 2 ::

बादशाह की बड़ी लड़की जहाँआरा, शाही हल्कों में बड़ी बेगम के नाम से प्रसिद्ध थी। वह विदुषी, बुद्धिमती और रूपसी स्त्री थी। वह बड़े प्रेमी स्वभाव की थी, साथ ही दयालु और उदार थी। बादशाह ने उसके जेबखर्च के लिए तीस लाख रुपये साल नियत किये थे तथा उसके पानदान के खर्चे के लिए सूरत का इलाका दे रखा था, जिसकी आमदनी भी तीस लाख रुपये सालाना थी। इसके सिवा उसके पिता और बड़े भाई अपनी गर्ज के लिए उसे बहुमूल्य प्रेम-भेंट देते रहते थे। उसके पास धन-रत्न बहुत एकत्रित हो गया था और वह खूब सज-धजकर ठाठ से रहती थी। वह अंगूरी शराब की बहुत शौकीन थी, जो काबुल, फारस और काश्मीर से मँगाई जाती थी। वह अपनी निगरानी में भी बढ़िया शराब बनवाती—जो अँगूरों में गुलाब और मेवाणात डालकर बनायी जाती थी। रात को वह कभी-कभी नशे में इतनी डूब जाती थी कि उसका खड़ा होना भी सम्भव न रहता और उसे उठाकर शय्या पर-डाला जाता था। शाहजहाँ के शासन-काल में वही तमाम साम्राज्य पर शासन करती थी, इससे उसका नाम बड़ी बेगम प्रसिद्ध हो गया था। शाही मुहर इसीके ताबे रहती थी।

बड़ी बेगम पालकी पर सवार थी, जिसपर एक कीमती जरवफ्त का परदा पड़ा था, जिसमें जगह-जगह जवाहरात टंके थे। पालकी के चारों ओर ख्वाजासरा मोरछल और चंवर डुलाते पालकी का घेरा डाले चल रहे थे। वे जिसे सामने पाते उसीको धकेलकर एक ओर कर देते थे। बहुत-से जार्जियाना गुलाम सुनहरे-रुपहले डंडे हाथों में लिये ज़ोर-ज .ोर से 'हटो बचो, हटो बचो' चिल्लाते जा रहे थे। उनके आगे भिश्ती तेजी से दौड़ते हुए सड़क पर पानी का छिड़काव करते जाते थे। मोरछलों और चंवरों की मूठ सोने-चाँदी की जड़ाऊ थी। पालकी के साथ सैकड़ों

बांदियाँ सुनहरी पात्रों में जलती हुई सुगन्ध लिये चल रही थीं। सबसे आगे दो सौ तातारी बांदियाँ नंगी तलवारें हाथ में लिये, तीर-कमान कन्धे पर कसे, सीना उभारे, सफ बाँधे चल रही थीं और सबके पीछे एक मनसबदार घुड़सवार रिसाले के साथ बढ़ रहा था। यह मनसबदार एक अति सुन्दर युवक था। उसका रंग अत्यन्त गोरा, आँख काली और चमकदार तथा बाल घुंघराले थे। वह बहुमूल्य रत्नजटित पोशाक पहने था—और इतराता हुआ-सा अपने रिसाले के आगे-आगे चल रहा था। उसका घोड़ा भी अत्यन्त चन्चल और बहुमूल्य था। यह तेजस्वी सुन्दर मनसबदार नजावत खाँ था, जो शाहे-बलख का भतीजा और बुखारे का शहज़ादा मशहूर था और बादशाह शाहजहाँ का कृपापात्र मनसबदार था।

इस समय बहुत-से अमीर-उमरा चाँदनी चौक की सैर को निकले थे। इन अमीरों के ठाठ भी निराले थे। किन्हींके साथ दस-बीस, किन्हींके साथ इससे भी अधिक नौकर-चाकर-गुलाम पैदल दौड़ रहे थे। अमीर घोड़े पर सवार ठुमकते, धीरे-धीरे पान कचरते हुए अकड़कर चल रहे थे। कुछ चलते-चलते ही पेचवान पर अम्बरी तम्बाकू का कश खींच रहे थे। साथ-साथ खवास गंगाजमनी काम की फर्शी हाथोंहाथ लिये दौड़ रहे थे। गुलामों में किसीके पास पानदान, किसीके पास उगालदान, किसीके पास इत्रदान। कोई सरदार की जड़ाऊ तलवार लिये चल रहा था और इस प्रकार अमीर का बोझ हल्का कर रहा था। परन्तु ये अमीर चाहे जिस शान से जा रहे हों, ज्योंही बेगम की पालकी उनकी नज़र में पड़ती उनकी सब शान हवा हो जाती। जो जहाँ होता तुरन्त घोड़े से उतरकर सड़क के एक कोने में अपने आदमियों सहित हाथ जोड़कर अदब से खड़ा हो जाता और पालकी की ओर मुँह करके तीन बार कोर्निश करता जिसकी सूचना तुरन्त बेगम को पालकी के भीतर दे दी जाती।

इस प्रकार सूचना देने के लिए जो तरुण सरदार पालकी के साथ चल रहा था, वह एक प्रकार से किशोर वय का था। अभी पूरा तारुण्य उसके मुख पर प्रकट नहीं हुआ था। वह एक सुकुमार-सुन्दर, और सजीला किशोर था। वास्तव में यह शहज़ादी की उस्तानी का बेटा था जिसका बचपन शहज़ादी के साथ महल-सरा में बीता था और जिसे प्यार से शाही हरम में 'दूल्हा भाई' कहते थे। यद्यपि इसकी हैसियत एक सेवक ही की थी, पर शहज़ादी की कृपादृष्टि से यह ढीठ हो गया था और अपने को किसी शहज़ादे से कम न समझता था। उसके सब ठाठ-बाठ भी शहज़ादों ही के समान थे।

धीरे-धीरे सवारी आगे बढ़ती जा रही थी। इसी समय सामने से एक हिन्दू सरदार की सवारी आ गयी। यह हिन्दू सरदार बून्दी का हाड़ा राजा राव छत्रसाल था। इसकी अवस्था छब्बीस से अधिक न होगी। उसका उज्ज्वल श्यामल मुख, मूंछों की पतली ऐंठी हुई रेखा, बड़ी-बड़ी काली आँखें, गठीला शरीर, बाँकी छटा देखते ही बनती थी। वह कमर में दो तलवारें बाँधे था और उसके साथ पचासों सवार, पैदल सिपाही और नौकर-चाकर-सेवक और मुसाहिब चल रहे थे। दिल्ली में रहनेवाले दरबारी उमरावों से इसकी छटा ही निराली थी। ज्योंही बेगम की सवारी उसकी दृष्टि में पड़ी, वह रास्ते से एक ओर हटकर घोड़े से उतरकर सड़क के एक कोने में दो सौ कदम के अन्तर से खड़ा हो गया और ज्योंही बेगम की सवारी उसके निकट आयी, उसने ज़मीन तक झुककर तीन बार कोर्निश की। नकीब ने पुकार लगायी और दूल्हा भाई ने बेगम को इसकी सूचना दी। शहज़ादी ने तुरन्त अपनी सवारी आगे बढ़ना रोक दिया और एक रत्नजड़ित कमखाब की थैली में रखकर पान का बीड़ा उसके पास भेजकर कहलाया कि वह भी सवारी के साथ रहकर उसे रौनक बख्शें। राव छत्रसाल ने फिर पालकी की ओर रुख करके सलाम किया, पान का बीड़ा आदरपूर्वक लिया और दो कदम पीछे हटकर खड़ा हो गया।

सवारी आगे बढ़ी और यह हिन्दू सरदार भी पालकी के पीछे-पीछे अपने सवारों के साथ चला। दुल्हा भाई ने बेगम को इस बात की इत्तला दे दी।

जो मनसबदार पालकी के साथ-साथ चल रहा था उसकी आँखों में इस हिन्दू सरदार को देखते ही खून उतर आया। परन्तु इस तरुण राजा ने उसकी तनिक भी परवाह नहीं की। अपने घोड़े को एड़ देकर और चार कदम आगे बढ़ वह पालकी के पीछे चलगे लगा।

किला और शहर के बीच—आज जहाँ दिल्ली का रेलवे स्टेशन और कम्पनी बाग है, वहाँ इस बेगम ने एक सराय बनवायी थी। यह सराय उस समय भारतवर्ष-भर में श्रेष्ठ इमारत थी। इसकी सारी इमारतें दुमंज़िली थीं और ऊपर बड़े-बड़े आलीशान सुसज्जित कमरे बने थे, जिनमें देश-देश के लोग ठहरते और तफरीह करते थे। सराय में नहाने के लिए पक्के हौज, नल और बड़े-बड़े बावर्चीखाने बने थे। इस सराय के इन्तज़ाम के लिए बेगम ने योग्य कर्मचारी नियुक्त किये थे। इस समय तक भी सराय समूची बनकर तैयार नहीं हो पायी थी और हज़ारों कारीगर-मिस्त्री उसमें चित्र-विचित्र काम कर रहे थे।

इस वक्त बेगम की सवारी इसी सराय की ओर जा रही थी। इसकी सूचना

सराय के दारोगा को भी मिल चुकी थी और वहाँ बेगम की अवाई की धूमधाम मची थी। सब राह-बाट साफ करके छिड़काव किया गया था। बहुत-से खोजे, दास-दासी अपने-अपने काम में लगे थे। इस समय सराय का वह भाग जहाँ बेगम तशरीफ़ रखने वाली थीं और जहाँ एक खूबसूरत छोटा-सा बगीचा था, भली भाँति सजाया गया था। बगीचे के बीच संगमरमर की बारहदरी थी, वहीं बेगम की सवारी उतरी।

शाम की भीनी सुगन्ध हवा में भर रही थी। बाग के माली ने सारी बारहदरी को फूलों से सजाया था। हुज़ूर शहज़ादी आज रात इसी बारहदरी में आराम और तफरीह करना चाहती थीं। ख्वाजासरा और बांदियों ने मसनद, चाँदनी और गाव तकिये लगा दिये। बेगम मसनद पर लुढ़क गयीं। कुछ देर आराम करने पर बेगम ने दूल्हा भाई को हुक्म दिया, "वह हिन्दू राजा, जो सवारी के साथ है, उसे हुक्म दो कि हमारे यहाँ मुकीम रहने तक अपने पहरे-चौकी रखे और अमीर नजावत खाँ सराय के बाहरी हिस्से में अपने सिपाहियों सहित चला जाए!"

शहज़ादी का हुक्म दोनों उमरावों को पहुँचा दिया गया। दोनों ने भेद-भरी निगाहों से एक-दूसरे को देखा। तलवार की मूठ पर दोनों का हाथ गया और क्षण-भर दोनों एक-दूसरे को खूनी नज़रों से देखने लगे। नजावत खाँ ने बालिश्त-भर तलवार म्यान से खींच ली और गुस्से-भरी आवाज़ में शेर की तरह गुर्राकर कहा, "खुदा की कसम, मैं यह हरगिज बर्दाश्त नहीं कर सकता कि एक काफ़िर को मुसलमान के बराबर रुतबा दिया जाए। मैं चाहता हूँ कि इसी वक्त तेरे दो टुकड़े करके तेरा गोश्त कुत्तों को खिला दूँ।"

"चाहता तो मैं भी यही हूँ कि इसी वक्त तुम्हारा सर भुट्टे-सा उड़ा दूँ। मगर बेहतर यही है कि अभी आप जनाब शहज़ादा नजावतअली खाँ बहादुर, चुपचाप अपनी नौकरी ठण्डे-ठण्डे बजा लाएँ, जैसा कि हूज़ूर शहज़ादी का हुक्म हुआ है और सुबह तक भी आपके यही इरादे और दमखम रहे, तो फिर हम दोनों को अपने-अपने इरादे पूरे करने की बहुत गुन्जाइश है!"

नजावत खाँ ने इसका कोई जवाब नहीं दिया। वह गुस्से से होंठ चबाता हुआ चला गया। राव छत्रसाल तनिक हटकर अपने घोड़े पर बैठ गया।

:: 3 ::

चाँदनी रात थी और बारहदरी के बाहरी चमन में शहज़ादी अपनी खास लौंडियों

के बीच मसनद पर पड़ी अपनी प्रिय अंगूरी शराब पी रही थीं। यों तो उसके लिए फ़ारस, काश्मीर और काबुल से कीमती शीराजी और इस्तम्बोल मँगायी जाती थी, परन्तु उसकी अपने शौक की प्रिय वस्तु वह थी, जो खास उसीकी नज़रों के सामने अंगूर में गुलाब और बहुत-सी मेवे डालकर बनायी जाती थी। यह अति सुगन्धित और स्वादिष्ट होती थी और बेगम जब खुश होती—इस शराब के जाम पर जाम चढ़ाती थी।

आज वह खुश तो न थी; बहुत-सी चिन्ताएँ उसके मस्तिष्क को परेशान कर रही थीं—इतनी बड़ी मुगल सल्तनत की राजनीति में वह सक्रिय भाग लेती थी, उसीका सरदर्द थोड़ा न था, परन्तु इस समय तो उसे अपनी ही चिन्ता ने आ घेरा था। इसीसे मुक्त होने के लिए वह किले के भारी वातावरण को छोड़ यहाँ चली आयी थी।

अकबर बादशाह के समय ही से यह दस्तूर चला आ रहा था कि मुगल बादशाहों के खानदान की शहज़ादियाँ शादी नहीं कर पाती थीं; इससे इनके गुप्त प्रेम होते रहते और मुगल हरम का वातावरण हमेशा दूषित रहता था।

परन्तु दारा शहज़ादी का विवाह नजावत खाँ से करने की इच्छा प्रकट कर चुका था। वह शहज़ादी को प्रेम करता था। बहुत दिन से बल्ख-बुखारा और मुगल खानदान में चख-चख चल रही थी। वह चाहता था कि यदि दोनों खानदानों में रिश्ता हो जाए तो यह पुरानी शत्रुता भी जाती रहे। परन्तु इस शादी में बहुत बाधाएँ थीं। प्रथम तो बादशाह ही यह शादी करने को राजी नहीं होते थे। उन्हें उनके साले शाइश्ता खाँ ने समझा दिया था कि यदि यह शादी कर दी गयी तो अवश्य ही नजावत खाँ को शहज़ादों का रुतबा देना पड़ेगा, जब कि इस समय वे चाकर से अधिक दर्जा नहीं रखते हैं। फिर शाहे-बलख के लड़ने के मंसूबे भी अभी थे और इसके राजनीतिक कारण बने ही हुए थे।

दूसरी बड़ी बाधा यह थी कि शहज़ादी हिन्दू राजा बून्दी के छत्रसाल को चाहती थी। उन दिनों राजपूतों से मुगल खानदान में रिश्ते होते थे। अभी तक अनेक राजाओं की बेटियाँ मुगल हरम में आयी थीं, परन्तु कोई मुगल शहज़ादी किसी राजपूत के घर नहीं गयी थी। अब तक किसी राजपूत सरदार का खुल्लमखुल्ला शादी करके रनिवास में एक शहज़ादी को ले जाना बहुत ही कठिन और अव्यवहार्य था, फिर मुगल अदब-कायदे तो ऐसे थे कि बड़े से बड़े हिन्दू राजा को मुगल शहज़ादियों के सामने भी उसी तरह झुकना पड़ता था, जैसे बादशाह

के सामने। ऐसी हालत में इन शादियों से मुगल रुआब में भी कमी आने को थी। परन्तु प्रीति की कटारी का घाव जब खा लिया जाता है तो फिर इन सब बातों पर विचार नहीं किया जाता। शहज़ादी इस राजपूत के प्रेम में दीवानी थी और यह बात नजावत खाँ और छत्रसाल दोनों ही जानते थे, इसीसे वे एक-दूसरे को खूनी आँखों से देखते थे।

इसी मामले में एक तीसरा शिगूफा भी था—दूल्हा भाई, जो शायद अभी बेगम से उम्र में कुछ ही कम था, परन्तु बेगम की मुहब्बत का दम भरता था। वह इतना मूर्ख था कि शहज़ादी के विनोद और कृपाओं को प्यार की नज़र से देखता था। वह सोचा करता था कि बेगम से शादी कर लेने पर सम्भव है वही बादशाह बन जाए। कभी-कभी वह डीगें भी हाँकता और उसकी हँसी भी बहुत होती थी।

एक बार शहज़ादी ने उसे खानज़ादा का खिताब दिया और उसकी ज़िद से उसे इलम और शाही मरातिब रखने का अधिकार भी दिया तथा उसे शाही सिपहसालारों की भाँति पदवी देकर सवारों का सरदार बना दिया था। एक दिन वह बेगम के महल को जा रहा था कि सामने से महावत खाँ सिपहसालार आते मिल गये। जब वे दोनों पास-पास से गुजरे, तो जुलूस के सैनिकों में झगड़ा हो गया। उधर महावत खाँ ने उसके झण्डे को देखा तो अपना इलम तह कर लिया और बिना झण्डे के शाही हुज़ूर में जा पहुँचा। जब बादशाह को इसकी सूचना मिली, तो उसने इसका कारण पूछा। महावत खाँ ने कहा, ''हुज़ूर जहाँपनाह, हमारा समय तो बीत चुका। अब तो मरतब इलम उड़ाते हैं।'' जब बादशाह को सब बातें मालूम हुईं, तो क्रोध में आकर उन्होंने खानज़ादा साहब का इलम तुड़वा दिया। खानज़ादा ने शहज़ादी के सामने बहुत रोना रोया पर उसका कोई फल न निकला। फिर भी वह शहज़ादी का प्रिय पार्षद बना हुआ था और शहज़ादी उस सुन्दर मूर्ख को अपनी इच्छाओं की पूर्ति का माध्यम बनाये हुए थी। वह शहज़ादी के खानगी मामलों का दारोगा अफ़सर था।

दैवयोग ही कहिए कि इस समय शहज़ादी के ये तीनों चाहने वाले एक ही स्थान पर हाज़िर थे। तीनों ही इस समय शहज़ादी की विशेष कृपा के इच्छुक थे।

:: 4 ::

बारहदरी समूची संगमरमर की बनी थी। उसका फर्श काले और सफेद पत्थर का बना था। दीवारों पर रंग-बिरंगे पत्थरों की सुन्दर पच्चीकारी की गयी थी। थोड़ी ऊँचाई पर कदे-आदम आईने लगे थे। फर्श पर नर्म ईरानी कालीन बिछे थे। उनपर हाथी दाँत के काम का छपरखट था, जिसके ऊपर जरवफ्त का चंदोवा तना था, जिसमें मोतियों की झालर टँगी थी। पलंग पर मखमली गद्दा, तोशक और मसनदें लगी थीं, जिनपर गिहायत नफीस जरदोजी को काम हो रहा था। सामने करीने से चौकियों पर ढेर के ढेर फूल, इत्र और अनेक प्रकार की सुगन्ध तथा शृंगार की वस्तुएँ रखी हुई थीं।

मसनद पर अलसायी देह लिये शहज़ादी अकेली बैठी थी। बाहर नंगी तलवार लिये तातारी बांदियों का पहरा था। इसी समय हँसते हुए दूल्हा भाई ने आकर सोने के प्याले में शीराजी पेश की।

बेगम ने आँखें तरेरकर कहा, ''यह क्या? वह हमारी पसन्द की चीज़ अंगूरी शराब कहाँ है?''

''हजरत, एक प्याला इस शीराजी का भी तो पहले नोश फर्मा कर ईरान के बादशाह को ममनून कीजिए जिसने यह कीमती शराब बड़े शौक से काबुल के अमलदार के मार्फत हुज़ूर की खिदमत में भेजी है।''

''यह क्या हमारी उस नियामत से बढ़कर है जिसे खास हमारे हकीम अंगूर में गुलाब डालकर और मुकब्बी अदबियात मिलाकर तैयार करते हैं? तुम तो उस नियामत को चख चुके हो दूल्हा मियाँ!''

''हुज़ूर के तुफैल से, वह नायाब शराब मैंने पी है। बेशक उसका मुकाबला तो आबेहयात भी नहीं कर सकता! मगर हुज़ूर शहज़ादी, ज़रा उस कम्बख्त शाहे-ईरान का भी तो दिल रखिए। बड़ी-बड़ी उम्मीदें बाँधकर उस मरदूद ने यह कीमती तोहफा भेजा है।''

शहज़ादी ने हँसकर कहा, ''शाहे-अब्बास ऐसा बादशाह नहीं है जिसे मरदूद कहा जाए। बस, हमें उसकी खातिर बसरोचश्म मंजूर है! इसके अलावा हम तुम्हें भी ममनून किया चाहती हैं। इसीसे बखुशी यह प्याला मंजूर करती हैं!''

''शुक्र है ख़ुदा का कि शहज़ादी को इस गुलाम का भी इस कदर ख़याल है, मैं तो एकदम नाउम्मीद हो गया था!''

"किस अम्र में?"

"जांबख्शी पाऊँ, तो अर्ज करूँ कि हुजूर शहज़ादी की नज़रे-इनायत इस कमनसीब पर अब पहले जैसी नहीं हैं।"

"तो दूल्हा मियाँ, अब तुम बड़े भी हो गये, बच्चे नहीं हो! फिर हम तो तुमसे खुश हैं!"

शहज़ादी ने प्याला खाली किया और दूल्हा मियाँ ने उसे दुबारा भरकर शहज़ादी के आगे बढ़ाते हुए कहा, "बेअदबी माफ हो बेगम, गुलाम बड़ा हो तो यह ख़ुदा की कारस्तानी है, कुछ गुलाम की तकसीर नहीं! और अब तो गुलाम को यह समझ भी आ गयी है कि हुज़ूर जो इस नाचीज पर खुश होने की इनायत करती हैं, वह बहुत नाकाफी है! जांनिसार ज़्यादा की उम्मीद रखता है।"

शहज़ादी खिलखिलाकर हँस पड़ी। उसने कहा, "तो बेहतर है... तुम अपने दिल का इजहार खुलकर करो, हम उसपर गौर करेंगी।"

"तो अर्ज करता हूँ हुज़ूर शहज़ादी, कि उस तुर्क मरदूद नजावत खाँ की आँखें मुझे कतई पसन्द नहीं हैं, और न वह काफ़िर हिन्दू राजा मुझे पसन्द है जिसे आज सवारी के वक्त बीड़ाशाही इनायत करके और सवारी के साथ रहने का हक देकर सरफराज किया है। उसने तीसरा प्याला शहज़ादी की ओर बढ़ाया।

शहज़ादी ने हँसती हुई आँखों से उसकी ओर देखकर कहा, "वल्लाह, तो तुम इन दोनों नापसन्द आदमियों के साथ किस तरह पेश आना चाहते हो?"

"मैं दोनों से दो-दो हाथ करना चाहता हूँ। इश्क के मैदान में एक-दो-तीन नहीं रह सकते शहज़ादी!"

"बेहतर! तुम्हारी तजवीज़ हम पसन्द करती हैं और इस अम्र में उन दोनों बदबख्तों को ज़रूरी हुक्म देना चाहती हैं। बस, तुम अमीर नजावत खाँ को इसी वक्त हमारे हुज़ूर में भेज दो और खुद बइत्मीनान आराम करो!"

शहज़ादी ने मुस्कराकर दूल्हे मियाँ की ओर देखा। दूल्हा मियाँ, जो शहज़ादी की विनोद-वस्तु था और अपने को शहज़ादी के प्रेमियों में समझता था, इस बात से खुश नहीं हुआ। उसने धीरे से कहा, "क्या हुज़ूर शहज़ादी को एक प्याला अंगूरी शराब का पेश करूँ, जिसकी कि हुज़ूर हद दर्जे शौकीन हैं?"

"यकीनन वह प्याला दूल्हा मियाँ तुम्हारे हाथ से हम नोश फर्मायेंगे।"

दूल्हा खुश हो गया। उसने प्याला शहज़ादी को पेश किया और शहज़ादी ने प्याला हाथ में लेकर इशारे ही से उसे कह दिया कि हुक्म की तामील हो।

विवश दूल्हा मियाँ उस आनन्ददायक सोहबत को छोड़कर उठे और जाकर अमीर नजावत खाँ को बेगम का हुक्म सुना दिया। बेगम ने धीरे-धीरे प्याला खाली किया और मसनद पर लुढ़क गयी। इस वक्त वह मौज में थी और अच्छे-अच्छे विचार उसके हृदय को आनन्दित कर रहे थे। वह सोच रही थी, नम्बर एक रुखसत हुए और नम्बर दो की आमद है।

इसी समय नजावत खाँ ने आकर शहज़ादी को कोर्निश की और दोजानू होकर शहज़ादी के सामने बैठ गया। यद्यपि यह मुगल दस्तूर और अदब के विपरीत था, लेकिन प्यार-मुहब्बत के मामलों में अदब का लिहाज चलता नहीं है।

शहज़ादी ने अमीर को पान देकर कहा, ''अमीर खुशवख्त, इत्मीनान से बैठिए।''

नजावत खाँ उसी तरह दोजानू बैठा रहा। उसने पान लेकर शहज़ादी को सलाम किया और कहा, ''शहज़ादी, अब कब तक मैं जलता रहूँ?''

''तुम्हें तकलीफ क्या है दिलवर?''

''अब वादा पूरा होना चाहिए और शरअ की रू से इस नाचीज़ को शहज़ादी को प्यार करने का हक मिलना चाहिए।''

''ओह, तुम्हारा मकसद निकाह से है?'' शहज़ादी ने एक फूल के गुच्छे से खेलते हुए कहा।

''बेशक, हुजूर शहज़ादी और वालिदे-अहद ने मुझसे वादे किये हैं।''

''लेकिन ये सब तो पुरानी बातें हैं जानेमन! मुगल शहज़ादियों की शादी नहीं होती है।''

''क्यों नहीं होती है?''

''क्या आपने नहीं सुना कि मामू शाइस्ता खाँ ने जहाँपनाह को इसकी वजह बताते हुए कहा था कि अगर ऐसा हुआ तो जिस अमीर से शादी की जाएगी उसे शहज़ादों की बराबरी का रुतबा देना पड़ेगा?''

''लेकिन ख़ुदा के फजल से मैं भी बल्ख का शहज़ादा हूँ।''

''तो शहज़ादा साहेब, हमें इससे कब इन्कार है? हमारी नज़रे-इनायत पर आप शाकी न हों।''

''शाकी नहीं।''

''मगर जो बात हो ही नहीं सकती उसके लिए हम बादशाह सलामत से अर्ज भी कैसे कर सकती हैं''

"लेकिन शहज़ादी, आप तो सल्तनत की मालिक हैं; जहाँपनाह क्या आपकी बात टाल सकते हैं?"

"फिर भी एक मनसबदार से हिन्दुस्तान के बादशाह की लड़की की शादी गैरमुमकिन है।"

"तो फिर गुनाह से फायदा?"

"क्या तमाम हिन्दुस्तान के बादशाह की शहज़ादी भी गुनाह कर सकती है?"

"शहज़ादी, हिन्दुस्तान के बादशाह के ऊपर एक दीनो-दुनिया का बादशाह है।"

"वह आम लोगों के लिए है—क्या यह भी कभी मुमकिन है कि मुगल शहज़ादी एक अदना मनसबदार की ताउम्र लौंडी बनकर रहे?"

"लेकिन शहज़ादी..."

"बस खामोश, हम ऐसी बात सुनने के आदी नहीं। बस, हम अपनी खुशी से जिस कदर इनायत तुम पर करें, उतने ही में आसूदा रहो।"

"मगर मेरी भी कुछ ख्वाहिशात हैं।"

"होंगी, हम फिलहाल इस अम्र पर गौर नहीं कर सकतीं। तुम्हारी इल्तजा से हमने आज यहाँ बारहदरी में मुकाम किया और तुमसे मुलाकात की। हम चाहती हैं कि आइन्दा अपने इरादों को काबू में रखो।"

"तो हुज़ूर, मेरी एक अर्ज है।"

"अर्ज करो।"

"मुझे भी अमीर मीरजुमला के साथ दकन भेज दीजिये। ताकि अपनी आँखों से मैं वह सब न देख सकूँ जिसे देखने का मैं आदी नहीं हूँ।"

"तुम्हारा मकसद क्या है?"

"शहज़ादी, वह काफ़िर हिन्दू राजा, जिसमें हुज़ूर खास दिलचस्पी ले रही हैं, मैं उसे कल कत्ल करूँगा और दकन चला जाऊँगा और फिर आपको मुँह न दिखाऊँगा।" नजावत खाँ तेजी से उठकर चल दिया।

बाहर आकर उसने देखा—खानज़ादा साहेब सामने हाज़िर हैं। खानज़ादा ने आगे बढ़कर कहा, "आदाब अर्ज है मनसबदार साहेब, कहिए शहज़ादी से शादी तय हो गयी?"

नजावत खाँ ने घृणा और क्रोध में भरकर कहा, "मरदूद, नामाकूल, तेरा सर धड़ से अलहदा करूँगा।"

"बखुशी, मनसबदार साहेब, मगर शादी का जुलूस देख लेने के बाद।" वह हँसता हुआ एक ओर चला गया और नजावत खाँ ताव-पेच खाता दूसरी ओर।

:: 5 ::

शहज़ादी कुछ देर फूलों के एक गुलदस्ते को उछालती रही। कुछ देर बाद उसने दस्तक दी।

चाँदनी खूब चटख रही थी और बेगम अंगूरी शराब के नशे में मस्त थी। उसका शरीर मसनद पर अस्तव्यस्त पड़ा था। आँखें नशे में झूम रही थीं। उसकी प्यारी विश्वासिनी बांदी हुस्नबानू और खास ख्वाजासरा रुस्तम उसकी खिदमत में हाज़िर थे। इस समय आधी रात बीत रही थी और ठण्डी सुगन्धित हवा चल रही थी। उसने एक बार घूर्णित नेत्रों से इधर-उधर देखा और रुस्तम की ओर रुख कर कहा :

"वह हिन्दू राजा चौकी पर मुस्तैद है न?"

"जी हाँ ख़ुदावन्द!"

"तो उसे हमारे रू-ब-रू हाज़िर कर। अपनी मेहरबानियों से हम उसे सरफराज किया चाहती हैं।"

रुस्तम सिर झुकाकर चला गया। बेगम ने गर्दन झुकाकर हुस्नबानू की ओर तिरछी नज़र से देखा और कहा, "क्या तू उस हिन्दू राजा की बाबत कुछ जानती है?"

"सिर्फ इतना ही कि वह एक दयानतदार और नेक रईस है।"

"बस?"

"खूबसूरत और बाँका भी एक ही है।"

"हरामज़ादी, क्या तेरी तबीयत उसपर मायल है?" बेगम ने उत्तेजित होकर हाथ का गुलदस्ता बांदी पर दे मारा।

"बांदी ने ज़मीन तक झुककर बेगम को सलाम किया और कहा, "एक प्याला शीराजी दूँ सरकार?"

"दे। गुलाब और इस्तम्बोल भी मिला।"

बांदी ने स्वादिष्ट शराब का प्याला तैयार कर बेगम के हाथ में दिया।

शराब पीकर बेगम ने कहा, "तू किसी ऐसे मुसब्बिर को जानती है जिसने इस तेरे बांके हिन्दू छैला की तस्वीर बनायी हो?"

“जानती हूँ ख़ुदावन्द।”

“तो सुबह गुस्ल के बाद उसे मय तस्वीर के हाज़िर करना, जा भाग।”

बेगम ने प्याला फिर उसपर फेंका और मसनद पर उठंग गयी। इसी समय रुस्तम ने राव छत्रसाल के साथ आकर सलाम किया। छत्रसाल ने आगे बढ़कर बेगम को कोर्निश की।

बेगम ने तिरछी नज़र से ख्वाजासरा की ओर देखा। ख्वाजासरा चुपचाप सलाम करके वहाँ से खिसक गया। अब एकदम एकान्त पाकर बेगम ने कहा, “ख़ुदा का शुक्र है, बैठ जाइये।” उसने मसनद की ओर इशारा किया। पर यह तरुण राजपूत एक कदम आगे बढ़कर ठिठककर खड़ा रह गया। उसने कहा, “शहज़ादी, बेहतर हो मुझे अपनी नौकरी बजाने का हुक्म हो जाए।”

“मेरे प्यारे राजा, यह तुम क्या कह रहे हो! तुम्हारी ऐसी ही बातों से मेरा दिल टुकड़े-टुकड़े हो जाता है।” शहज़ादी ने अपनी बड़ी-बड़ी आँखें उठाकर राजा की ओर देखा और मीठे स्वर में कहा, “आज हम बहुत खुश हैं और उम्मीद है, उस चमेली-सी चटखती चाँदनी का लुत्फ उठाने में राव छत्रसाल दरेग न करेंगे।”

तरुण राजा अपनी जगह पर ही खड़ा रहा। शहज़ादी की शराब से लाल आँखें और भी लाल हो गयीं, परन्तु उसने मन के गुस्से को रोककर कहा, “जानेमन, हमारे पास यहाँ मसनद पर बैठकर हमें सेहत बख्शो।”

“मुझे अफसोस है शहज़ादी, मैं ऐसा नहीं कर सकता।”

“क्यों नहीं कर सकते दिलवर?”

“यह मेरे दीनो-ईमान के खिलाफ है।”

“लेकिन हमारी खुशी है, हम तुम्हें दिल से चाहती हैं।”

“मैं नाचीज़ राजपूत हुज़ूर शहज़ादी की इस इनायत का हकदार नहीं हूँ।”

“तो तुम हमारी हुक्मउदूली की जुर्रत करते हो?”

“हुक्म दीजिए कि मैं चला जाऊँ।”

“इस चाँदनी रात में, इस फूलों से महकती फिज़ा में प्यारे राजा, क्या तुम नहीं जानते कि हम दिल से तुम्हें चाहती हैं, तुमसे दिली मुहब्बत रखती हैं? तुम्हें डर किस बात का है, जानेमन? कहो हम वही करें जिसमें तुम्हें खुशी हो।”

“शहज़ादी, मुझे चले जाने की इजाजत दीजिये और फिर कभी ऐसा कल्मा जबान पर न लाइए—मैं यही चाहता हूँ।”

“और हमारी मोहब्बत?”

"उसपर शायद मनसबदार नजावत खाँ का हक है।"

"ओह, समझ गयीं। तुम्हें रश्क हो सकता है दिलवर, लेकिन हम तुम्हें चाहती हैं, सिर्फ तुम्हें। तुम मेरे दिलवर हो। जिस दिन मैंने पहली बार झरोखे से तुम्हें घोड़े पर सवार आते देखा—जिसकी टाप ज़मीन पर नहीं पड़ती थी और तुम उसपर पत्थर की मूर्ति की तरह अचल बैठे थे—तभी से तुम्हारी वह मूर्ति हमारे मन में बस गयी है दिलवर। उस दिन तुम्हें देख हम अपने को भूल गयीं। तभी से हमारा दिल बेचैन है। हम तुम्हें अपने आगोश में बैठाकर खुशहाल होना चाहती हैं। हरचन्द हमने तुम्हें बुलाया और तुमने इन्कार कर दिया मेरे खतूत और तोहफे तुमने लौटा दिये। आज हमने तुम्हें पाया है। अब हमारे पास आकर बैठो। हम अपने हाथ से तुम्हें इत्र लगाएँ, तुम्हें प्यार करें और अपने दिल की आग को बुझाएँ।"

"हज़रत बेगम साहिबा, इस वक्त आपकी तबीयत नासाज है, मैं जाता हूँ।"

बेगम शेरनी की तरह गरज उठी।

"तुम्हारी यह हिमाकत, हमारी आरजू और मुहब्बत को ठुकराओ! क्या तुम नहीं जानते कि हमारे गुस्से में पड़कर बड़ी से बड़ी ताकत को दोज़ख की आग में जलना पड़ता है!"

लेकिन राजा पर इस बात का भी कोई असर नहीं हुआ। उसने बेगम की किसी बात का जवाब नहीं दिया। उसने मस्तक झुकाकर बेगम का अभिवादन किया और तेजी से चल दिया बेगम पैर से कुचली हुई नागिन की भाँति फुफकारती हुई मसनद पर छटपटाने लगी।

राजा के बाहर आते ही दूल्हा ने सलाम करके हँसते हुए कहा, "मुबारक राजा साहेब, मुबाकर, शहज़ादी का प्रेम मुबारक।" राजा का हाथ तलवार की मूठ पर गया और दूल्हा भाई हँसता हुआ भाग गया।

आचार्य चाणक्य

अब से कोई दो हज़ार वर्ष से भी अधिक पुरानी बात हम कर रहे हैं। उस समय पाटलिपुत्र में शूद्र राजा महाधननन्द सिंहासन पर विराजमान था। यह महानृपति एकराट्, एकच्छत्र था। इसके पिता महापद्मनन्द ने अपने काल के सब क्षत्रिय राजाओं का संहार करके, पुत्र के लिए एकच्छत्र राज्य निष्कण्टक किया था।

धननन्द का प्रताप प्रचण्ड था। उसके पास दो हज़ार युद्ध रथ, बीस हज़ार अश्वारोही, चार हज़ार रणोन्मत्त हाथी तथा दो लाख पदाति थे। महाविचक्षण, कूटराजनीति-विशारद वररुचि कात्यायन और सुबुद्धि शर्मा उपनाम राक्षस—उसके मंत्री थे। महापद्मनन्द से पहले, उस काल में उत्तर भारत में सोलह महाजनपद थे। इनमें से पौरव, ऐक्ष्वाकु, पांचाल, हैहय, कलिंग, अश्मक, कौरव, मिथिला, शूरसेन और वीतिहोत्र महाजनपदों को महापद्मनन्द ने ध्वस्त किया था। इस प्रकार उसका महाराज्य, रावी नदी के पूर्वी तट को छू गया था। उन दिनों वाराणसी, पाटलिपुत्र और तक्षशिला में प्रसिद्ध विश्वविद्यालय थे, जिनमें तक्षशिला विश्वविश्रुत था। यहाँ 103 छत्रधारी राजाओं के उत्तराधिकारी राजपुत्र पढ़ते थे, तथा दिग्दिन्त के महामेधावी छात्र आते रहते थे।

चैत्र के शुक्ल पक्ष की त्रयोदशी थी। पाटलिपुत्र में उस दिन बड़ी धूमधाम थी। राज-प्रासाद में महोत्सव हो रहा था और सब नगर-नागर राजाज्ञा से आनन्द मना रहे थे। ठौर-ठौर दुन्दुभी-भेरी बज रहे थे। लोग दीन-दुखियों को अन्न-वस्त्र बाँट रहे थे। हाट-बाज़ार, घर, बाहर सभी जगह लोग आनन्दोत्सव में मग्न थे। पुर-वधुएँ मंगलगान और मंगलोपचार कर रही थीं। नगर-नागरों ने अपने-अपने

घर के द्वार पर मंगल-कलश, तोरण आदि सजाये थे। वे मंगलसूचक शंखध्वनि कर रहे थे। राज-प्रासाद में बड़ा उल्लास था। जिधर देखिए उधर नृत्य-गान-पान-गोष्ठी हो रही थी। आज सभी के लिए राज-प्रासाद का प्रांगण खुला था। सब कोई वहाँ जा-आ सकते थे—याचकों को यथेच्छ वर मिल रहा था। ठौर-ठौर बन्दीगण और कुशलवी प्रशस्ति-गान कर रहे थे। ब्राह्मण स्वस्त्ययन पाठ कर रहे थे। यज्ञ-हवन-दान-पूजन-बलि-स्तवन—जहाँ देखिए वहीं कुछ न कुछ हो रहा था। मृदंग-मन्जीर-तूणीर के निनाद से दिशाएँ पूरित हो रही थीं। आज परम आनन्द का दिन था। महाराज धननन्द की नयी रानी ने एकमात्र महाराज्य के एकमात्र उत्तराधिकारी पुत्र को जन्म दिया था। महाराज की आज्ञा से राज्य-भर के बौद्ध विहारों, चैत्यों तथा देव-स्थानों में शिशु सम्राट् के दीर्घ जीवन की प्रार्थना हो रही थी। राज-प्रासाद में एक वृहत् राज-सभा के बीच नवजात शिशु को भारत का भावी सम्राट् उद्घोषित और अभिषिक्त किया गया था। इस समय महाराज धननन्द का प्रबल प्रताप तप रहा था। नवजात शिशु सम्राट् की अभ्यर्थना के लिए सब सामन्त, करद राज्यों के राजे, भूस्वामी तथा वणिक्-सार्थवाह बहुमूल्य उपानय लेकर आये थे। उनके लाये स्वर्णरत्न, मुद्रा, कौशेय-पाटम्बर, हाथी-घोड़ा-रथ-यान-पालकियों की राज-प्रासाद में इतनी रेलपेल हो रही थी कि उपानय वस्तुओं को यथास्थान रखने और मनुष्यों को खड़े होने का स्थान ही नहीं मिल रहा था।

उपानय भेंट अर्पण करने को राजा लोग पंक्तिबद्ध चले आ रहे थे। उनके साथ दास-दासी उपानय सामग्री लिये बोझ से दबे दिन-भर खड़े रहकर थक गये थे; पर अभी उनकी बारी ही नहीं आयी थी। दण्डधर-द्वारपाल-कंचुकी उन्हें दम-दिलासा दे रहे थे—ठहरो, अभी ठहरो! आपका उपानय भी स्वीकार होगा। और जिसका उपानय राज-प्रासाद में पहुँच जाता था, वह कृतकृत्य हो प्रासाद के रास-रंग में आनन्द-मग्न हो जाता था।

दासियाँ, गणिकाएँ सब आगन्तुकों को गन्ध-माल्य-पान से सत्कृत कर रही थीं। अतिथि उन सुन्दरियों के सानिध्य में उनके दिये हुए चन्दन का अंगों पर लेप किये हँस-हँसकर माध्वी-मैरेय-गौड़ीये आसव पान कर उल्लास में सराबोर हास्य-विनोद-आलिंगन का आनन्द ले रहे थे। सुवासित मदिराओं की वहाँ जैसे नदी बह रही थी। भाँति-भाँति के माँस-मिष्ठान्न-पकवान पक रहे थे और अतिथि तृप्त होकर खा-पी रहे थे। राज-पार्षद नगर में घूम-फिरकर बछड़े, मेढ़े, भैंसे, हरिण आदि पशु और आखेटक तीतर, बटेर, लावक, हरित, हंस, चक्रवाक आदि पक्षी मार-मारकर रसोई में पहुँचा रहे थे। आहार-द्रव्यों का पहाड़-सा लगा था, जो खत्म

होता ही न था; और भी आता जाता था।

धीरे-धीरे संध्या हो चली। नगर असंख्य दीप-मालिकाओं से जगमगा उठा। राज-पथ पर अब भी हाथी, रथ, शकट, शिविकाओं की भरमार थी। परन्तु राज-महालय के पृष्ठ भाग की संकरी गली में अन्धेरा था। वहाँ एक स्त्री शरीर को आवेष्टन से लपेटे जल्दी-जल्दी महालय के गुप्त द्वार की ओर जा रही थी। इसी समय महालय के गुप्त द्वार की ओर से एक पुरुष निकला। पुरुष तरुण था, उसकी कमर में खड्ग बँधा था तथा बहुमूल्य कौशेय-परिधान पर वह असाधारण महार्ध रत्नाभरण धारण किये हुए था। मद्य के मद में उसके नेत्र लाल हो रहे थे—वाणी स्खलित हो रही थी और उसके पैर लड़खड़ा रहे थे। उसके साथ एक सेवक था जो उसका धनुष और तूणीर लेकर पीछे-पीछे चल रहा था।

स्त्री को आते देख उसने स्खलित वाणी से कहा, ''ठहर जा, ऐ ठहर जा!''

इसके बाद उसने चर से कहा, ''चरण, देख तो, यह कोई सामान्या प्रतीत होती है। सुन्दरी भी है, या यों ही टेसू है?''

चर ने आगे बढ़कर स्त्री का आवरण खींचकर उतार दिया। स्वर्ण की भाँति उसकी अंगदीप्ति से गली का अन्धकार उज्ज्वल हो उठा।

''अहा, सुन्दरी है महाराज!''

''युवती भी है या ढड्डो है?''

''नवीन वय है, यौवन का उभार खूब है!''

''तो देख, अच्छी तरह देख!''

चर ने निश्शंक अंग-प्रत्यंग टटोलने आरम्भ कर दिये, सूंघकर श्वासगंध ली। स्त्री लाज से सिकुड़ गयी और भय से थर-थर काँपने लगी।

चर ने कहा, ''रमण योग्य है महाराज, गुदगुदा-संपुष्ट यौवन है!''

जिसे महाराज कहकर पुकारा गया था—वह व्यक्ति आगे बढ़ा। उसने घूरकर स्त्री को देखा—स्त्री ने फूलों का शृंगार किया था, मुख पर लोध्र-रेणु मला था, चरणों में अलक्तक, होंठों पर लाक्षा-रस, कंठ में मणिहार और कानों में हीरक-कुंडल, वक्ष पर नीलमणि जटित कंचुकी। अवस्था कोई बीस बरस। जूड़े में शेफालिका के फूल।

पुरुष ने भली भाँति ऊपर से नीचे तक निहारकर कहा, ''अच्छा शृंगार किया है! सुन्दरी, चल, आज का शृंगार मुझे दे! मेरे साथ विहार कर।

स्त्री ने भयभीत होकर कहा, ''नहीं-नहीं, मेरे आज के शृंगार को खन्डित मत कीजिए! आज का शृंगार मैंने महाराजाधिराज के लिए किया है।''

“मैं भी एक प्रकार से महाराजाधिराज ही हूँ! उनका भाई हूँ। क्यों रे चरण, क्या कहता है?”

“आप महाराजाधिराज हैं, महाराज!”

“बस तो ला, आज का शृंगार तू मुझे दे!” उस महाराज नामक व्यक्ति ने स्त्री का हाथ पकड़ लिया।

“नहीं-नहीं, मुझे छोड़ दीजिए, छोड़ दीजिए महाराज!”

अरे चरण, इस मूर्खा को समझा! यह अपने सौभाग्य को ठुकरा रही है।”

“हतभाग्या है री तू! नहीं जानती महाराज प्रसाद में रत्नाभरण देते हैं!”

परन्तु स्त्री ने ज़ोर लगाकर अपना हाथ छुड़ा लिया और उस तरुण को पीछे धकेल दिया। तरुण मद्य के नशे में लड़खड़ा रहा था। धक्का खाकर भूमि पर गिर गया। गिरे ही गिरे उसने कहा, “पकड़ रे चरण, उसे पकड़! देख भाग न जाए।”

चरण ने आगे बढ़कर कहा, “क्या कोड़े खाएगी?”

“कोड़े नहीं रे चरण, तू अभी इसका सिर खड्ग से काट डाल, दुर्भाग्या ने इतना अच्छा माध्वी का मद मिट्टी कर दिया। काट ले इसका सिर!”

चरण ने आगे बढ़कर उसका हाथ ज़ोर से पकड़ लिया। इसी बीध उठकर, तरुण ने दो-तीन लात उसके मारीं। स्त्री ज़ोर-ज़ोर से रोने लगी। गली में दस-पाँच आदमियों की भीड़ जुट गयी। भीड़ में एक ब्राह्मण भी था। ब्राह्मण बड़ा ही कुरूप, काला और दरिद्र था। उसकी कमर में एक मैली शाटिका थी, कन्धे पर मैला जनेऊ। उसके दो बड़े-बड़े दाँत होंठ से बाहर निकले हुए थे। उसकी टाँगें टेढ़ी थीं और वह कुछ लड़खड़ाता-सा चलता था। जो लोग स्त्री के आर्त्तनाद को सुनकर एकत्र हो गये थे, उन्होंने देखा—महाराजाधिराज महाप्रतापी धननन्द के छोटे भाई उग्रसेन से किसी स्त्री का वाद-विवाद है, तो वे सब आतंकित हो, खड़े-के-खड़े रह गये। किसी ने भी स्त्री के पक्ष में कुछ कहने का साहस नहीं किया। परन्तु ब्राह्मण ने आगे बढ़कर कहा, “कैसा विवाद है? स्त्री पर कौन अत्याचार कर रहा है?”

ब्राह्मण की धृष्ट वाणी सुनकर चरण ने कहा, “अरे ब्राह्मण, क्या तू हमारे प्रबल प्रतापी महाराज उग्रसेन को नहीं जानता, जिनके चरण-नख सब जनपद-नरपतियों के मुकुट मणियों की दीप्ति से प्रतिबिम्बित हैं? तू राज-काज में व्याघात करने वाला कौन है? भाग यहाँ से!”

परन्तु ब्राह्मण इस बात से आतंकित नहीं हुआ। उसने कहा, “राह चलती स्त्री पर अत्याचार करना, क्या राज-काज है?”

"तो अत्याचार कौन करता है ब्राह्मण, हमारे रसिक महाराज तो उससे केवल आज रात का शृंगार माँगते हैं। वे उन सब सामान्याओं को शुल्क में रत्नमणि देते हैं, जो उन्हें एक रात रति देती हैं।"

"भन्ते ब्राह्मण, मैं सामान्या नहीं हूँ, राज-महालय की दासी हूँ! महाराजाधिराज की अन्तेवासिनी हूँ!"

"तो महाराज उग्रसेन, आप इसपर बलात्कार क्यों करते हैं?"

"भन्ते ब्राह्मण, इन्होंने मुझे लात मारी है, मेरा शृंगार खन्डित किया है।"

"अरी तो क्या हुआ? महाराज ने एक लात मार ही दी तो क्या हुआ? महाराज के चरण-स्पर्श से तो तू सत्कृत हो गयी। चल-चल, आज रात हमारे महाराज की अंकशायिनी हो।" चरण ने उसे हाथ पकड़कर घसीटते हुए कहा।

उग्रसेन ने कन्ठ से मुक्ता-माला उतारकर उसके ऊपर फेंकते हुए कहा, "ले अप्सरे, लात का मूल्य, और चल मेरे साथ!"

"नहीं, मैं नहीं जाऊँगी!"

"तो चरण, काट ले इसका सिर!"

चरण ने कोष से खड्ग खींच लिया। ब्राह्मण आगे बढ़कर स्त्री और सेवक के बीच में खड़ा हो गया। उसने कहा, "वह सामान्या नहीं है! तुम उसे बलात् नहीं ले जा सकते, उसपर अत्याचार भी नहीं कर सकते!"

उग्रसेन नशे में धुत हो रहा था। उसने लड़खड़ाते कदम उठाकर, आगे बढ़ते हुए क्रुद्ध स्वर में कहा, "क्यों नहीं ले जा सकते? हम पृथ्वी के स्वामी हैं! पृथ्वी की सब वस्तुओं के स्वामी हैं! क्यों रे चरण?"

"हाँ महाराज, आप पृथ्वी के स्वामी हैं!" चरण ने कहा।

पर ब्राह्मण पत्थर की अचल दीवार की भाँति उसके आगे खड़ा था। उसने कहा, "अरे ब्राह्मण, हट जा! तूने राजाज्ञा नहीं सुनी, मुझे इस स्त्री का सिर काट लेने दे।"

"तू मेरे रहते ऐसा नहीं कर पायेगा, रे अधर्मी शूद्र।"

"अरे हमींको शूद्र कहता है?"

"और तेरा यह महाराज भी शूद्र है! परन्तु शूद्र यह जन्म ही से है, कर्म से तो चान्डाल है!"

यह सुनकर उग्रसेन आपे से बाहर हो गया। उसने कहा, "चरण, पहले इस ब्राह्मण ही का शिरश्च्छेद कर!"

परन्तु ब्राह्मण ने तेजी से लपककर ज़ोर का एक मुक्का चरण की मुष्टि

पर मारा। खड्ग चरण के हाथों से छूटकर भूमि पर गिर गया। उसे फुर्ती से उठाकर, ब्राह्मण ने चरण के कन्ठ पर रखकर कहा, ''अरे धृष्ट शूद्र, आ, आज तुझे देवता की बलि दूँगा!'' चरण ब्राह्मण के चरणों में लोटकर गिड़गिड़ाकर प्राण-भिक्षा माँगने लगा। तब ब्राह्मण ने कहा ''अच्छा, तुझे छोड़ता हूँ! इस कुलांगार राजपुत्र की बलि दूँगा!''

वह नग्न खड्ग लेकर उग्रसेन की ओर बढ़ा। उग्रसेन ने भयभीत होकर कहा, ''सारा नशा खराब कर दिया।''

इसी समय महामात्य वररुचि कात्यायन, तीन-चार सशस्त्र प्रतिहारों के साथ वहाँ आ निकले। उन्हें देखते ही उग्रसेन ने चिल्लाकर कहा, ''आर्य, महामात्य, यह ब्राह्मण मेरा शिरच्छेद करना चाहता है; इसे पकड़कर सूली पर चढ़ा दो!''

महामात्य वररुचि कात्यायन महावैयाकरणी और त्रिकालदर्शी ज्योतिष में पारंगत वृद्ध पुरुष थे। उनका विशाल डीलडौल, बड़े-बड़े नेत्र थे और उज्ज्वल प्रतिभा थी। वे शुभ्र परिधान धारण किये थे। उन्होंने ब्राह्मण के निकट जाकर, उसे पहचानकर कहा, ''तुम हो, विष्णुगुप्त?''

''मैं ही हूँ, आर्य कात्यायन!''

''विवाद का कारण क्या है?''

''यह इस शूद्र राजकुमार से पूछो!''

''आर्य, मैं निवेदन करती हूँ! मैं राज-दासी हूँ, महाराज के लिए मैंने शृंगार किया था। इन्होंने मेरा शृंगार खंडित कर दिया और बलात्कार से रति-याचना करते हैं। स्वीकार न करने पर, शिरच्छेद करने को उद्यत हैं।'' स्त्री ने वररुचि के चरणों पर गिरकर कहा।

''तो हम भी तो महाराज ही हैं। यह स्त्री आज का शृंगार हमें दे, हम शुल्क देंगे।''

''कुमार, तुम्हारा व्यवहार गर्हित है, तुम इस समय सुरा-पान से मत्त हो। जाओ, राज-प्रासाद में जाओ!'' कात्यायन ने कहा।

''अरे, हमारा सेवक होकर हमींको आँखें दिखाता है! राज-कोप का भी तुझे भय नहीं है? अमात्य शकटार जैसे सपरिवार अन्धकूप में पड़ा है, वैसे ही तुझे भी अन्धकूप में डाल दूँगा!''

''राजकुमार, मैं तुम्हारे कुल का सेवक अवश्य हूँ! परन्तु मैं महान नन्द साम्राज्य का महामात्य हूँ। प्रजा का न्याय-शासन करना मेरा कर्त्तव्य है। राजकुल के पुरुष होने के कारण मैं तुम्हारे ऊपर शासन नहीं कर सकता; परन्तु तुम्हारा

प्रजा पर, प्रकट राजपथ में इस प्रकार नीति-विरुद्ध कार्य करना अन्यायपूर्ण है। जाओ, प्रासाद में जाओ!''

''इस सामान्या को मैं ले जाऊँगा। ओहो, आधा प्रहर रात्रि तो इस झगड़े ही में व्यतीत हो गयी! खैर, साढ़े तीन प्रहर ही सही! चल मेरे साथ।'' उसने फिर उस स्त्री का हाथ पकड़ लिया।

स्त्री ने रोते-रोते कहा, ''आर्य महामात्य, आप राज्य के रक्षक हैं। इस आततायी से एक असहाय अबला की रक्षा नहीं कर सकते?''

वररुचि ने कहा, ''कुमार, छोड़ दो उसे!''

''वह कोई कुलस्त्री नहीं है!''

''न सही, स्त्री तो है!''

''तो स्त्रियाँ तो सब ही पुरुषों के लिए भोग्य हैं!''

अब तक ब्राह्मण विष्णुगुप्त खड्ग लिये चुपचाप खड़ा था। अब उसने आगे बढ़कर कहा, ''तुम्हें धिक्कार है कात्यायन! तुम इस कंलकी कुल के सेवक हो—इसलिए इस राजकुमार के अत्याचार से स्त्री की रक्षा नहीं कर सकते। परन्तु मैं सेवक नहीं हूँ। मेरे रहते यह मद्यप इस स्त्री को छू भी नहीं सकता!''

''अरे ब्राह्मण, हट जा, मेरी जो इच्छा होगी करूँगा!''

कात्यायन अब खड्गहस्त होकर आगे बढ़े। उन्होंने कहा, ''तुमने ठीक धिक्कारा, विष्णुगुप्त! ब्राह्मण होकर शूद्र की दासता धिक्कार योग्य ही है! पर प्रजा पर शासन तुम्हारा नहीं, मेरा काम है; आवश्यकता होगी, तो इस राजकुमार का शिरच्छेद मैं ही करूँगा!''

''सब नशा खराब कर दिया। इस अमात्य को सवेरे शकटार के पास, अन्धकूप में कैद करूँगा। चल चरण, लौट चल! ऐसा अच्छा नशा खराब हो गया!'' यह कहता हुआ उग्रसेन, लड़खड़ाते पैर रखते हुए, वहाँ से चला गया।

विष्णुगुप्त ने पुकारकर कहा, ''अपना यह खड्ग तो लेते जाओ, राजकुमार!'' और उसने वह खड्ग हवा में उछाल दिया। फिर स्त्री से कहा, ''चलो, मैं तुम्हें राज-द्वार तक पहुँचा दूँ!''

''नहीं विष्णुगुप्त, कष्ट न करो। मैं इसे अपने साथ महालय ले जाता हूँ चल शुभे, तुझे अन्तःपुर में सुरक्षित पहुँचा दूँ।'' यह कहकर, महामात्य कात्यायन उस स्त्री को साथ लेकर राज-महालय की ओर चले गये। विष्णुगुप्त भी एक ओर को चल दिया। भीड़ के लोग उस कुरूप ब्राह्मण के साहस की चर्चा करते हुए तितर-बितर हो गये।

जीमूतवाहन

प्राचीन काल में मनुष्यों से ऊपर और देवों से नीचे कुछ जातियाँ थीं, जो साधारणतः देव-योनि में ही मानी जाती थीं। उनमें यक्ष, गन्धर्व, अप्सरा, किन्नर, विद्याधर, सिद्ध आदि जातियाँ परिगणित थीं। विद्याधरों के राजा जीमूतकेतु थे। जब वे बहुत वृद्ध हो गये, तो अपने पुत्र जीमूतवाहन को राज्य दे, वन में जाकर तप करने लगे। परन्तु जीमूतवाहन बड़े पितृभक्त और धर्मात्मा थे। पिता के बिना राज्य उन्हें न रुचा, और सिद्ध मन्त्रियों को राज्य-भार सौंप, वे भी तपोवन में माता-पिता की सेवा में आकर रहने लगे।

वहाँ समय पाकर उनके मित्र आत्रेय ने एक दिन कहा, ''मित्र, राज्य छोड़कर, बहुत दिनों तक वन में रहकर तुमने माता-पिता की सेवा की, अब चलकर अपना राजपाट सम्भालो!''

परन्तु जीमूतवाहन ने बहुत समझाने-बुझाने पर भी पिता की सेवा नहीं छोड़ी। आत्रेय ने यह भी भय दिखाया कि तुम्हारा परम शत्रु मातंग तुम्हारे राज्य पर दाँत रखता है, वह अवश्य घात करेगा! इसपर जीमूतवाहन ने कहा, ''मातंग यदि मेरा राज्य चाहता है तो वह मैं उसे दे दूँगा। परोपकार के लिए मैं शरीर भी दे सकता हूँ!''

कालान्तर में जीमूतकेतु ने पुत्र से कहा, ''पुत्र, बहुत दिनों तक उपयोग में आने के कारण समिधा, कुश, पुष्प आदि का यहाँ अभाव हो गया है; इसलिए तुम मलय पर्वत पर जाकर रहने योग्य कोई उत्तम स्थान देखो।''

आत्रेय को साथ लेकर जीमूतवाहन मलय पर्वत पर गया। मलय पर्वत पर चन्दन का सघन वन था। कहीं स्वच्छ-सुशीतल झरने कल-कल शब्द करते बह

रहे थे। कहीं पानी की धारा पत्थरों से टकराकर और चूर-चूर होकर जलकण छिटका रही थी। मधुर मलय पवन चन्दन की मीठी सुगन्ध लिये झरने के जल से शीतल हो बह रहा था। जीमूतवाहन को वह स्थल बहुत भाया। वह अपने मित्र से बात करने लगा—इसी समय उसे सामने कोई आश्रम नज़र आया, जहाँ से हवन का धुआँ निकल रहा था। जीमूतवाहन ने कहा, "वह देखो, कोई आश्रम प्रतीत होता है। वस्त्र बनाने के लिया यहाँ के वृक्षों की छाल सावधानी से उखाड़ी गयी है। उस निर्मल झरने की धार के नीचे पुराने कमण्डलु दिखाई दे रहे हैं। इधर-उधर बटुकों की टूटी हुई मुंज-मेखलाएँ पड़ी हैं। वृक्षों की ऊँची शाखाओं पर मोर और तोते सामगान-सा कर रहे हैं। चलों देखें।"

दोनों आगे बढ़े। जीमूतवाहन ने कहा, "अहा, वह देखो मित्र, मुनि लोग बालकों के आगे वेद की व्याख्या कर रहे हैं। उधर कुछ बालक समिधा बटोर रहे हैं। कुछ बालिकाएँ पौधों को सींच रही हैं। पास ही कहीं से वीणा के साथ संगीत की भी ध्वनि आ रही है।"

आत्रेय ने कहा, "मित्र, वीणा बजाकर कौन गा रहा है!"

जीमूतवाहन ने कहा, "सम्मुख एक देवालय है—वहाँ सम्भव है कोई देवांगना हो!" दोनों देवालय की ओर बढ़ चले।

मलयगिरि पर सिद्धों का निवास था। वहीं कुलपति विश्वमित्र का आश्रम और गौरी का एक मन्दिर था। सिद्धराज की कन्या मलयवती उत्तम पति प्राप्त करने की इच्छा से गौरी के मन्दिर के आँगन में वीणा पर देवी की स्तुति गा रही थी। जीमूतवाहन अपने मित्र आत्रेय के साथ मन्दिर के पास आये, तो देखा कि देवालय में प्रदीप जलाकर एक अनुपम सुन्दरी देवकन्या वीणा बजाकर गा रही है। दोनों छिपकर सुनने लगे।

गाना समाप्त करके मलयवती ने सखी से कहा, "सखी, आज स्वप्न में भगवती गौरी ने मुझे वर दिया कि विद्याधरों का चक्रवर्ती राजा शीघ्र तुम्हारा पाणिग्रहण करेगा!"

यह सुनकर आत्रेय ने जीमूतवाहन को वहाँ ले जाकर खड़ा कर दिया और कहा, "देवी, भगवती गौरी ने यही वर तुम्हें दिया है!"

मलयवती ने प्रेम और लज्जा से जीमूतवाहन को देखा और अनमनी होकर वहाँ से चलने लगी। पर उसकी सखी चतुरिका ने कहा, "यह एक भद्र अतिथि है। हमें इसका सत्कार करना चाहिए।" उसने जीमूतवाहन और उसके मित्र का

सत्कार कर बैठने को कहा।

सिद्धराज विश्वावसु की इच्छा थी कि वे विद्याधर-कुमार जीमूतवाहन को ही कन्यादान करें। इसलिए जीमूतवाहन का वहाँ आना सुन उन्होंने अपने पुत्र मित्रावसु को उनकी खोज में भेजा था। इधर दोपहर के स्नान का समय हो चुका था। विश्वावसु ने एक तपस्वी मलयवती को बुलाने भेजा था। उसने मलयवती के पास जीमूतवाहन को बैठे देखा। पिता की आज्ञा सुन मलयवती मन्दिर से चली गयी।

मलयवती जीमूतवाहन के प्रेम में व्याकुल हो गयी और चंदनलतागृह में आकर अपनी सखी से अपने मन का सन्ताप कहने लगी। इसी समय जीमूतवाहन ने अपने माता-पिता के लिए गौरी-मन्दिर के निकट आश्रम बना लिया और वे माता-पिता के साथ वहीं आकर रहने लगे। इधर सिद्धराज के पुत्र मित्रावसु ने जीमूतवाहन से मलयवती के पाणिग्रहण की प्रार्थना की। अन्त में माता-पिता की आज्ञा ले जीमूतवाहन का विवाह मलयवती से हो गया।

विवाह के दूसरे ही दिन मित्रावसु ने सूचना दी कि तुम्हारे शत्रु मातंग ने तुम्हारे राज्य पर आक्रमण कर उसे हस्तगत कर लिया है। परन्तु तुम्हें कष्ट करने की आवश्यकता नहीं, मैं अभी सिद्धगण के साथ आकाशगामी विमानों पर चढ़कर जाता हूँ और मातंग को मारकर तुम्हारे राज्य का उद्धार करता हूँ।

परन्तु जीमूतवाहन ने उन्हें यह कहकर रोक दिया कि ‘‘मैं राज्य के लिए रक्तपात नहीं चाहता, न मातंग से शत्रुता रखता हूँ। वह राज्य का अभिलाषी है, तो राज्यभोग करे। पर-पीड़न मुझसे न होगा।’’

जीमूतवाहन मलयवती को लेकर अपने पिता के आश्रम में आ रहे। मलय पर्वत की तलहटी में समुद्र था। एक दिन वहाँ मित्रावसु के साथ जीमूतवाहन टहलने गये तो बातों ही बातों में कहने लगे, ‘‘मित्र, यहाँ सिद्धाश्रम में सब सुख तो हैं, परन्तु पृथ्वी पर रहने वाला कोई दुःखी जन नहीं, जिसकी मैं सेवा कर सकूँ।’’

बातें करते-करते वे पहाड़ पर चढ़ने लगे। कुछ दूरी पर पहाड़ जैसी सफेद वस्तु देखकर जीमूतवाहन ने कहा, ‘‘मित्र, यह क्या है?’’

मित्रावसु ने कहा, ‘‘यह नागों की हड्डियाँ हैं। यहाँ गरुड़ आकर नित्य एक नाग को खाता है—इसीसे उनकी हड्डियों का इतना ढेर एकत्र हो गया है। गरुड़ खाता तो एक ही नाग को था, पर उसके लिए समुद्र में इतनी उथल-पुथल मचती

थी कि बहुतेरे नाग मर जाते! इससे नागराज वासुकी को आशंका हो गयी कि ऐसे तो शीघ्र ही नाग-कुल का विनाश हो जाएगा। अब उन्होंने यह व्यवस्था कर दी है कि प्रतिदिन एक नाग ठीक समय पर उसके भोजन को भेज देते हैं। यह गरुड़ द्वारा खाये हुए उन्हीं नागों की हड्डियों का ढेर है!''

जीमूतवाहन यह समाचार सुनकर बहुत दुःखी हुआ और मित्रावसु के चले जाने पर भी वह वहीं बैठकर नागों के दुःख की चिन्ता करने लगा। इसी समय किसी स्त्री के रोने का शब्द उसने सुना। वह कह रही थी, ''शंखचूड़, आज तुम्हारी बारी है। अपनी आँखों से तुम्हारा वध मैं कैसे देखूँगी!''

जीमूतवाहन ने निकट जाकर देखा, एक नाग आगे-आगे चल रहा है। उसके पीछे उसकी वृद्धा माता विलाप करती जा रही है। एक दास दो लाल वस्त्र लिये साथ चल रहा है और कह रहा है, ''शंखचूड़! लो वध का चिह्न यह लाल वस्त्र ओढ़ लो और इस चट्टान पर बैठकर गरुड़ की प्रतीक्षा करो! परन्तु तुम्हारी माता तो पुत्र-शोक से अधीर हो रही है।''

दास वह वस्त्र उसे देकर चला गया। गरुड़ के आने का समय हो गया था। शंखचूड़ की माता पछाड़ खाने और रोने लगी। जीमूतवाहन का हृदय करुणा से भर गया। उसने आगे बढ़कर कहा, ''माता, शोक मत करो! मैं तुम्हारे पुत्र के बदले अपना शरीर अर्पण करूँगा। लाओ, यह लाल वस्त्र मुझे दे दो!''

परन्तु शंखचूड़ और उसकी माता इस बात पर राजी नहीं हुए और वे जीमूतवाहन को धन्यवाद दे देव-प्रणाम करने मन्दिर में चले। इसी बीच मलयवती की माता ने कंचुकी के द्वारा जीमूतवाहन के लिए एक जोड़ा लाल मांगलिक वस्त्र भेजा था। कंचुकी यह सुनकर कि जीमूतवाहन समुद्र तट पर घूमने गये हैं, यहीं वह वस्त्र लेकर आ गया। वस्त्र लेकर जीमूतवाहन ने कंचुकी को विदा किया और वस्त्र अपनी देह पर लपेटकर उस शिला पर जा बैठा। इसी समय बिजली की भाँति उतरकर गरुड़ ने जीमूतवाहन को पंजे में उठा लिया और मलय पर्वत की ऊँची चोटी पर ले जाकर उसे खाना आरम्भ किया।

उधर विश्वावसु के प्रतिहार जीमूतवाहन को ढूंढ़ते इधर आ पहुँचे। उन्हें चिन्ता हुई कि वह समुद्र-तट से अभी तक क्यों नहीं लौटे। अमंगल की आशंका से वृद्ध माता-पिता का हृदय काँप उठा। इसी समय रक्त और माँस से लिपटी जीमूतवाहन की चूड़ामणि वहाँ गिरी। उसे देख जीमूतवाहन की माता रोने लगी; पर प्रतिहार ने कहा, ''यह गरुड़ के भोजन का समय है! जान पड़ता है जो नाग

आज उनके भोजन के निमित्त गया है, यह उसके सिर की मणि है।''

शंखचूड़ जब उस शिला के निकट आया तब तक तो गरुड़ जीमूतवाहन को लेकर मलय की ऊँची चोटी पर जा पहुँचा था। शंखचूड़ रोता हुआ उधर आ पहुँचा और उसने कहा, ''जीमूतवाहन ने मेरे बदले गरुड़ को अपना शरीर दे दिया।'' यह सुनकर सब लोग हाहाकार करने लगे और रोते-कलपते मलय-शिखर की ओर दौड़ चले, जहाँ गरुड़ जीमूतवाहन को खा रहा था।

गरुड़ जीमूतवाहन के आधे शरीर को खा चुका था। जीमूतवाहन कह रहा था, ''गरुड़! खाओ और खाओ! तृप्त होकर भोजन करो! अभी मेरे शरीर में माँस है। तुम भूखे हो!''

गरुड़ को यह देखकर बड़ा आश्चर्य हुआ। वे सोचने लगे, ''ऐसा तो कभी नहीं हुआ, जबकि मैंने इतने नाग खाये। न यह रोता-चीखता है, न दर्द से तड़पता है। उल्टे आनन्दित हो रहा है।''

उन्होंने कहा, ''महात्मा, तू कौन है? तेरे जैसा धैर्यवान पुरुष मैंने नहीं देखा।''

इसी समय दौड़ते हुए आकर शंखचूड़ ने कहा, ''ये नाग नहीं हैं। नाग मैं हूँ। इन्हें छोड़ दो। सर्वनाश हो गया। मुझे खाओ गरुड़! यह तो विद्याधर जीमूतवाहन हैं।''

जीमूतवाहन ने कातर होकर कहा, ''तुम क्यों आये शंखचूड़? क्यों मेरी इच्छापूर्ति में बाधा दी?''

गरुड़ ने शंखचूड़ की बात सुनकर कहा, ''यह तो बड़ा अनर्थ हो गया! क्या विद्याधर जीमूतवाहन ने विपत्ति में पड़े नाग की रक्षा के लिए अपना शरीर दान कर दिया है?''

इसी समय जीमूतवाहन के माता-पिता गिरते-पड़ते आ पहुँचे। उन्हें देखकर जीमूतवाहन ने कहा, ''शंखचूड़, मेरा शरीर अपने दुपट्टे से ढक दो, क्योंकि माता-पिता देखेंगे तो प्राण त्याग देंगे।''

जीमूतवाहन के माता-पिता मलयवती के साथ वहीं पहुँचकर विलाप करने लगे। पर जीमूतवाहन को जीवित देखकर उन्हें कुछ धैर्य हुआ। गरुड़ ने कहा, ''इस महात्मा का त्याग तो महान है! मैंने आज से जीव-हिंसा त्याग दी।'' परन्तु इसी समय गरुड़ का वचन सुन, जीमूतवाहन के मुँह पर मुस्कान आयी और प्राण निकल गये।

सब लोग विलाप करने लगे। इसपर गरुड़ ने कहा, ''मैं स्वर्ग से अमृत

लाकर जीमूतवाहन तथा अन्य सब नागों को अभी जीवित करता हूँ।" यह कहकर वे आकाश में उड़ गये।

इधर सब लोग मृत जीमूतवाहन के मृत शरीर के दाह का प्रबन्ध करने लगे। मलयवती ने आकाश की ओर मुँह करके रोते हुए कहा, "देवी गौरी तुमने तो वर दिया था कि विद्याधर चक्रवर्ती राजा मेरे पति होंगे! यह क्या हुआ?"

इसी समय गरुड़ ने आकाश से अमृत की वर्षा कर दी। जीमूतवाहन फिर ज्यों-के-त्यों होकर उठ बैठा। सब नाग भी जीवित हो, जीभ से अमृत चाटते हुए पहाड़ी से उतरने लगे।

देवी ने जीमूतवाहन को विद्याधर चक्रवर्ती का पद प्रदान किया।

कोई शराबी था

अब्दुल्ला बहुत खुश था। बहुत ही खुश। वह तहसील का चपरासी है। इसी नौकरी में उसने अपने बाल सफेद किये हैं। जब वह नौकर हुआ था, अठारह साल का पट्ठा था; अब वह पचास के किनारे पहुँच रहा है। बस साल-दो साल की नौकरी है, फिर छुट्टी। अब्दुल्ला छोटा आदमी है, महज तहसील का चपरासी। मगर खुदापरस्त और नेक। रोजे-नमाज़ का पाबन्द। अपनी नौकरी के दौरान उसने बड़े-बड़े हाकिमों की आँखें देखी हैं, पर कभी एक बार भी चूक नहीं की। वह न कभी रिश्वत लेता है, न इनाम मांगता है, न किसीसे झगड़ता है। बस, अपने काम से काम रखता है। अब लोग उसे हाजी कहते हैं। हाकिम उससे खुश रहते हैं। खुशमिजाज है, नेक है; नेकी का दामन पकड़े रहता है।

वह गोरेगाँव का रहने वाला है। पर आज तीस साल से वह गोरेगाँव नहीं गया। नौकरी में दूर-दूर मारा-मारा फिरा। बेचारा अदना चपरासी, कलील तनख्वाह। बाल-बच्चेदार आदमी। न उसे छुट्टी मिली, न ऐसा सुभीता हुआ कि गोरेगाँव जाए। गोरेगाँव उसका वतन है, वहाँ वह पैदा हुआ है। बचपन की स्मृतियाँ उसके दिमाग में ताजा हैं। अपने जीवन के अठारह उभरते हुए वसन्त उसने उसी गाँव में व्यतीत किये हैं। वह बहुधा अपने किशोर जीवन की खट्टी-मीठी स्मृतियों को, जब-तब अपनी आँखों में संजोता रहा है। देश-परदेश में वह मारा-मारा फिरा। बड़े-बड़े बिगड़ैल हाकिमों की आँखें देखनी पड़ीं। भाँति-भाँति के आदमियों से वास्ता पड़ा, पर अपने लंगोटिया यार दलमोड़सिंह को वह नहीं भूला। चौधरी दलमोड़सिंह! सोने-सा खरा आदमी। वे दिन भी थे जब दोनों दूध-पानी की तरह घुल-मिलकर रहते थे। वह हिन्दू, यह मुसलमान। वह जमींदार, यह अदना चपरासी, लेकिन

दिल दोनों के एक। आज तीस साल से भी ऊपर हो गये, अब्दुल्ला ने चौधरी दलमोड़सिंह को देखा नहीं है। खत-पत्तर का भला क्या मौका? पर कभी एक क्षण को भी वह न चौधरी दलमोड़सिंह को भूला है, न गोरेगाँव को। दोनों की याद आते ही उसे अपनी जवानी याद आ जाती है, बचपन याद आ जाता है, बीते हुए दिन याद आ जाते हैं—जो चले गये हैं, अब लौटकर न आएँगे। कभी नहीं! कभी नहीं!

:: 2 ::

तीस साल बाद बदलकर फिर वह अपने इलाके में आया है। गोरेगाँव तो सदर से केवल चार ही कोस पर है। यहाँ आये भी डेढ़ महीना हो गया, पर गोरेगाँव जाने का मौका नहीं मिला उसे। साहब ने छुट्टी नहीं दी। घर-गिरस्ती की खटपट ने भी उसे परेशान रखा। और आज बिना माँगे मुराद मिल गयी। साहब का इलाका दौरा कल गोरेगाँव में है। उन्होंने अब्दुल्ला को हुक्म दिया है कि उसे उनकी पेशी में मुकाम पर हाज़िर रहना है। उन्होंने उसे अभी से छुट्टी दे दी है।

हुक्म सुनकर अब्दुल्ला ने साहब को सलाम किया। 'बहुत अच्छा हुज़ूर!' कहकर खुशी-खुशी कचहरी से निकलकर वह सहन में आया। बड़ी सख्त गर्मी थी। टिटार दुपहरी। कभी-कभी लू के झोंके भी आ रहे थे। पर अब्दुल्ला का इधर ध्यान नहीं था। कचहरी के सहन में एक बहुत पुराना इमली का पेड़ था। उसकी छांह में तने से पीठ लगाये अबदुल्ला बैठा था। वह बहुत ख़ुश था। उसकी आँखों में एक चमक थी। उसने आकाश पर नज़र डाली और उसके होंठों से निकला, "अलहम्दुलिल्लहा या पाक परवर-दिगार, तूने आज मेरी मुराद पूरी की। तेरी रहमत बड़ी है। जिस दिन से बदलकर आया हूँ कितनी बार छुट्टी माँगी, पर न मिली। लेकिन आज हुक्मन जा रहा हूँ!" तीस साल बाद, ज़रा सोचिए तो, पूरे तीस साल बाद।

युग बीत गया। नयी दुनिया पुरानी हो गयी। जवानी झुक गयी, स्याही पर सफेदी फैल गयी, जीवन की दुपहरी ढल गयी।

कुल दो-ढाई घण्टे का ही रास्ता है! अब्दुल्ला के मानस-नेत्रों में वह टेढ़ा-मेढ़ा पतला-कच्चा रास्ता जैसे सामने आ खड़ा हुआ। रास्ते में आने वाले गाँव, उनके छप्परों से उठता हुआ धुआँ, घी पकने की सोंधी महक, रास्ते के किनारे इठलाता हुआ वह पुराना बरगद का पेड़ और पक्का कुआँ—जहाँ गाँव की लड़कियाँ और

बहुएँ पानी भरने आती हैं अपना अलबेला यौवन बिखेरती हुई, बेसुध, भोली और अल्हड़। कोई हँस रही है, कोई साथिन को टहोका मारकर चुहल कर रही है। किसीने कुएँ में रस्सी फांसी, किसीने घड़ा कमर से लगाया। कमर बलखाने लगी, हाय मेरी दैया!!

अब्दुल्ला की सोयी हुई जवानी जैसे जाग उठी। जीवन के प्रभात की ये स्मृतियाँ, जैसे उसके मन-मानस से निकल-निकलकर साकार हो उठीं। वह ठहाका मारकर हँस उठा, एक मीठी-सी हँसी, जैसे अभी-अभी किसी नयी-नवेली ने उस अल्हड़ छोकरे पर नैन का बान चलाया हो। एक दीर्घ निःश्वास लेकर वह फिर विचार-सागर में गोते लगाने लगा, जैसे वह गोरेगाँव की बलखाती हुई पगडण्डी पर चढ़ा चला जा रहा है, अपनी भरी जवानी की चाल में गुनगुनाता हुआ। सूरज सिर पर चमक रहा है, रेत के टीले धूप में सोने के ढेर की भाँति चमक रहे हैं। वह छोटी-सी देहाती नदी, जो बरसात में गजब ढाती थी, बलखाती सांपिन की तरह खिसकी चली जा रही है। दूर-दूर तक फसलों से लदे खेत, और गाँव के पश्चिमी किनारे पर चौधरी दलमोड़ का लम्बा-चौड़ा अहाता और बिलकुल उससे सटा हुआ मकान, अगली तरफ उसकी छकड़िया। सामने वह खड़ा चौधरी दलमोड़ दुबला-पतला, छरहरा बदन, हँसती हुई आँखें, छोटी-छोटी मूँछे, पतले होंठ। क्या मजे का पक्का यार है! कितनी बार उसके साथ नदी में डुबकियाँ लगायी हैं, कितनी बार लाठी के हाथ निकाले, कितनी बार इन जंगलों में घूमे, कितनी बार उसी बरगद की छाया में पनघट की सैर की, जब उसका रोम-रोम जवान था, उमंगों से भरा हुआ। वाह यार दलमोड़सिंह, कहो कैसे हो? भई, बहुत दिनों में मिले।

एक बार अब्दुल्ला ने फिर अपने चारों ओर देखा। उसके होंठों पर मुस्कान फैल गयी। वह पेड़ के नीचे से उठा। अपनी कोठरी में गया, अपना झोला और डण्डा उठाया और चल दिया।

:: 3 ::

वह जा रहा था गोरेगाँव, अपने चिर-परिचित टेढ़े-मेढ़े मार्ग पर उत्साह और भावों से भरा हुआ। चारों ओर के दृश्यों, गाँवों और चिह्नों को देखता हुआ। तीन-चार कोस का वह कच्चा मार्ग आज उसे बहुत लम्बा लग रहा था। उसे ऐसा प्रतीत हो रहा था जैसे उसे उस मार्ग पर चलते हुए तीस बरस बीत रहे हें। ज्यों-ज्यों

उसके कदम आगे बढ़ रहे थे, अपने लंगोटिया यार दलमोड़ से मिलने की अधीरता बढ़ती ही जाती थी। उसे याद था—दलमोड़ चौधरी का एक बेटा था, बहुत बार उसने उसे अपनी छाती पर उछाला था, बहुत बार उसने कहा था, ''चौधरी, लाट साहब बनेगा यह लड़का एक दिन! तब तुम ज़रा सिफारिश करके मेरी नौकरी भी लगवा देना। मैं भैया का अर्दली बनूँगा।'' इसपर दलमोड़ हँस देता था। अब तो वह लड़का बड़ा हो गया होगा, बाल-बच्चेदार हो गया होगा, उसने कुछ मिठाई खरीदकर उसके लिए बांध ली थी। वह जा रहा था, तीस बरस बाद, अपने गाँव, गोरेगाँव। अब गाँव में उसका घर कहाँ है? बस, एक चौधरी दलमोड़ ही है। आज रात-भर घुटेगी उसकी चचा दलमोड़ से। बराबर खाट बिछाकर रात-भर सोने न दूँगा; अपनी कहूँगा, उसकी सुनूँगा। चिलम-तम्बाखू पियेंगे दोनों मजा रहेगा!

वह आ गया बड़ का पेड़, वही है कुआँ। अब्दुल्ला ज़रा वहाँ ठिठका। इस समय वहाँ सुनसान था। उसने पश्चिम में डूबते हुए सूरज पर नज़र डाली, अस्त होते हुए सूरज की पीली-पीली धूप उस पुराने बरगद के पेड़ की घनी छांह में कुएँ पर गिर रही थी। वह सोचने लगा, 'अब वह कुआँ भी मेरी तरह बूढ़ा हो गया। वे सब अल्हड़ छोरियाँ, जिनकी धमा-चौकड़ी कुएँ पर रहती थी, अब बूढ़ी हो चुकी होंगी, अपने बाल-बच्चों में, अपनी गिरस्ती में फँसी होंगी। हुरदंगी लड़कियों का ब्याह हो गया होगा, वे सब अपनी ससुराल चली गयी होंगी। इसीसे पनघट सूना हो रहा है।'

उसका मन कुछ सूना-सूना हो गया। सामने गोरेगाँव है। वह दीख रहा है नीम का पेड़, जो दलमोड़ के अहाते में है। वह तेजी से आगे बढ़ा।

लेकिन यह क्या? यह दुमंज़िली पक्की कोठी किसकी है? यहाँ का तो नक्शा ही बदला हुआ है। हाँ, हाँ, वही नीम का पेड़ है! वह तनिक आगे बढ़ा। उसने देखा—नीम का पेड़ तो वही है। लेकिन उसके नीचे जो दो खुन्नी भैंसें बँधी रहती थीं, वे वहाँ नहीं हैं। अब नीम के चौगिर्द पक्का चबूतरा बन गया है, चबूतरे पर रेत बिछा है। रेत पर दो अलसेशियन कुत्ते बन्धे हैं, एकदम भेड़िये जैसे भयानक। उसे देखकर कुत्ते भूँकने लगे। अब्दुल्ला ज़रा ठिठककर इधर-उधर देखने लगा। लम्बा-चौड़ा अहाता तो वही था, मगर दलमोड़ के छकड़िये का पता न था। वहाँ तो एक आलीशान पक्की कोठी खड़ी थी।

कुत्तों का भूँकना सुनकर एक पहाड़ी नौकर भीतर से निकला। मिचमिची आँखों से उसने अब्दुल्ला की ओर देखा। फिर उसने ज़रा लापरवाही से कहा,

''क्या है, किसे देखते हो, क्यों घुसे चले जा रहे हो?''

''भई, मैं चौधरी से मिलने आया हूँ, चौधरी से कहो—अब्दुल्ला आया है!''

''जाओ, जाओ, यहाँ कोई चौधरी-औधरी नहीं रहता; गाँव में जाकर पूछो!''

''यह किनकी कोठी है भाई? चौधरी यहीं तो... चौधरी दलमोड़...।''

''अरे जाओ, यह हमारे साहब की कोठी है। देखेंगे तो बिगड़ेंगे। जाओ, बाहर जाओ; भीतर आने का हुक्म नहीं है!''

वह अवज्ञा की दृष्टि उसपर डालता हुआ भीतर घुस गया। अब्दुल्ला खड़ा-खड़ा इधर-उधर देखने लगा। दोनों भेड़िये कुत्तों पर उसकी नज़र गयी। वे उसे देखकर अब भी भौंक रहे थे।

एक सुवसना सुन्दरी भीतर से निकली। शहर में ऐसी हिन्दुस्तानी मेम साहब उसने बहुत देखी थीं। गोरा-चिट्टा रंग; महीन रेशमी साड़ी, जिसमें से पेट और नंगी कमर झाँक रही थी; लिपस्टिक से रंगे लाल-लाल होंठ। साथ में दो बच्चे गुलाब के फूल की भाँति सुन्दर और सजे हुए।

सुन्दरी ने कहा, ''तुम कौन हो और यहाँ क्यों खड़े हो?''

''मैं चौधरी दलमोड़सिंह से मिलने आया हूँ।''

''उनसे मिलना है तो स्वर्ग में जाकर मिलो।''

''या ख़ुदा, तो क्या चौधरी...'' अब्दुल्ला होंठों-ही-होंठों में बड़बड़ाया।

सूरज छिप गया था। अन्धेरे ने गाँव को और उस भव्य कोठी को तथा अब्दुल्ला के हृदय को भी ग्रस लिया था। उसने अटकते हुए हकलाकर कहा,

''परदेशी आदमी हूँ, आज रात यहाँ काटना चाहता हूँ।''

''यह होटल या सराय नहीं है। चले जाओ यहाँ से!''

अब्दुल्ला ने एक बार फिर उस नीम के पेड़ को ऊपर से नीचे तक देखा जो अब केवल अन्धकार का ढेर-सा हो रहा था। वह लड़खड़ाते पैरों से वहाँ से चल दिया।

महिला ने इस तरह उसे जाते देखकर कहा : ''कोई शराबी था!''

बहू-बेटे

बालिका ने वृद्धा की खाट के पास जाकर मीठे स्वर से कहा, ''अम्मा उठो, नहीं तो भाभी फिर नाराज़ हो जाएँगी।''

वृद्धा आँखें बन्द किये पड़ी थी। आँखें खोलकर बालिका की ओर ताककर उसने कहा, ''अभी उठती हूँ बेटी। अब मेरा दर्द और बुखार कुछ कम हुआ है; तू बहू से पूछ आ वह क्या खाएगी? ज़रा चूल्हा जला दे!''

बालिका ने कोठरी से बाहर आकर बहू को कमरे के द्वार पर ही से झांककर देखा। वह उस समय एक पुस्तक पढ़ रही थी। उसने सहमते हुए स्वर में कहा, ''भाभी, अम्मा पूछती है कि इस वक्त तुम क्या खाओगी?''

उसने किताब पर से दृष्टि उठायी, बालिका को घूरा, ज़रा सिर उठाकर क्रुद्ध होकर कहा, ''अच्छा, तो अभी पूछ-गछ ही ही रही है? देखती नहीं है कि दिन घर को गया।''

बालिका बोली नहीं, चुपचाप द्वार से चिपकी हुई खड़ी रही; और बहू अपना उपन्यास पढ़ने में एक प्रकार से फिर लीन हो गयी। थोड़ी देर बाद उसने झिड़ककर बालिका से कहा, ''जा पूरी-तरकारी बनाने को कह दे! वक्त पर खाना मिल गया तो बात ही क्या रही?''

बालिका दौड़कर माता की कोठरी में चली आयी। उसने वृद्धा से कहा, ''माँ, भाभी ने पूरी बनाने को कहा है।''

वृद्धा ने जवाब दिया, ''कल तो उसे दस्त लग रहे थे, पन्द्रह दिन तक बुखार रहा और वह खाएगी पूरी? यह कैसे हो सकेगा! डाक्टर बकेगा तब? जा, और कुछ पूछ आ!'' लेकिन बालिका की हिम्मत शेरनी की उस मांद में जाने

की नहीं हुई। उसने धीमे स्वर में कहा, ''माँ, बना दो। दो पूरी में क्या हो जाएगा। वहाँ जाने से तो भाभी नाराज़ होती हैं।''

संध्या हो रही थी और ठण्ड बढ़ती चली जा रही थी। लम्बे-चौड़े घर में ये ही सिर्फ ढाई आदमी थे—वृद्धा, बहू और वह छोटी-सी बच्ची। एक विचित्र सन्नाटा और एक अशुभ वातावरण घर-भर में फैला हुआ था। तीनों में से एक जब कोई बोल उठता तो ऐसा मालूम होता था कि जैसे कब्र में से कोई मुर्दा बोल उठा हो।

बुढ़िया उठी। बुखार की वजह से वह बहुत कमजोर थी और पेट में अभी तक दर्द था; परन्तु उसकी हड्डियाँ पुराने मसाले की थीं। बालिका ने चूल्हा जलाया और बुढ़िया तमाम सामान जुटाकर चौके में ले आयी। बालिका ने घी की मटकी देखकर कहा, ''अम्मा, घी तो है ही नहीं! यह देखो, ज़रा-सा है।''

वृद्धा ने घबराकर कहा, ''तो पूरियाँ कैसे बनेंगी?''

कुछ सोचकर बालिका ने कहा, ''कुछ पैसे दो तो दौड़कर ले आऊँ।''

परन्तु वृद्धा ने मरे हुए स्वर से कहा, ''पैसे मेरे पास कहाँ? खर्च तो बहू के पास ही रहता है, उसीसे कह!''

बालिका सोच में पड़ गयी। भाभी के पास जाने का उसे साहस नहीं हो रहा था। कुछ सोचकर उसने कहा, ''जाने भी दो अम्मा! बीमार आदमी की तो नीयत ऐसे ही बिगड़ जाती है। तुम दाल-भात बनाओ। भाभी खा लेगी, ज़रा नाराज़ हो जायेगी तो क्या?''

वृद्धा ने दाल-भात चढ़ा दिया। कुछ तरकारी भी बनायी और चटनी तैयार की। फुल्का तवे पर डालकर उसने कहा, ''जा बेटी! बहू को बुला ला, खा जाये। ज़्यादा बैठने की मुझमें सामर्थ्य नहीं; सिर घूम रहा है और दर्द भी बहुत है।''

बालिका डरते-डरते फिर भाभी के विलास-भवन में गयी। उसका साहस कमरे के भीतर जाने का नहीं होता था। वह जानती थी कि भाभी का सख्त हुक्म है कि कोई कमरे के भीतर कदम न रखे, न दरवाज़ा खोले, सिर्फ बाहर से आवाज़ दे। बालिका ने धीरे से कहा, ''चलो भाभी, भोजन कर लो!''

बहू ने किताब रख दी और अलसायी हुई उठी और इठलाती हुई रसोई में आ बैठी। देखा, आसन पड़ा है और थाल परोसा हुआ रखा है, पर थाल में पूरियाँ नहीं हैं, दाल-भात है। उसने ज्वालामय नेत्रों से सास की ओर देखकर कहा, ''किसने कहा था यह गोबर बनाने के लिए?''

वृद्धा ने धीमे स्वर से कहा, ''जो कुछ भी बना है वह खा लो! इस समय घी घर में नहीं था। फिर तुम्हें ऐसी चीज़ पचती भी तो नहीं है; अभी बीमारी से उठी हो!''

बहू ने गरजकर कहा, ''घी नहीं था तो फूटे मुँह से कहा क्यों नहीं था? मैं क्या मर गयी थी? इस जले घर में क्या कुछ मिल सकता है?'' उसने थाल में एक ठोकर मारी और सर्पिणी की भाँति फुफकार छोड़ती हुई अपनी विलास-शय्या पर जा पड़ी। वृद्धा और बालिका शून्य दृष्टि से एक-दूसरे को देखने लगे। उसका अर्थ यह था कि अब क्या होगा?

:: 2 ::

सुबह दस बजे से पाँच बजे तक अफसरों की घुड़कियाँ और जूतियाँ खाकर बेमुल्क-नवाब घर में घुसे। आते ही बेगम साहिबा की तलाश में इधर-उधर आँखें घुमाने लगे। वह उस वक्त कोप-भवन में थीं। बुढ़िया अपनी चारपाई पर पड़ी धड़कते हुए कलेजे से यह प्रतीक्षा कर रही थी कि बेटा तबीयत का हाल पूछेगा और तकलीफ़ देखकर कुछ सहानुभूति दिखाएगा। इससे इतना लाभ तो जरूर होगा कि बहू कि शिकायत का ज़्यादा असर न होगा। लेकिन पुत्र महाशय ने छाता खूंटी पर टाँगते हुए पूछा, ''वह कहाँ है?''

बुढ़िया ठंडी पड़ गयी। उसने मन्द स्वर में कहा, ''अपने कमरे में होगी।''

यह सुनकर बाबू साहब ने घबराकर कहा, ''क्यों, तबीयत तो उसकी अच्छी है?''

वह माता के उत्तर को सुनने के लिए खड़े न रहे। झपटते हुए अपनी पत्नी के शयनागार में घुस आये, जो मुँह छिपाये रजाई में लिपटी पड़ी थी। आपने जाते ही नब्ज देखी, बाल संवारे और तबीयत का हाल पूछा। लेकिन मलिका ने जवाब नहीं दिया। वह सिर्फ करवट बदलकर लेट गयी। अब नवाब-बेमुल्क की समझ में आया कि यह रोग नहीं है, मान है! भौं में बल डालकर बोले, ''हुआ क्या है?''

महारानी ने मुँह फुलाकर कहा, ''चलो हटो, मेरा सर न खाओ मुझे पड़ी रहने दो। मुझे मर जाने दो!''

एक सांस में इतनी बातें सुनकर नवाब-बेमुल्क के माथे पर पसीना आ गया। भला आप ही ख्याल फरमाइये कि जो आदमी उसे ज़रा पड़ी भी नहीं रहने दे

सकता, वह उसे मरने कैसे दे सकता है! उन्होंने खुशामद के स्वर में कहा, ''आखिर बात तो मालूम हो कि हुआ क्या?''

बेगम साहिबा ने नकियाकर कहा, ''कुछ बात भी है? यों ही मेरी तबीयत पूरी खाने को चल गयी थी, सो बनाने को कह दिया था। और दिन तो परांठे भी बन जाते थे, मगर आज जिद्द बाँधकर दाल-भात ही बनाया। इस घर में मेरी ज़रा भी बात नहीं चलती! अजी, मैं तो मोल खरीदी हुई बांदी हूँ। मेरी तबीयत ही क्या, और मेरा जी ही क्या? माँ-बाप ने मुझे हाँक दिया, सो मेरी तकदीर खुल गयी, जो इस घर में आयी। गहने-कपड़े सब भांड़ में गये, एक बड़े टुकड़े के लिए ऐसा तरसना पड़ता है।'' इसके बाद सुबकियों के बढ़ जाने से डायलाग बन्द हो गया, सिर्फ ऐक्टिंग रह गयी। वह दोनों हाथों से मुँह छिपाकर धूमधाम से रोने लगी।

घर में घुसते ही पहले तो नवाब-बेमुल्क ने यह ख्याल किया था कि शायद भीतर स्वयं सेवा दरकार है, इसलिए एक हाथ उनकी नब्ज पर रखा था और दूसरे से अपना कोट उतार रहे थे। लेकिन रंग-ढंग देखकर उस कोट को आधा पहने रहे, बोले नहीं। होंठ काटते हुए बाहर आये और गरजते हुए वृद्धा को लक्ष्य करके बोले, ''तुम लोगों में से एकआध खत्म हो तो मेरी जान का वबाल टले। बाहर से थका-मान्दा, भूखा-प्यासा घर में आता हूँ, तो आग ही लगी दिखती है।''

वृद्धा चुपचाप पड़ी रही। उसकी तबीयत भी अच्छी नहीं थी और वह बहू-बेटे से बहुत डरती भी थी। परन्तु बालिका ने आँखें डबडबाकर कहा, ''भैया, घर में घी नहीं था।''

भीतर से गरजती हुई मलिकाइन निकली और बालिका को घुड़ककर कहा, ''घर में कुछ है थोड़े ही! घी नहीं था, तो मुझसे क्यों नहीं कहा? यह सब बहानेबाजी है, असलियत मैं जानती हूँ।''

वृद्धा अब भी चुप थी। पुत्र से माँ की यह चुप्पी सही नहीं गयी। उसने कड़ककर कहा, ''मैं जो बक रहा हूँ, वह भी सुना? मैं कहता हूँ कि यह रोज़ की हाय-हाय मुझसे बर्दाश्त नहीं होती!''

आखिर बुढ़िया की जुबान खुली, उसकी आँखों से आँसू बहने लगे। उसने काँपते स्वर में कहा, ''बेटे, तुम जवान हो गये; घर-बार के हो गये। यह बुढ़िया मैया और कुछ दिनों की मेहमान है। तुम्हें मुनासिब है कि उसे मनमाने सांस लेने दो। तुमने रुपया-पैसा और खर्च-पानी की ज़िम्मेदारी तो अपनी बहू के सुपुर्द

कर रखी है; मैं भला कर भी क्या सकती हूँ? गृहस्थी में ऐसा हो ही जाता है। आखिर बहू अपनी ही तो है, कोई मेहमान तो नहीं!''

सुयोग्य पुत्र ने तिनककर कहा, ''तुम्हारे हाथ खर्चा देकर क्या बण्टाधार करूँ? रुपया क्या तुम्हारे हाथ में ठहरता है? रुपये को रुपये थोड़े ही समझती हो!''

वृद्धा ने उसी धीमे स्वर में कहा, ''अच्छी बात है। अब तुम्हें सुघड़ बहू मिल गयी है; परन्तु यह घर इसी बुढ़िया के धूल-भरे हाथों से बना है। तुम्हारे पिता सिर्फ साठ रुपये लाते थे, तब भी घर में सब कुछ था। मकान भी घर का था, पड़ोस के दस-पाँच गरीब-मोहताज भी पल जाते थे। तुम सवा सौ रुपये कमाते हो। उन्हें मरे अभी सिर्फ तीन साल पूरे ही हुए हैं। तुमने मकान भी बेच दिया और तनख्वाह में तुम्हारा पूरा पड़ता नहीं! एक-एक करके तमाम जेवर और फिर बर्तन तक बेचने की नीयत आ रही है। अच्छा है, तुम मालिक हो; जो जी चाहे करो!''

उसका गला भर आया और उसे अपने मृत पति की याद आ गयी। हृदय में यह भावना पैदा हुई कि आज उसके इस असहाय जीवन में उसके मरने-जीने की पूछने वाला भी कोई नहीं है। बाबू साहब कुछ बोले नहीं, वह पूरियाँ लाने बाज़ार चले गये। कुछ देर बाद बहू, पति के साथ एक ही थाल में पूरियाँ खा, हँस-हँसकर बोल रही थी। पतिदेव गर्व से प्रसन्न थे और हँसी में योग दे रहे थे।

:: 3 ::

आधी रात होने के बाद बालिका ने आवाज़ दी। भैया और भाभी दोनों ही चौंक उठे।

पुत्र ने पूछा, ''कौन?''

बालिका ने कहा, ''मैं हूँ भैया! अम्मा की तबीयत अच्छी नहीं है, उन्हें दस्त और उल्टियाँ हो रही हैं।''

बाबू साहब उठने लगे, किन्तु बहू ने बाधा दी और कहा, ''अब रात में उठकर तुम कर क्या लोगे! उन्हें रात में ऐसा हो ही जाता है। सुबह देखा जायेगा। अनाप-शनाप खा लेती हैं; पचता है नहीं!''

एक बार बालिका ने फिर कहा, ''अम्मा बहुत छटपटा रही हैं।''

बाबू साहब ने बाहर आकर माता की दशा देखी और झुककर हालात पूछे। बूढ़िया ने आँख खोलकर देखा कि पुत्र खड़ा हुआ है। उसने मन्द स्वर में कहा, ''लड़की बड़ी खराब है। नहीं मानी, तुम्हें जगा लायी। जाओ सोओ! मुझे तो ऐसा हो ही जाता है। जाओ सो रहो; सवेरे दफ्तर जाना होगा।''

सोया हुआ पुत्र-भाव जागृत् हुआ और वह माता की चारपाई के एक कोने पर बैठ गये। उन्होंने पूछा, ''तबीयत कैसी है? तकलीफ तो ज़्यादा नहीं?''

वृद्धा ने कहा, ''मुझे तो ऐसा हो ही जाता है! ज़रा खाने-पीने में गड़बड़ी हुई कि पेट में विकार आ गया!''

पुत्र ने डाक्टर को बुलाने की इच्छा प्रकट की, लेकिन वृद्धा ने उन्हें कसम देकर कहा, ''डाक्टर की कोई ज़रूरत नहीं। दो रुपया मुफ्त में ले जायेगा। मुझे कुछ भी तो नहीं हुआ।'' फिर उन्होंने आज्ञा के स्वर में कहा, ''तू जाकर सो जा!'' और वह जाकर सो गये।

प्रातःकाल जब वह उठकर बाहर आये, तो देखा माता का निर्जीव शरीर पड़ा है और बालिका उसी की छाती पर सो गयी है।

इन दोनों स्त्री-पुरुषों को हम जानते हैं—पूरे चटोरे! पहले पत्ते चाटते थे, अब घर को चाट रहे हैं। आशा है, वे शीघ्र ही परस्पर एक-दूसरे को चाट जायेंगे।

तेरह वर्ष बाद

आम कहावत है कि दूसरी पत्नी पति को अधिक प्यारी होती है। कदाचित् इसलिए कि उसमें उल्लास और वेदना एक ही लक्ष्य-बिन्दु पर संघात खाती हैं। पति की गदहपचीसी रफूचक्कर हो जाती है। जीवन की एक असाधारण ठोकर उसे कल्पना, स्वप्न और बाहरी रंगों की दुनिया से उठाकर भीतरी जगत के सत्यलोक में पहुँचा देती है। वह पत्नी को प्रेयसी समझने की बेवकूफी शायद फिर नहीं कर सकता। जीवन-संगिनी का सच्चा अर्थ टीका और भाष्य-सहित उसकी समझ में आ जाता है। खटपट, मान, व्याजकोप, ऊधम और तमाम चंचल वृत्तियों के प्रोग्राम स्थगित हो जाते हैं, और वह सावधान, गम्भीर, स्थिर, केन्द्रित और उत्तरदायित्वपूर्ण हो जाता है।

परन्तु संगीत में एकसाथ मिलकर बजने वाले विविध वाद्य जब तक सम पर आकर संघात नहीं खाते, तब तक संगीत का समा नहीं बन्धता। सितार और सारंगी, तबला और हारमोनियम, सबके ठाठ जुदा तो हैं, पर उन्हें स्वर-लहरी और ताल के साथ विवश होकर मिलकर ही चलना पड़ेगा, तभी तो रसोदय होगा! ठीक उसी प्रकार दाम्पत्य में रसोदय तो तभी होता है, जब पति-पत्नी जीवन की प्रत्येक सूक्ष्म और स्थूल क्रियाओं में एकीभूत हों; प्रत्येक सम पर दोनों अभिन्न हो जायें—सर से भी और ताल से भी!

उदय और अमला पति-पत्नी थे। जीवन की संगीत-लहरी, दोनों की हृदय-वीणा के तारों को प्रकम्पित करती थी; परन्तु सम पर आकर दोनों बेसुरे हो जाते थे। ताल-सुर मेल नहीं खाते थे। इससे, सब कुछ ठीक होने पर भी, उस छोटे-से दाम्पत्य-संगीत में रसोदय नहीं हो पाता था, क्यों? सो कहता हूँ। उदय की आयु

32 साल की थी और अमला की 18 वर्ष। अमला से उदय का ब्याह हुए केवल डेढ़ वर्ष बीता था। अमला उदय की दूसरी पत्नी थी।

28 साल की अवस्था में उदय की प्रथम पत्नी का अकस्मात् देहान्त हुआ। प्रेमोन्माद की मूर्च्छिवस्था में ही जैसे किसीने उसका सब कुछ अपहरण कर लिया हो। पत्नी की मृत्यु के बाद तुरन्त ही वह उन्माद उतर आया, और फिर उसने अपने संसार को छिन्न-भिन्न, दुर्गम और असह्य पाया। अकस्मात् और असमय की मनोवेदना उसका अदीर्घदर्शी जीवन न सह सका; वह वेदना से विकल हो हाहाकार करने लगा। परन्तु जगत् में अन्धकार हो या उजाला, उसमें जितनी भी चीज़ें हैं, वे तो रहती ही हैं। अमला भी जगत् में थी, वह अदृष्ट-बल से उदय से आ टकरायी। और जब दोनों पति-पत्नी हुए, तो हठात् जीवन की सारी ही विचारधारा बदल गयी। वह भी केवल उदय ही की नहीं, अमला की भी।

अमला सोचती थी, पति एक प्रतिमा है, उसमें बहुत-से रंग भरे हुए हैं। वह एक झूला है; अमला जब उसे प्राप्त करेगी, वह उसके सहारे लटक जायेगी। अपनी यौवन-भरी ठोकर के आघात से पैंग ले-ले झूलेगी। आशा के हरे-भरे सावन में प्रेम की रिमझिम वर्षा होगी; वह झूलेगी, गाएगी, हँसेगी और विहार करेगी। वह एक बार अपने यौवन, जीवन और स्त्रीत्व को पति के अर्पण करेगी और वह उसे अपने पौरुष, दर्प, प्रेम और आत्मार्पण में लीन करके उसके नारीत्व को सार्थक करेगा।

ये सब बातें अमला ठीक इसी भाँति सोचती हो, सो नहीं। ये तो बड़ी गहरी बातें हैं। अमला तो जैसे जीवन-पथ पर उछलती चलती थी; वह तो इस सब बातों को ऊपर ही ऊपर सोचती थी। जैसे भूखा आदमी भूख तो अनुभव करता है, पर उसके शरीर में जो उद्वेग पैदा होता है, जिसके कारण भूख लगती है, उसे नहीं समझता; उसी तरह अमला अपने मन की उस उमंग को तो समझती थी, जो उसके यौवन के प्रभात में पति के स्मरण से तरंगित होती थी, परन्तु उसके मूल कारण को नहीं।

:: 2 ::

विवाह के बाद अमला जब ससुराल आयी, तो उसे ऐसा मालूम हुआ कि जिस वस्तु के स्मरण से उसके मन में इतनी उमंगें उठती थीं, वह कुछ उतनी प्रिय, आकर्षक और उसके उतना निकट नहीं है, जितना उसे होना चाहिए था। वह

क्षण-भर ही में उस अपरिचित घर में अपने को कुछ अपरिचित-सी देखने लगी। पति को देखकर वह कुछ सहम-सी गयी। उसने देखा, वे कुछ उल्लासित नहीं हैं। अमला की चन्चलता और उमंग का उद्रेक करने की उनकी कुछ भी चेष्टा नहीं है। उनकी आँखों में प्यार की वह छलछलाती चमक नहीं; उनमें एक रूखी विचारधारा-सी, एक विस्मृति-सी है। जैसे अमला को हिफाजत से अपने घर में धरकर वह कुछ निश्चिन्त-से हो गये हैं। रह-रहकर अमला के मन में यह आता था कि वह उसके पति नहीं हैं। पति का नाम मन में उदय होते ही जो रोमांचकारी परिवर्तन उसके शरीर में होता था, वह उन्हें देखकर नहीं होता।

घर में और भी औरतें थी। दो ननदें थीं—एक विधवा, एक कुँआरी। एक जेठानी थी, एक सास। इनके सिवा कुछ दिन तो पास-पड़ोसिनों का तांता बन्धा रहा। उन सबने बारीक नज़र से अमला को देखा, जैसे कोई भूली चीज़ पहचानी जा रही हो—चोरी के माल की शिनाख्त हो रही हो। अमला को यह सब कुछ बहुत बुरा लगा। उसे देख-देखकर जो औरतें चुपचाप संकेत का एकाध वाक्य कहती थीं, पास-पड़ोसिनें उसकी सास को जिन शब्दों में बधाई देती थीं, उन सबसे तो खीझकर अमला रोने लगी। उसने सोचा—जैसे मैं मोल खरीदा बर्तन हूँ; हर कोई ठोक-बजाकर देखता है कि ठीक है या नहीं। मगर इस अप्रिय वातावरण में एक प्रिय वस्तु भी थी, उसकी कुँआरी छोटी ननद कुन्द। वही सबसे पहले पालकी में घुस बैठी थी। वही अमला का घूंघट हटाकर हँसी थी। वही उसका आंचल पकड़ घर में खींच लायी थी। वही दिन-भर अमला के पास रहकर पल-पल में उसे खाने-पीने, सोने-बैठने को पूछ रही थी। वह एक प्यारी-सी तितली थी। अमला ने देखा, जैसे वह कुछ उसी का ज़रा गोरा एक संस्करण है। अभी दो दिन पहले पिता के घर में अमला ऐसी ही तो थी। जो हो, अमला की सबसे प्रथम घनिष्ठता कुन्द से हुई। कुन्द का आसरा लेकर अमला उस घर में रहने लगी। धीरे-धीरे सब कुछ सात्म्य हो गया। सब कुछ सम हो गया। अमला ने सास की सृजन-मूर्ति को समझ लिया, पति को समझ लिया, पति के सौजन्य को भी जान लिया। पति-पत्नी आशातीत ढंग से झटपट ही पुराने होने लगे। उनके जीवन में गदहपचीसी के विनोद, भूलें, मान-मनोबल, रूठना, विवाद आदि बहुत कम आते। अमला ने पति के शुद्ध, गम्भीर प्रेम को पहचान लिया। पति को देखकर लाज से सिकुड़ना जल्दी ही समाप्त हो गया। हास-विनोद का अध्याय बहुत कम पढ़ा गया। वह जैसे कुछ महीनों में ही गृहिणी बन गयी। अब वह

पति को देखते ही उनकी आवश्यकताओं का ध्यान करने लगी। वह दिन-भर खटपट में लगी रहती। बातचीत जब भी दोनों की होती, किसी न किसी कार्यवश।

जैसे पाल में झटपट पकाये फलों का स्वाद डाल से टूटे ताज़े फलों जैसा न होकर कृत्रिम-सा होता है, वैसे ही असमय में इस पति-पत्नी की दायित्वपूर्ण घनिष्ठता ने अमला को अस्वाभाविक गम्भीर और अपनी उम्र और स्थिति से कहीं अधिक कृत्रिम बना दिया। इसका सबसे बड़ा असर अमला ही पर पड़ा। उसके शरीर और मन, दोनों ही का विकास रुक गया। पति के घर में रहने को, उसे अपना मानने को जैसे उसे विवश किया गया हो। वहाँ की दीवारें, कमरे, सामान, बिछौने, कपड़े—सभी कुछ उसे अपरिचित-से प्रतीत होने लगे। सास, ससुर, देवर और पति भी जैसे उसे कर्तव्यवश ही अपने समझने पड़े।

उदय की परिस्थिति कुछ और ही थी। जैसे फाँसी की आज्ञा पाने पर कोई अपील में छूट जाये, ठीक उसी भाँति अमला को फिर से पत्नी-रूप में पाकर वह केवल संतोष की एक गहरी सांस ले सके थे। अमला के प्रारम्भिक उल्लास और नवीन जीवन की ओर उन्होंने दृष्टिपात ही नहीं किया। और इसीसे बिना खाद-पानी के पौधे की भाँति, वह मुरझाकर सूख भी गया। परन्तु उदय के लिए मानो सब एकरस था। अमला की यह परिवर्तित, फीकी मनोवृत्ति जैसे उनके लिए सात्म्य हो गयी। फिर भी अमला के प्रति एक उत्सुकता, प्रेम और सहानुभूतिमयी भावना उदय के मन में थी। अमला को किसी भाँति कोई तकलीफ न रहने पाए, इस सम्बन्ध में उदय खूब ही सचेष्ट थे।

विवाह के डेढ़ वर्ष बाद अमला ने पुत्री प्रसव की। कन्या अतीव सुन्दरी, सुमुखी और आकर्षक थी। उसके जन्म से अमला और उदय दोनों ही बहुत प्रसन्न हुए। यह नन्ही-सी बच्ची अपने छोटे-से दूध के समान स्वच्छ पालने पर पड़ी चुपचाप अंगूठा चूसती, छू देने से हँसती और पास जाने पर निर्मल नेत्रों से देखती रहती। वह अपनी अज्ञात भाषा में अपने पास आने वालों से कुछ बातचीत भी किया करती। देखते-देखते वह बड़ी होने लगी।

नन्ही की पहली वर्ष-गांठ का दिन था। उदय उन आदमियों में न थे, जो कन्या-जन्म को पुत्र-जन्म से कम समझते हैं। उन्होंने बड़ी धूमधाम से उसकी प्रथम वर्ष-गांठ मनायी। मित्रों और परिजनों से घर भर गया। भाँति-भाँति के भोजनों और मनोविनोद के सामानों से आगन्तुकों का स्वागत किया गया। अपनी-अपनी भेंट और बच्ची को आशीर्वाद देकर जब मेहमान विदा हो गये, तो उदय बहुत-सी

सटर-पटर चीज़ें नन्ही के लिए खरीदकर, हँसते हुए घर आये। उनकी आँखों में हँसी थी और दिल में चुहल। अमला के नववधू होकर घर आने पर भी ऐसी चुहल उदय के मन में नहीं उदित हुई थी। अमला उन उल्लास-युक्त आँखों को देखती रह गयी; परन्तु उदय की दृष्टि अमला की ओर नहीं थी वह नन्ही की ओर कुछ देर एकटक देखते रहे। उस गुड़िया की ओर उन्हें पागल की तरह ताकते देख अमला से न रहा गया। उसने पूछा, ''इसे इस तरह क्यों तक रहे हो?''

''यह गुड़िया यहाँ आयी कहाँ से?''

''कहीं से आयी, तुम्हें मतलब?''

''मतलब बहुत है! इस गुड़िया को मैं पहचानता हूँ।''

''तुम?''

''हाँ, यही वह गुड़िया है! तुम्हारे पास कहाँ से आयी?''

''मेरे पास यह बहुत दिनों से है।''

''कितने दिनों से?''

''जब मैं बहुत नन्ही थी, तब से।''

''कहाँ से आयी?''

''एक बहुत अच्छे आदमी थे, उन्होंने दी थी।''

''तुम्हें दी थी—अमला? तुम क्या कह रही हो?''

''मुझे याद है, उन दिनों मैं बहुत छोटी थी!''

''तुम?''

''हाँ, वह मुझे गोद में खिलाते थे। पेट पर उछालते थे। मेला दिखाने ले जाते थे। अन्धा घोड़ा बनते थे। वह बहुत अच्छे थे।''

''अमला!'' उदय उन्मत हो रहे थे, उन्होंने कहा, ''कहाँ की बात है यह?''

''मेरे नाना के घर की।''

''तुम्हारे पिता तो लाहौर में हैं?''

''पर मैं बचपन में नाना के घर बहुत दिन रही थी—वह इंजीनियर थे, और जंगल में नहर पर रहते थे।''

''अमला, तुम मुझे पागल कर दोगी। तो वह अच्छे आदमी कौन थे?''

''यह याद नहीं! नाना के पास रहते थे। मेरे लिए मिठाई लाते थे। एक दिन वह यह गुड़िया लाये थे; फिर नहीं आये। मैं पिता जी के यहाँ चली आयी।''

''ओह, वह नन्ही-सी नटखट लड़की तुम हो अमला! तब तो तुम बहुत

ही हँसती थी।'' उन्होंने अमला के दोनों हाथ पकड़कर उसे पास खींच लिया।

अमला अचरज-भरी दृष्टि से देखने लगी। उदय ने कहा, ''उन अच्छे आदमी को तुमने कभी याद नहीं किया अमला?''

अमला कुछ-कुछ समझ गयी थी। वह आँखें फाड़-फाड़कर पति की आँखों में छिपी उस विस्मृत, चिर-परिचित दृष्टि को पहचानने की चेष्टा कर रही थी। उसने प्रकम्पित स्वर में कहा, ''तो क्या सचमुच...''

''अमला, तुमने तो खूब ढूंढ लिया। मैं सोचता रहता था कि वह बालिका भी अब बड़ी हो गयी होगी, अपने घर-बार की होगी। सो तुम बड़ी हो गयीं। अपने घर-बार की हो गयीं। तुम्हारे खेलने को यह सजीव गुड़िया तुम्हें मिल गयी, सो तुमने अपनी बचपन की गुड़िया इसे दे डाली।''

दोनों चुपचाप कुछ देर अवसन्न खड़े रहे। तेरह वर्ष पूर्व की विस्मृत सी बातें वह खूब ध्यान से याद कर रहे थे। उदय सोच रहे थे—कैसी विचित्र बात है कि जिस बालिका को मैंने घुटनों पर खिलाया, वही अब मेरी अर्धांगिनी और जीवन-संगिनी है। अमला सोच रही थी—वाह! यह तो खूब रही! जब मैं नन्ही-सी बच्ची थी, तब यह इतने बड़े थे; अब मैं इनके बराबर हो गयी।

समय और परिस्थिति ने क्या घटना उपस्थित कर दी; दोनों सोचने लगे। दोनों की दृष्टि उस बालिका पर पड़ी, जो पालने में अंगूठा चूस रही थी। एक बार दोनों ने एक-दूसरे को देखा, और फिर हँस दिये।

इस बार फिर दोनों भली-भाँति एक हुए। न मालूम क्यों? समाज और धर्म के विधान, पति-पत्नी होने पर भी उन्हें उतना निकट न ला सके थे, जितना वे अब मधुर, किन्तु विस्मृत और असम बाल्य-स्मृति के कारण निकट आ गये।

हल्दी घाटी में

वर्षा ऋतु थी, लेकिन पानी नहीं बरसता था। हवा बन्द थी। बहुत गर्मी और उमस थी। एक पहर दिन चढ़ चुका था। कभी-कभी धूप चमक जाती थी। आकाश में बादल छाये हुए थे। अरावली की पहाड़ियों में, हल्दी घाटी की दाहिनी ओर एक ऊँची चोटी पर, दो आदमी जल्दी-जल्दी अपने शरीर पर हथियार सजा रहे थे। एक आदमी बलिष्ठ शरीर, लम्बे कद, चौड़ी छाती वाला था। उसकी घनी और काली मूँछे ऊपर को चढ़ी हुई थीं और आँखें सुर्ख अंगारे की तरह दहक रही थीं। वह सिर से पैर तक फौलादी जिरह-बख्तर से सजा हुआ था। इस आदमी की उम्र कोई चालीस वर्ष की होगी। उसका बदन ताम्बे की भाँति दमक रहा था।

दूसरा आदमी भी लम्बे कद का था, किन्तु वह पहले आदमी की अपेक्षा दुबला-पतला था। वह अपनी दाढ़ी को बीच में से चीरकर कानों में लपेटे हुए था। उसके सिर पर कुसुम रंग की पगड़ी बँधी हुई थी। उसके शरीर पर भी लोहे के जिरह बख्तर थे। एक बहुत बड़ी ढाल उसकी पीठ पर थी और दो सिरोहियाँ उसकी कमर में बँधी हुई थीं। पहला व्यक्ति अपने सिर पर फौलादी टोप पहने हुए था, परन्तु वह ठीक जंचता नहीं था। दूसरे व्यक्ति ने आगे बढ़कर कहा, ‘‘घणीखम्मा अन्नदाता! आज का दिन हमारे जीवन के लिए बहुत महत्त्व का है। यदि आज नहीं, तो फिर कभी नहीं!’’ उसने आगे बढ़कर पहले आदमी के झिलमिले टोप को ठीक तरह से कस दिया, और फिर एक विशालकाय भाला उठाकर उस व्यक्ति के हाथ में दे दिया।

पहले व्यक्ति ने मर्मभेदिनी दृष्टि से अपने साथी को देखा। उसने मज़बूती

से अपनी मुट्ठी में भाले को पकड़ा और मेघगर्जना की भाँति गम्भीर स्वर में कहा, ''ठाकरां, तुम ने ठीक कहा—आज नहीं तो फिर कभी नहीं!''

वह पहला व्यक्ति मेवाड़ का राणा, हिन्दू-पति प्रताप था और दूसरा सरदार ग्वालियर का रामसिंह तंवर था। सरदार ने अपनी कमर में दूध की भाँति सफेद पटका बाँधते हुए कहा, ''अन्नदाता! आज हमारी तलवार अपनी बहुत दिनों की अभिलाषा पूरी करेगी। आज हम अपनी स्वाधीनता के युद्ध में अपने जीवन को सफल करेंगे, जीतकर या हारकर!''

प्रताप ने कहा, ''बिलकुल ठीक, यही होगा! मैं आज उस भाग्यहीन राजपूत कुल-कलंक को, जिसने अपनी वंश की आन को नहीं, राजपूत-मात्र के वंश को कलंकित किया है, इस अपराध के लिए दण्ड दूँगा!'' वह एक बार फिर अपनी पूरी ऊँचाई तक तनकर खड़ा हो गया और उसने एक बार अपने उस विशालकाय भाले को अपने विशाल भुजदण्ड पर तौला।

सरदार ने अचानक चौंककर कहा, ''अन्नदाता! आपकी यह मणि तो यहीं पर रह गयी।'' यह कहकर उसने पत्थर की चट्टान पर पड़ी हुई एक देदीप्यमान मणि उठाकर प्रताप के दाहिने भुजदण्ड पर बाँध दी। वह सूर्य के समान चमकती हुई मणि थी। उसे देख प्रताप ने हँसकर कहा ''वाह, इस अमूल्य मणि को तो मैं भूल ही गया था! परन्तु ठाकरां, सच बात तो यह है कि अब भूलने के लिए मेरे पास बहुत कम चीज़ें रह गयी हैं।''

सरदार ने हाथ जोड़कर विनीत स्वर में कहा, ''स्वामी, आपका जीवन और आपका यह भाला जब तक सुरक्षित है, तब तक आपको संसार की किसी बहुमूल्य वस्तु की चिन्ता करने की ज़रूरत नहीं। हमारे जीवन की सबसे बहुमूल्य वस्तु तो हमारी स्वतन्त्रता है! अगर हम उसकी रक्षा कर सकें, तो हमें ऐसी छोटी-मोटी मणियों की कोई आवश्यकता नहीं रहेगी।''

राणा ने मुस्कराकर वृद्ध सरदार की ओर देखा। सरदार बड़े मनोयोग से वह मणि राणा के दाहिने भुजदण्ड पर बाँध रहा था। प्रताप ने मुस्कराकर कहा, ''किन्तु ठाकरां, क्या सचमुच आपको इस किंवदन्ती में विश्वास है कि जो कोई इस चमत्कारी मणि को पास में रखेगा, वह युद्ध में अजेय और सुरक्षित रहेगा!''

सरदार ने गम्भीरता से कहा, ''अन्नदाता, बूढ़े लोगों से यही सुनते आये हैं!''

प्रताप ने एक बार फिर अपने भाले को हिलाया, ''तब ठीक है, आज इस

बात की परीक्षा हो जाएगी! परन्तु ठाकरां, इस बात का फैसला कैसे होगा कि इस मणि का प्रभाव सबसे अधिक है या मेरे इस मित्र का?'' उसने गर्वपूर्ण दृष्टि से अपने भाले की तरफ देखा, उसे एक बार फिर हिलाया। सूर्य के उस धुन्धले प्रकाश में, उसकी बिजली के समान चमक उसकी आँखों में कौंध मार गयी। उसने अपने होंठों को सम्पुट में कस लिया और एक बार फिर भाले को अपनी मुट्ठी में कसकर पकड़ा और कहा, ''मेरे प्यारे सरदार, जब तक यह वज्रमणि मेरे हाथ में है, मुझे किसी दूसरी मणि की परवाह नहीं!''

पर्वत की उपत्यका से सहस्रों कण्ठ-स्वरों का जयघोष सुनाई पड़ा। राणा ने कहा, ''सेना तैयार दीखती है। अब हम लोगों को भी चलना चाहिए।'' वह आगे बढ़ा और बुड्ढा सरदार राणा के पीछे-पीछे।

बीस हज़ार राजपूत योद्धा उपत्यका के समतल मैदान में व्यूह-बद्ध खड़े थे। घोड़े हिनहिना रहे थे और योद्धाओं की तलवारें झनझना रही थीं। उस समय धूप कुछ तेज हो गयी थी, बादल फट गये थे, सुनहरी धूप में योद्धाओं के जिरह-बख्तर और उनके भालों की नोकें बिजली की तरह चमक रही थीं। वे सब लौह-पुरुष थे, युद्ध के सच्चे व्यवसायी, जो मृत्यु के साथ खेलते थे और जिन्होंने जीवन को विजित कर लिया था। वे देश और जाति के पिता थे। वे वीरों के वंशधर थे और स्वयं भी वीर थे। वे अपनी लोहे की छाती की दीवारें बनाये निश्चल खड़े हुए थे। चारण और बन्दीगण कड़खे की ताल पर विरुद गा रहे थे। धौंसे बज रहे थे। घोड़े और सिपाही—सभी उतावले हो रहे थे।

सेना के अग्रभाग में एक छोटा-सा हरियाली का मैदान था। उसमें 17 योद्धा सिर से पैर तक शस्त्रों से सजे हुए खड़े थे। उनके घोड़े उन्हीं के पास थे और वे सब भी जिरह-बख्तर से सुसज्जित थे। सेवक उनकी बागडोर पकड़े हुए थे। वे मेवाड़ के चुने हुए सरदार थे, जो अपने राणा की प्रतीक्षा में खड़े हुए थे।

सिंह की भाँति राणा ने उनके बीच पदार्पण किया। सहस्रों सरदार पृथ्वी पर झुक गये। उनकी तलवारें खनखना उठीं और पीठ पर बंधी हुई बड़ी ढालें हिल पड़ीं। सेना ने महाराणा को देखते ही वज्रध्वनि से जयघोष किया। प्रताप ने एक ऊँचे टीले पर खड़े होकर, अपने सरदारों और सेना को सम्बोधित करके कहा, ''मेरे प्यारे वीरों के वंशधरो! आज हम वह कार्य करने जा रहे हैं, जिसे हमारे पूर्वजों ने हमेशा किया है। हम आज मरेंगे अथवा विजय प्राप्त करेंगे। हमारा इस युद्ध में कोई स्वार्थ नहीं है। हम केवल इसलिए युद्ध कर रहे हैं कि हमारी

स्वतन्त्रता में हस्तक्षेप हो रहा है। क्या यहाँ पर कोई ऐसा राजपूत है, जो पराया गुलाम बना रहना पसन्द करे? उसे मेरी तरफ से छुट्टी है, वह अपना प्राण लेकर यहाँ से अलग हो जाए। परन्तु जिसने क्षत्राणी का दूध पिया, उसके लिए आज जीवन का सबसे बड़ा दिन है! आज उसे अपने जीवन की सबके बड़ी साध पूरी करनी चाहिए।''

इसके बाद प्रताप ने एक ललकार उठायी और उच्च्य स्वर से पुकार-कर कहा, ''वीरो! क्या तुम्हारे पास तलवारें हैं?'' राणा ने फिर उसी तेजस्वी स्वर में कहा, ''और तुम्हारी कलाइयों में उन्हें मज़बूती से पकड़े रखने के लिए बल है?''

सेना ने जयनाद किया। हज़ारों कण्ठ चिल्लाकर बोले, ''हम जीतेजी और मर जाने पर भी अपनी तलवारों को नहीं छोड़ेंगे, हममें यथेष्ट बल है!''

राणा ने सतेज स्वर में कहा, ''तब चलो! हम अपनी स्वाधीनता के युद्ध में अपने जीवन और अपने पुरखों के नाम को सार्थक करें।''

इस गगनभेदी वाणी से सारा वातावरण उत्साह से भर गया। प्रताप उछलकर घोड़े पर सवार हो गये और सरदारों ने तुरन्त उन्हें चारों ओर से घेर लिया। पहाड़ी नदी के तीव्र प्रवाह की भाँति वह लौह-पुरुषों का दल अग्रसर हुआ। धौंसा बज रहा था और कड़खे के ताल पर चारण और बन्दीगण सिपाहियों की प्रत्येक टुकड़ी के आगे उनके पूर्वजों की विरुदावलियाँ ओज-भरे शब्दों में गाते हुए चल रहे थे।

मुगल सैन्य एक लाख से अधिक था, जिसमें 60 हज़ार चुने हुए घुड़सवार थे। उसमें तुर्क, तातार, यवन, ईरानी और पठान, सभी योद्धा थे। सवारों के पीछे हाथियों का दल था और उनपर धनुर्धारी योद्धा सवार थे। दाहिनी तरफ मानसिंह तीस हज़ार कछवाहों को लिये हुए खड़े थे, बायीं तरफ सेनापति मुज़फ्फर खाँ 30 हज़ार मुगलों के साथ था। हरावल में दस हज़ार चुने हुए पठानों की फौज थी। बीच में एक ऊँचे हाथी पर शहज़ादा सलीम अपने छह हज़ार शरीर-रक्षकों के साथ युद्ध की गतिविधि देख रहा था। दोनों सेनाएँ सामना होते ही भिड़ पड़ीं। प्रताप अपनी सेना के मध्य भाग में चल रहे थे। उनके दाहिने भाग में सलूंबरा सरदार थे और बायीं ओर विक्रमसिंह सोलंकी। प्रताप ने सोलंकी को शत्रु के बायें पक्ष पर जमकर आक्रमण करने की आज्ञा दी। इसके बाद तुरन्त ही उन्होंने सलूंबरा सदार को मुगल-पक्ष में दाहिनी ओर से घुस जाने का आदेश दिया, और फिर वह स्वयं तीर की भाँति अपने चुने हुए वीरों के साथ मुगल-सैन्य के हरावल

पर टूट पड़े।

प्रताप का दुर्द्धर्ष वेग मुगल-सैन्य न सह सका। हरावल टूट गया और सेना के प्रबन्ध में तुरन्त गड़बड़ी पैदा हो गयी। सलीम ने अपनी सेना को भागते हुए देखकर अपने हाथी के पैरों में जंजीर डाल दी। शहज़ादे को दृढ़ता से खड़ा देखकर मुगल सेना फिर से लौट आयी। अब युद्ध का कोई बन्धन न रहा। तेगे से तेगा बज रहा था। दुधारें खड़क रही थीं, खून के फव्वारे बह निकले थे। घायलों और मरते हुओं का चीत्कार सुनकर कलेजा काँपता था। वीर योद्धा लोग दर्प से उन्मत्त होकर घायलों और अधमरों को अपने पैरों से रौंदते हुए आगे बढ़ रहे थे। प्रताप अप्रतिम तेजस्वी और देदीप्यमान थे और वे दुर्द्धर्ष शौर्य से मुगल-सैन्य में घुसते जा रहे थे। सरदारों ने उनको रोकने के बहुत प्रयत्न किये, परन्तु उनका क्रोध निस्सीम था, वे बढ़ते ही चले गये। सरदारों ने उनके अनुगमन की चेष्टा की, परन्तु प्रताप उनसे दूर होते चले गये।

युद्ध का बहुत कठिन समय आ गया था। प्रताप के चारों तरफ लोथों के ढेर थे, परन्तु शत्रु उनकी तरफ उमड़े चले आ रहे थे। उनका चेतक हवा में उड़ रहा था। वे सलीम के हाथी के पास जा पहुँचे। उन्होंने चेतक को एड़ दी और उछलकर भाले का एक भरपूर हाथ हौदे में मारा। पीलवान मरकर हाथी की गर्दन पर झूल पड़ा। सलीम ने हौदे में छिपकर जान बचाई। फौलाद के मज़बूत हौदे में टक्कर खाकर प्रताप का भाला भन्ना-कर टूट पड़ा। प्रताप ने खींचकर दुधारा निकाल लिया। हज़ारों मुगल उनके चारों तरफ थे। हज़ारों चोटें उनपर पड़ रही थीं। प्रताप और उनका चेतक बराबर आगे बढ़ते चले जा रहे थे। प्रताप ने आँख उठाकर देखा तो वे अपनी सेना से बहुत दूर चले आये थे। उन्होंने जीवन की आशा छोड़ दी और दोनों हाथों से तलवारें चलाने लगे। लाशों का तूमार लग गया। चीख-चिल्लाहट के मारे आकाश रो उठा। प्रताप का सुनहरे काम का झिलमिला टोप धूप में सूर्य की भाँति चमक रहा था और उनके भुजदण्ड में बँधा हुआ वह अमूल्य रत्न आँखों में चकाचौंध कर रहा था। इन्हीं चिह्नों से उन्हें पहचानकर मुगल योद्धा उनपर टूट पड़े थे। प्रताप के शरीर में बहुत घाव हो गये थे। वे शिथिल होते जा रहे थे। उनके शरीर का बहुत सारा रक्त निकल चुका था। उन्होंने थकित दृष्टि से अनन्त तक फैले हुए मुगल-सैन्य की ओर देखा, एक ठण्डी सांस ली और अपने हृदय में एक वेदना की टीस का अनुभव किया। अब वे मृत्यु से आँख-मिचौली खेल रहे थे।

सलूंबरा सरदार ने दूर से देखा। वे शत्रुओं के दाहिने पक्ष का लगभग बिलकुल विध्वंस कर चुके थे। कछवाहों से उन्होंने खूब लोहा लिया था। उन्होंने दूर से देखा, प्रताप का अकेला झिलमिला टोप और वह अमूल्य मणि मुगलों के अनन्त सैन्य-समुद्र में डूबती हुई नौका के समान एक क्षणिक झलक दिखा रहे हैं। उनके हृदय में हाहाकार मचने लगा। उन्होंने कहा, ''अरे! मेवाड़ का सूर्य तो यहीं अस्त हो रहा है!'' बुड्ढे बाघ ने अपने घोड़े को एड़ दी, उसकी बाग मोड़ी और अपने योद्धाओं को ललकारकर कहा, ''हिन्दूपति महाराणा की जय हो! वह देखो, महाराणा ने शहजादे के हाथी को घेर लिया है। आओ चलो, आज हम प्राण देकर महाराणा का अनुगमन करें!'' वीरों ने हुँकार भरी। बिजली की तरह तलवारें चमकने लगीं और तलवार के जादू से मुगल-सैन्य-वन में रास्ता बनने लगा। अमर वीरों की वह छोटी-सी टुकड़ी शत्रु-सेना को चीरती हुई क्षण-क्षण में महाराणा के निकट होने लगी। महाराणा का एक हाथ बिलकुल निकम्मा हो गया था। अब उनमें वार करने की ताकत नहीं थी, वह केवल अपना बचाव करते रहे थे। उनकी गर्दन कन्धे पर लटकने लगी। उन्हें मुमूर्षु अवस्था में देखकर यवन सैन्य ने घनगरज ध्वनि से—'अल्लाहो अकबर'—का नारा लगाया और दूसरे ही क्षण वह नाद—'जय एकलिंग'—की वीर गर्जना में विलीन हो गया। एक बार फिर तलवारों के उस समुद्र में ज्वार आया। महाराणा ने सचेत होकर पीछे की ओर देखा—रंगीन पगड़ियाँ उनकी तरफ को लहराती हुई चली आ रही हैं। उन्होंने एक बार चेतक को ललकारा।

दूसरे ही क्षण किसीने उनके सिर से वह झिलमिला टोप उतार लिया और एक दूसरी पगड़ी उनके सिर पर रख दी। वह अमूल्य मणि भी उनके भुजदण्ड से खोल ली गयी। महाराणा ने मुरझायी हुई दृष्टि से देखा—सलूंबरा सरदार अपने घोड़े की बाग को दाँतों से पकड़े हुए उनका झिलमिला टोप अपने सिर पर रखे हुए हैं और उनकी वह मणि भी सरदार के दाहिने भुजदण्ड पर बंधी हुई है; और वह अपनी ओर उमड़ते हुए मुगलों को ढकेलते हुए आगे बढ़ रहे हैं।

प्रताप ने कहा, ''ठाकरां! यह क्या?'' सरदार ने दोनों हाथों से तलवार चलाते हुए कहा, ''अन्नदाता! आज यह सेवक अपने नमक का हक अदा करेगा! आप हिन्दू कुल के सूर्य हैं, पीछे, को हटते जाइए। असमय में ही सूर्य का अस्त न होना चाहिए, जाइए स्वामी!''

सरदार ने अपने हाथ से चेतक की बाग मोड़ दी और वे उनको बीच में करके पीछे हटने लगे। लोहे की बेजोड़ मार चारों तरफ से पड़ रही थी, अपने-पराये

की किसीको सुध नहीं रही थी। सलूंबरा सरदार बुढ्ढे बाघ की भाँति भयानक वेग से हाथ चला रहे थे। प्रताप ने थोड़ी देर विश्राम पाकर चैतन्य-लाभ किया। उन्होंने कंपित स्वर से कहा, ''ठाकरां, आपके वंशजों को इस राज-सेवा का पुरस्कार मिलेगा!'' प्रताप ने चेतक को एड़ दी और देखते-देखते वह युद्धक्षेत्र से बाहर हो गये।

झिलमिला टोप और मणि सलूंबरा सरदार के मस्तक और भुजदण्ड पर मुगल-सैन्य के बीच उसी प्रकार देदीप्यमान हो रहे थे और उसी प्रकार एक अजेय भुजदण्ड हज़ारों मुगलों के सिर काट रहा था। सारा यवन-दल–'अल्लाहो अकबर' का जयनाद करता हुआ उसी झिलमिले टोप और देदीप्यमान मणि को लक्ष्य करके धावा कर रहा था। असंख्य शस्त्र उनपर टूट रहे थे। धीरे-धीरे जैसे सूर्य समुद्र में अस्त होता है, उसी तरह लहू से भरे हुए उस रण-समुद्र में वह देदीप्यमान मणि से पुरस्कृत वीर भुजदण्ड और उस प्रतापी झिलमिले टोप से सुरक्षित वह उन्नत मस्तक झुकता ही चला गया और अन्त में दृष्टि से ओझल हो गया।

युद्ध-क्षेत्र कई कोस पीछे रह गया था। एक नाले के किनारे प्रताप थकित भाव से एक पत्थर का सहारा लिये हुए पेड़ के पास पड़े थे और उनका चेतक वहीं पर पड़ा हुआ अन्तिम सांस ले रहा था। प्रताप ने अन्जलि में जल लेकर मुमूर्षु चेतक के मुँह में डाला। उसने जल को कण्ठ से उतारकर एक बार अपने स्वामी की ओर देखा और दम तोड़ दिया। वीरों का वंशधर वह प्रतापी राणा अपने प्रिय घोड़े से लिपटकर विलाप करने लगा। उसके घावों से रक्त बह रहा था और उसके अंग-अंग घावों से भरे हुए थे।

किसीने पुकारा, ''महाराज! आप जैसे वीर को इस असमय में कातर होने का अवसर नहीं है।''

प्रताप ने आँखें उठाकर देखा, उसके चिर-शत्रु भाई शक्तिसिंह थे।

प्रताप ने ज्वालामय नेत्रों से शक्तिसिंह की ओर देखा और कहा, ''ऐ शक्तिसिंह, क्या तुम आज इस समय 11 वर्ष बाद अपने उस अपमान का बदला लेने आये हो? मैने तुम्हें मुगलों के सैन्य में बहुत ढूंढा। मेरे अपराधी तुम और मानसिंह थे, सलीम नहीं! तुम लोग राजपूत पिता के पुत्र होकर और राजपूतनी का दूध पीकर विधर्मी मुगलों के दास बने। मैं आज तुम दोनों राजपूत कुल-कलंकियों को मारकर अपनी जाति के कलंक को नष्ट करना चाहता था। लेकिन अब तुम देखते हो इस समय तो मैं खड़ा भी नहीं हो सकता! मेरा प्यारा सहचर भाला

उस युद्ध में टूट गया, मेरी तलवार भी टूट गयी, अब मेरे पास कोई भी शस्त्र नहीं है! परन्तु तुम्हारे जैसे गुलाम गीदड़ सिंह को घायल समझकर उसपर आक्रमण करें—यह सम्भव नहीं! आओ, मैं मरने से पहले एक कलंकित राजपूत से पृथ्वी माता का उद्धार करूँ!''

प्रताप ने एक बार बल लगाकर उठने की चेष्टा की, पर वह उठ न सके। शक्तिसिंह ने तलवार फेंक दी। उन्होंने एक दूब का टुकड़ा वहीं से उठा लिया और उसको दाँतों में दबाकर दोनों हाथ जोड़कर वह आगे बढ़े। उन्होंने अपनी पगड़ी प्रताप के चरणों में रख दी और कहा, ''हिन्दूपति राणा! यह विश्वासघाती, कुल-कलंकी कभी अपने को आपका भाई कहने का साहस नहीं कर सकता! तलवार मेरे पास है, उसकी धार अभी तीखी है। लीजिये महाराणा, और अपने अपराधी को दण्ड दीजिये!''

उसने तलवार महाराणा के आगे रख दी और सिर झुकाकर उनके चरणों में पड़ गया। राणा की आँखों में आँसू उमड़ आये। उन्होंने गद्गद कण्ठ से कहा, ''भाई शक्तिसिंह! मुझे माफ करो, मैंने तुम्हें समझा नहीं। परन्तु यदि युद्ध से पहले तुम मेरे सामने आकर ये शब्द कहते और आज मैं तुमको सच्चे सिसोदिया की तरह तलवार चलाकर मरते देखता, तो मुझे बहुत आनन्द होता!''

शक्तिसिंह ने कहा, ''युद्ध के समय तक मेरा मन द्वेष के मैल से परिपूर्ण था और मैं मुगलों का एक सेनापति था। किन्तु जब मैंने आपको घायल और निःशस्त्र युद्ध से लौटते हुए देखा और देखा कि दो मुगल शत्रु आपका पीछा कर रहे हैं, तब मुझसे न रहा गया। माता का वह दूध जो हमने-आपने एकसाथ पिया था, सजीव होकर उमड़ आया। मैंने सेना को त्याग कर उन मुगलों का पीछा किया और उन दोनों को मार गिराया। वह देखिये—नाले के पास दोनों मरे पड़े हैं! अब हिन्दूपति महाराणा, आपकी जय हो! यह तलवार कमर से बाँधिये और मेरा यह घोड़ा लीजिये; सामने की उस घाटी में चले जाइये। वहाँ मेरे विश्वस्त अनुचर हैं; आपके घावों का तुरन्त बन्दोबस्त हो जायेगा।''

प्रताप ने आश्चर्यचकित होकर कहा, ''और तुम शक्तिसिंह?''

''महाराणा, मैं शहज़ादे सलीम के पास जाकर अपना अपराध स्वीकार करूँगा और उनसे कहूँगा कि वह मुझे अपने हाथी के पैरों से कुचलवाकर मार डालें; क्योंकि मैंने उनका सैनिक होकर उनके शत्रु की रक्षा की है!'' शक्तिसिंह रुका नहीं, चल पड़ा।

प्रताप ने कहा, ''भाई सुनो!''

शक्तिसिंह ने कहा, ''महाराणा, मेरा अपराध बहुत भारी है! मैं कभी इस बात पर विश्वास नहीं कर सकता कि आप मुझे दण्ड दे सकते हैं। मैं यवन सेनापति से ही दण्ड चाहता हूँ।''

शक्तिसिंह चले गये। प्रताप ने अपने वीर भाई को पहचाना। बड़ी देर तक उनकी ओर देखते रहे। फिर भाई की दी हुई तलवार कमर में बाँधी और घोड़े पर चढ़कर चल दिये।

प्रातःकाल का समय था। महाराणा प्रताप पर्वत की एक गुफा में शिला पर बैठे हुए थे। पाँच सरदार उनके ईर्द-गिर्द थे। उनके घाव अब अच्छे हो चले थे। वे शक्तिसिंह की बारम्बार प्रशंसा कर रहे थे। एक लम्बी मनुष्य-मूर्ति उस गुफा के द्वार पर आकर खड़ी हो गयी। वे शक्तिसिंह थे। प्रताप भुजा भरकर उनसे मिले। शक्तिसिंह ने वह मणि अपने वस्त्र में से निकाल कर प्रताप के सामने रखी और कहा, ''महाराज! यह मणि सलूंबरा सरदार ने मरते समय मुझे दी थी और वसीयत की थी कि मैं यह आपके हाथ में दूँ!'' इसके बाद उन्होंने सलूंबरा सरदार की वीरतापूर्ण मृत्यु का करुण वर्णन किया और वर्णन करते-करते रो पड़े।

उन्होंने महाराज से कहा, ''मैं अनुताप की आग में जला जाता हूँ। आपके पास से लौटकर मैंने सलूंबरा सरदार को देखा, उस समय भी उनके शरीर में प्राण थे। जब उन्होंने सुना कि स्वामी की प्राण-रक्षा हो गयी तो उनके मुख पर मुस्कराहट आयी और उनके प्राण निकल गये। धन्य हैं वे वीर क्षत्रिय सरदार, जो इस तरह स्वामी के लिए प्राण देते हैं!''

''मैंने सलीम से अपना अपराध कह दिया था। परन्तु सलीम ने कोई दण्ड न देकर आपके पास जाने को कह दिया अब महाराज, आप मुझे दण्ड दीजिये।''

प्रताप ने अपने भाई का हाथ पकड़कर प्रेम से अपने निकट बैठाया, और समय फरमान जारी किया कि भविष्य में सलूंबरा सरदार के वंशधर, मेवाड़ की सेना के हरावल में रहेंगे और शक्तिसिंह के वंशज युद्धक्षेत्र में दाहिने पक्ष पर रहेंगे।

सच्चा गहना

(आचार्य चतुरसेन की सबसे प्रथम कहानी, जो *गृहलक्ष्मी* मासिक पत्रिका में सन् 1917-18 में छपी)

शशिभूषण के पिता आसाम में एक बड़ी रेशम की कोठी के स्वामी थे। इनका लेन-देन चीन, जापान, यूरोप आदि देशों में सब जगह था। सैकड़ों मुनीम, कारिन्दे, गुमाश्ते, नौकर-चाकर इनके यहाँ रहा करते थे। लाखों का कारोबार था। रुपयों की छनछनाहट के मारे कान नहीं दिया जाता था। चारों तरफ कारबारी लोगों की दौड़-धूप से ऐसी धूमधाम रहती थी, मानो कोई विवाह-उत्सव हो। मिजाज भी उनका अमीरों का-सा था। सभी अमीर दिल के भी अमीर नहीं होते। दीन-दुखियों के लिए एक कौड़ी भी अपनी टेंट से देते इन कन्जूसों की नानी मरती है। शशि के पिता ऐसे नहीं थे। गरीब-मोहताज विधवाओं के वह ईश्वर थे। उनका ऐसे सुकर्म में किया गया दान लम्बी-लम्बी तारीफों के साथ अखबारों में नहीं छपता था और न ऐसी वाह-वाही लूटने को ही वे ऐसा करते थे। वह तो स्वभाव से ही दयालु और सज्जन थे। बात के ऐसे धनी थे कि एक बार जो मुँह से निकल गयी तो फिरने वाली नहीं है, चाहे इधर की दुनिया उधर हो जाए। शील उनमें कूट-कूटकर भरा था। बड़े मुनीम जी से लेकर साधारण चपरासी तक से वह एक-सा ही 'तुम' कहकर प्रेमपूर्वक सम्भाषण करते थे। इतने बड़े करोड़पति होने पर भी उनका जीवन सुख-शान्ति और सादगी में आदर्श था। अब शशि के पिता को मरे कोई ढाई साल हुए होंगे; पर तब से अब तक में, उनके कारबार में कुछ न कुछ उन्नति ही हुई है। इसका यही कारण है कि शशि बाबू भी गुणों में अपने पिता से किसी भाँति कम नहीं हैं। अपने पिता के ज़माने के

नौकरों तक को शशि बाबू बुजुर्गों की तरह मानते हैं। सच तो यों है कि शशि को ऐसा दयालु पाकर, चाकर लोगों ने इन्हीं थोड़े दिनों में उनके पिता को भी भुला दिया।

एक बार कारबार के ही विषय में उन्हें दिल्ली जाना हुआ और उसी एक काम में इन्हें 12 लाख का मुनाफा हुआ। वहीं विदेशी कोठियों के भी तार मिले जिन सबमें उस बार लाभ ही लाभ की बात थी।

शशि बाबू अपनी स्त्री श्यामा को बड़ा प्यार करते थे। श्यामा को देवी जैसा रूप भी मिला था। उसका सुन्दर-स्वच्छ मुख देखकर गुलाब का भ्रम होता था। श्यामा जैसी सुन्दरी थी, वैसे ही शौकीन भी परले सिरे की थी। ईश्वर की दया से उसे कमी ही क्या थी? नयी-नयी साड़ी, बढ़िया-बढ़िया जेवर, बेशकीमती सामान श्यामा के इशारा करते ही शशि बाबू ला दिया करते थे। भोजन करके जब शशि लेट रहते और श्यामा को निकट पाकर अपने सुख-स्वप्न में डूब जाते, तो वह तन्मय हो जाते थे। श्यामा को पाकर शशि अपने को महाभाग्यवान समझते थे।

हाँ, तो जब शशि बाबू दिल्ली जाने लगे तो श्यामा ने हीरों का हार और मोतियों की एक माला लाने की फरमाइश की थी। आज तीन महीने में शशि लौटे हैं। ये तीन महीने बड़ी कठिनता से श्यामा ने काटे हैं। कुछ तो उछाह से और कुछ लज्जा से श्यामा का कलेजा धक्-धक् हो रहा है। शशि के पास जाने में उसे कुछ भय-सा लगता है। हल्के फिरोजी रंग की रेशमी साड़ी पहने श्यामा अपने कमरे में खड़ी पति के पास जाने की बात सोच रही थी। घड़ी-घड़ी उसके माथे पर पसीना आ रहा था, जिसे वह रूमाल से पोंछ रही थी कि अचानक स्वयं शशि ही उसके पास जा पहुँचे। श्यामा इतने दिन बाद उन्हें देखकर सिकुड़कर इतनी-सी हो गयी। उसके नेत्रों के सुनहरे परदे एक बार ऊपर को उठे और एक बार शशि के मुख पर अपने हृदय का उज्ज्वल प्रकाश डाल तुरन्त नीचे आ रहे। लज्जा के भारी आवरणों को वे सहन न कर सके।

शशि ने श्यामा का हाथ पकड़कर कहा, "क्यों श्यामा! क्या हमें पहचाना नहीं? यहाँ तो आओ; कुछ बोलोगी नहीं क्या?"

श्यामा का मुख लाल हो गया। उसे पसीना आ गया। कुछ कहते न बना। क्या बोलूँ—श्यामा यही सोचती रही। शशि ने उसे धीरे-धीरे गोद में बैठाकर उसका पसीना पोंछते-पोंछते कहा, "क्यों श्यामा! यह कैसी नाराज़गी है?"

पति से इस प्रकार दुलार पाकर श्यामा बड़ी सुखी हुई। बारम्बार स्वामी के प्रबोध करने पर श्यामा को कुछ बोलने का साहस हुआ। और उसका मुख खुला। खुलते ही मुँह से निकल पड़ा, "हमारी माला और हार क्यों नहीं लाये?" प्यारी की इस अटपटी और सरल वाणी को सुनकर शशि से न रहा गया। उसने अनगिनत बार श्यामा का मुख चूम डाला।

"लाये हैं सरकार! न लाते तो कहाँ रहते?" कहकर हार, माला तथा जवाहरात की अन्य चीज़ों का डिब्बा सामने रख दिया।

माला और हार को पाकर श्यामा बड़ी प्रसन्न हुई। सुख और प्रसन्नता से सारी सुध-बुध खोकर श्यामा पति की छाती पर झुक गयी। उस दिन शशि ने सब दाम भर पाये। ये सब जेवर उसने कोई साढ़े तीन लाख के खरीदे थे।

एक वर्ष बाद वह हारमोनियम पर मधुर ध्वनि से गा रही थी। शशि मुग्ध होकर एकचित्त उस चन्द्रमा से बहते अमृत को पी रहे थे। उनकी आँखें उसी चन्द्र-मुख पर थीं। इससे अधिक सुन्दरता हो सकती है या नहीं शशि यही सोच रहे थे। अचानक उनका सोच एकदम भंग हो गया। सामने से उनके बड़े मुनीम दौड़े हुए आये। उनके मुख की हवाइयाँ उड़ रही थीं। आते ही उनके मुख से निकला, "सर्वनाश, सर्वनाश हो गया!" शशि धीरज से बोले, "हुआ क्या? बात तो बोलो?" मुनीम जी ने एक तार उनके सामने पटककर कहा, "वह हमारे तीनों जहाज़ जो चीन से आ रहे थे, डूब गये; और साढ़े उन्चास लाख पर पानी फिर गया।"

"हैं!" शशि के मुख से यही निकला और सूखे वृक्ष की तरह धड़ाम से पलंग पर गिर पड़े।

श्यामा यह सब देखकर अवाक् रह गयी। उसकी गोरी-गोरी उँगलियाँ बाजे के परदों पर पड़ी की पड़ी रह गयीं। उससे कुछ भी करते न बन पड़ा। अब भी उसकी छाती पर वही हार और माला सुशोभित थी।

श्यामा ने एकदम अपने को सम्भाला। तुरन्त पति के पास पहुँची। किसी प्रकार से कुछ मुस्कराहट भी उसके मुँह पर आ गयी। श्यामा ने समझा, प्यारे पति के दुःख में यह मुस्काराहट अच्छी औषधि होगी। ऐसे दुःख में सरला श्यामा को मुस्कारते देखकर शशि को हँसी आ गयी। उन्होंने चुपचाप श्यामा को पकड़कर छाती से लगा लिया। उनकी आँखों में दो बून्द आँसू छलछला आये।

श्यामा ने उन्हें ढाढ़स देकर सब हालचाल जानने को कोठी में भेजा। बाहर

आते ही उन्हें एक तार अपने आढ़ती का मिला कि साढ़े सात लाख का बिल कल चार बजे तक अवश्य अदा करना पड़ेगा। शशि को काठ मार गया। वापस घर आकर चारपाई पर पड़ गये। अचानक इस दुःख को शशि सह न सके। उनका हृदय विदीर्ण होने लगा। एकाएक कुछ सोच वह उठ खड़े हुए। एक बार श्यामा ने रोकना चाहा, पर वह उन्मत्त की तरह चले ही गये।

कुछ सोचकर श्यामा ने एक जौहरी को बुलाया और अपने सारे जेवर साढ़े सात लाख में बेच डाले। एक छल्ला भी बाकी न छोड़ा। और वेश बदलकर स्वयं बैंक में जाकर साढ़े सात लाख का बिल चुका दिया। तब वह चुपचाप अपने घर आ बैठी। देखा शशि अभी नहीं लौटे हैं। वह अपने मित्रों से सहायता लेने निकले थे, पर कोई तो घर नहीं मिला, किसीका मिजाज़ ठीक नहीं था। मतलब यह कि निराश हो वह बैंकर के पास गये और कहा, ''महाशय! कल मैं यह बिल किसी प्रकार अदा नहीं कर सकता!'' बैंकर ने आश्चर्य से उसकी ओर देखा और कहा, ''महाशय, एक स्त्री आपका बिल चुका गयी है।''

''स्त्री चुका गयी?'' शशि ने आश्चर्य से उसकी ओर देखकर पूछा, ''हाँ महाशय! बिल चुक गया है।'' शशि बाबू बड़े असमंजस में पड़े कि किसने ऐसा किया? श्यामा ने? इसी विचार में शशि घर आ रहे थे। द्वार पर पहुँचते-पहुँचते मुनीम उनको बुला कोठी में ले गया और एक तार देकर कहा, ''ईश्वर का धन्यवाद है कि वे जहाज़ सिर्फ भटक गये थे। एक में कुछ हानि हुई है पर वह बीमा किया हुआ है। अब वे बम्बई पहुँच गये हैं और बंगाल बैंक के नाम से दस लाख का चेक है।'' शशि ने अचकचाकर सब सुना। एक ही दिन में ऐसा परिवर्तन देख शशि पागल-से हो गये। धीरे-धीरे सम्भलकर घर आये। श्यामा तब भी धीरे-धीरे बाजा बजा रही थी।

धीरे-धीरे शशि श्यामा के पीछे जा खड़े हुए। उन्होंने श्यामा के मोढ़े पर हाथ रखकर कहा, ''श्यामा! इधर आओ!'' एक कोच पर दोनों बैठ गये। शशि ने श्यामा के दोनों हाथ पकड़कर कहा, ''श्यामा! तुमने चोरी की है; बोलो सच्ची बात है न?'' सरलता से श्यामा हँसकर बोली, ''तुम्हारी बात कभी झूठ हो सकती है? हमने तुम्हें ही न चुराया है? इसीकी सजा देने आये हो? अच्छा, क्या सजा दोगे, कहो!'' ''इधर आ पगली! बड़ी व्याख्याता हो गयी है।'' कहकर शशि ने श्यामा को छाती से लगाकर दाब दिया। फिर उसको गोद में लिटाकर उसके बाल सुधारते हुए बोले, ''अच्छा कहो, क्या सचमुच तुम ही ने बिल चुकाया है? कहाँ

से चुकाया? बताना; रुपया कहाँ से मिला?"

बात सुनकर श्यामा पहले ताली बजाकर हँस पड़ी। फिर दोनों हाथों को शशि के गले में डालकर कहा, "मिलता कहाँ से। हमारे एक प्रेमी ने हमें गहने बनवा दिये थे, उन्हींको बेचकर चुका दिया है।"

अचकचाकर शशि बोले, "अरे क्या, जेवर बेच दिया? इतना साहस? यह क्या सूझी? क्या माला और हार भी...?"

श्यामा, "दोनों अँगूठी भी।"

शशि की आँखों में पानी भर आया। वह उसे छाती से लगाये कुछ देर खड़े रहे। फिर, "किसे बेचा है" पूछकर बाहर आये। सीधे जौहरी के पास गये। उन जवाहरात को देखकर वह खुश हो रहा था। सचमुच बड़ा लाभ का माल था। तभी शशि पहुँच गये। कुछ मुनाफा देकर सब वापस ले लिया और घर आकर श्यामा के गले में अपने हाथ से जेवर पहनाकर कहा, "पगली! ऐसे अमूल्य जेवर तूने कैसी बेरहमी से बेच दिये?" श्यामा ने दोनों हाथ पति के गले में डालकर आँखों में आँखें भरकर कुछ शर्म से अपने सिर को पति की छाती पर टेककर कहा, "प्यारे पति से बढ़कर स्त्री के लिए और कौन-सा आभूषण है?"

हाथापाई

नौरोज का जल्सा था। बदली के दिन थे। लखनऊ के भांड बुलाये गये थे और वे अपना करतब दिखाकर बादशाह को खुश कर रहे थे। जहाँगीर की बादशाहत रसरंग की बादशाहत थी। शराब और नूर उसकी आँखों के आगे थे। बादशाह अपनी अधखुली आँखों से नूर को देख-देखकर मसनद पर लुढ़क रहे थे। दरवाज़े पर चिलमन पड़ी थी, चिलमन के बाहर दीवानखाने में भांड धमा-चौकड़ी मचा रहे थे। चिलमन के भीतर नूरजहाँ के पास पड़े-पड़े जहाँगीर कभी शराब के प्याले का, कभी भांडों का रस लूट रहा था, कभी नूर की ला-मिसाल सुन्दरता का रस ले लेता था। इतने बड़े साम्राज्य का भार इस समय उसे विचलित नहीं कर रहा था। वह भूल गया था कि मैं प्रतापी सम्राट् हूँ, मेरे मस्तक पर करोड़ों प्रजा का शासन-भार है, वह एक आनन्दी, मस्ती पर उतारू एक भौंरे की भाँति नूरजहाँरूपी कमल पर चुपचाप पड़ा था। भांड़ो की नकलें जारी थीं। उसकी तरफ बादशाह सलामत का कुछ ज़्यादा ध्यान न था, परन्तु कभी-कभी वह उनकी चातुरी देख हँस पड़ता था। नूरजहाँ के साथ छेड़खानी भी जारी थी। भांडों की एक चुटीली नकल पर हँसकर उसने नूरजहाँ की पीठ पर थपकी देकर कहा–

"एक प्याला और दो नूर!"

"बस अब नहीं, नौ प्याले हो चुके।"

"हरगिज नहीं, अपने इन हाथों से दो।"

"हरगिज नहीं, जहाँपनाह! हरगिज नहीं।"

"दो नूर, मजा किरकिरा मत करो, एक प्याला, सिर्फ एक!"

"जहाँपनाह वादा कर चुके हैं; याद है?"

"याद है मगर सिर्फ एक!"

“बादशाह को अपने वादे का पक्का होना चाहिए।”

“अच्छा नूर, एक प्याला दे दो! आह, जिद न करो, दे दो!”

“मैं नहीं दूँगी, नहीं दूँगी, जहाँपनाह!”

“आह, जिद न करो, दे दो!”

“नहीं, नहीं, नहीं!”

“ख़ुदा की कसम, मैं एक प्याला शराब और पीऊँगा!”

“मैं अब आपको एक कतरा भी शराब का नहीं दूँगी!”

“मैं पीऊँगा नूर!”

“हरगिज नहीं!”

“मैं हुक्म देता हूँ!”

“मैं उसे मानने से इन्कार करती हूँ!”

“मैं जहाँगीर हूँ, शहनशाह अकबर का बेटा!”

“मैं नूरजहाँ हूँ, शहनशाह जहाँगीर की मलिका!”

“अहा, दे दो! इतना मत तरसाओ, ख़ुदा के लिए एक प्याला।”

“यह नहीं हो सकता। आप वादा कर चुके हैं कि दिन-रात में नौ प्यालों से ज़्यादा आप न पीयेंगे। नौवाँ प्याला आप पी चुके हैं।”

जहाँगीर को गुस्सा आ गया। उसने तैश में आकर आँखें तरेरकर नूरजहाँ की ओर देखा। नूरजहाँ संगमरमर की मूर्ति-सी स्थिर खड़ी रही, सुराही और प्याला उसके पास ही हाथी-दाँत की चौकी पर थे।

“दो नूर!”

“नहीं दूँगी!”

“दो!”

“नहीं!”

“मैं पीऊँगा, मनमानी पीऊँगा!”

“आप एक कतरा भी नहीं पी सकते!”

“देखूँ कौन रोकता है?”

बादशाह मसनद से उठे, जैसे सांप फन उठाता है। उन्होंने बगल में धरे रेशमी तकियों को इधर-उधर फेंक दिया, उनकी आँखें सुर्ख हो गयीं। उन्होंने प्याले की ओर हाथ बढ़ाया।

नूरजहाँ ने बादशाह को मसनद पर धकेल दिया। उसने दृढ़ स्वर में कहा, “जहाँपनाह क्या मेरे साथ जोरो-जुल्म करने पर आमादा हैं?”

"हट जाओ नूर, खून हो जायेगा, मुझे मत रोको!"

"तब खून कीजिये जहाँपनाह! मेरे जीते-जी आप प्याला नहीं पी सकते!"

"ख़ुदा की कसम, हट जाओ!"

"चाहे जान चली जाये, हरगिज नहीं!"

"दोनों असाधारण व्यक्ति गुंथ गये, हाथापाई होने लगी। नूरजहाँ में काफी ताकत थी। उसने बादशाह को पटक दिया, परन्तु बादशाह चीते की भाँति फुर्ती से नूरजहाँ को उलटकर शराब की सुराही की ओर बढ़े।

बाहर खवास-बान्दी, ख्वाजा-सरा और भांड सब सन्नाटे में आये। क्या करना चाहिए, यह समझ में नहीं आया। बादशाह-बेगम की कुश्ती दुनिया की निराली बात थी। एकाएक भांडों ने गुत्थम-गुत्था शुरू कर दिया। सब एक-दूसरे से जुट गये। लगे धौल-धप्पा करने, चिल्लाने और एक-दूसरे को उठाकर पटकने।

बाहर शोर सुनकर बादशाह-बेगम लड़ना भूल गये। बादशाह चिक उठाकर बाहर आये। भांडों से तूफ़ान-बदतमीजी का कारण पूछा। उनकी आँखें लाल अंगारा हो रही थीं और हाथ तलवार की मूठ पर था। नूरजहाँ भी बाहर निकल आयी थी, वह भी भांडों की उस बेअदबी से सिंहनी की तरह क्रुद्ध थी। भांडों ने बादशाह को गुस्से में देखा, तो कदमों में लेट गये। उन्होंने दस्तबस्ता अर्ज की, "हुज़ूर, जहाँपनाह और मलिका मुअज्जमा की लड़ाई रोकने की यही तरकीब समझ में आयी। गुलामों से इसीलिए यह गुस्ताखी हुई।"

यह सुनकर नूरजहाँ को हँसी आ गयी। बादशाह भी हँस दिये। भांडों को इनाम देकर विदा किया गया। नूरजहाँ महल में चली गयी।

:: 2 ::

नूरजहाँ ने बादशाह से मिलना-बोलना बिलकुल बन्द कर दिया। उसकी नाराज़गी की चर्चा तमाम महलों में फैल गयी। बादशाह ने बहुत मिन्नतें कीं, पुर्जे भेजे, तोहफे नज़र किये, वह सब उसने वापस कर दिये। हर तरह खुशामद की गयी। परन्तु नूरजहाँ का दिल नहीं पसीजा। वह असल संगमरमर की प्रतिमा थी। वह परम तेजस्विनी स्त्री थी। बादशाह ने दरबार के बड़े-बड़े मुशीरों से सलाह ली परन्तु निष्फल! जहाँगीर एक हृदयवान पुरुष-रत्न था। वह नूरजहाँ के प्रेम का दीवाना था। उसे उसके बिना सारा मुगल साम्राज्य फीका दीख रहा था। उसकी आत्मा शून्य का अनुभव कर रही थी। उसे रात-दिन चैन न था, परन्तु नूरजहाँ थी कि उसपर प्रार्थनाओं का, मिन्नतों का, खुशामदों का, कुछ भी असर नहीं होता था।

एक मुँहलगी बान्दी नूरजहाँ की कृपापात्री थी, उसे बादशाह ने कहा :

"अरी तू मलिका को राजी कर वे चाहती क्या हैं?"

बान्दी ने भौंह मटकाकर कहा–

"पनाहे-आलम, मलिका बहुत नाराज़ हैं। वह कहती हैं कि जहाँपनाह उनके कदमों में गिरकर माफी माँगें, तो वह माफ कर सकती हैं!"

"वाह, यह कैसे हो सकता है? मैं तमाम हिन्दुस्तान का बादशाह जहाँगीर हूँ!"

"यही तो मुश्किल है जहाँपनाह, मलिका कहती हैं कि मैं दीनो-दुनिया के मालिक शहनशाह जहाँगीर की मलिका हूँ।"

"अरी बदबख़्त, तू कुछ रास्ता निकाल।"

"जहाँपनाह जाने दें, रंगमहल में एक से एक बढ़कर...।"

"चुप गुस्ताख, जा मलिका को किसी तरह राज़ी कर!"

"सरकार, इनाम पूरा लूँगी!"

"मुँहमाँगा इनाम दूँगा..."

"एक शर्त है हुज़ूर!"

"कौन सी शर्त?"

"मेरी बतायी तरकीब हुज़ूर काम में लायेंगे?"

"अगर तूने कहा कि मैं मलिका के पैरों पर सिर रख दूँ?"

"लाहौलवला-कुव्वत, जहाँपनाह, बान्दी कुछ और ही तदबीर करेगी जिससे सांप मरे न लाठी टूटे!"

"जा मर!"

बान्दी हँसती हुई कमर लचकाती, बल खाती चली गयी। प्यारी नूरजहाँ की याद में बादशाह बड़बड़ाने लगे।

:: 3 ::

गुलाबी दिन थे, वसन्त उमड़ रहा था, कोयल कूक रही थी।

बान्दी ने बादशाह के पास आकर कहा, "चलिए जहाँपनाह, आज मौका है!"

बादशाह जल्दी-जल्दी बान्दी के पीछे चल दिये। नूरजहाँ नज़र-बाग में सुबह की सुनहरी धूप में खड़ी गुलाब के फूलों को प्यार कर रही थी। ये गुलाब उसने बसरे, चमन और ईरान से मँगवाये थे। गुलाब का उसे शौक था। उसे मालूम

न हुआ कि बादशाह धीरे से उसके पीछे आकर खड़े हो गये हैं। बान्दी ने बादशाह को चुपचाप ऐसे ढंग से खड़ा कर दिया कि उनके सिर की परछाँही मलिका के कदमों में आ लगी। इसके बाद उसने आगे बढ़कर कोर्निश करके मलिका से कहा, ''हुज़ूरे वाला, ज़रा इस तरफ मुलाहिजा फर्माइए तो! देखिए शहनशाह का सिर हुज़ूर के कदमों में है। अब तो आप गुस्सा थूक दीजिए!''

नूर ने पलटकर देखा तो बादशाह के सिर की परछाँही उसके कदमों में थी। उसने मुस्कराकर प्यासी आँखों से बादशाह की ओर देखा और जहाँगीर ने दौड़कर उसे गाढ़ आलिंगन-बद्ध कर लिया। दो तड़पते हृदय फिर एक हो गये, जो लाखों साधारण मनुष्यों से कहीं उच्च, उदार और आत्म त्यागी थे।

:: 4 ::

नूरजहाँ ने पति से मेल हो जाने की खुशी में हुक्म दिया कि आठ दिन तक रंगमहल में जलसे हों, रोशनी की जाए, नाच-रंग हों। इन आठ दिनों में बादशाह को जितनी वे चाहें शराब पीने की छूट भी दे दी गयी। बादशाह बाग-बाग हो गये। लाखों रुपये लुटाये गये।

नूरजहाँ ने बाग के तमाम हौजों और फव्वारों को अर्क-गुलाब से भरवा दिया और हुक्म दिया कि कोई उन्हें गन्दा न करने पाए।

वहाँ की एक संगमरमर की स्वच्छ पटिया पर नूरजहाँ रात की ठण्डी हवा के थपेड़े खाकर सो गयी। बान्दी और दासियों को उसे जगाने का साहस न हुआ। सुबह जब उसकी आँख खुली तो देखा—सामने जो हौज गुलाब-जल से भरा था, उसमें किसीने कुछ गन्दगी डाल दी है। क्रुद्ध होकर बान्दी से नूरजहाँ ने कहा, ''यह कैसी चिकनाई है?'' बान्दी ने कहा, ''हुज़ूर, यह तो निहायत खुशबूदार है!'' नूर ने जाकर देखा तो समझ गयी कि गुलाब की चिकनाई ही ओस की भाँति जम गयी थी। उसने उन्मत्त की भाँति उसे अपने वस्त्रों में खूब मल दिया। फिर वह दौड़ी हुई बादशाह की ख्वाबगाह में चली गयी। तातारी बान्दियाँ हट गयीं। खोजे सतर्क हो गये। उसने देखा बादशाह मीठी नींद सो रहे थे। नूरजहाँ बादशाह से लिपट गयी। उसने गुलाब की रूह का आविष्कार किया था; वह अपने उन्माद-युक्त यौवन से छलकते हुए शरीर को बादशाह के शरीर से रगड़ने लगी। बादशाह के सभी मनोरथ सफल हुए।

बाद में बेगम ने गुलाब की खेती बढ़ायी, और वह इत्र उन दिनों दिल्ली के बाज़ारों में सौ रुपये तोला बिका।

वेश्या की बेटी

वह वेश्या की बेटी थी, वेश्या न थी। वेश्या क्यों नहीं थी—सुनिए! वेश्या कौन है?—जिसमें स्त्रीत्व का पूरा अभाव है। दया, ममता, सत्य, कोमलता, सहृदयता और सतीत्व—यही तो स्त्रीत्व है! वेश्या में इन चीज़ों की बिलकुल ही कमी होती है। वे उस सतीत्व को, उस अस्मत को—जिसे स्त्री अपने शरीर के टुकड़े-टुकड़ें होने पर भी आंच नहीं लगने देती, खुले आम टुकड़ों के भाव बेचती हैं। वे झूठे दम्भ, पाप और अस्मत-फरोशी की जबर्दस्त व्यापारी हैं। उन्होंने स्त्री-शरीर पाया है ज़रूर, पर स्त्री-हृदय नहीं, स्त्रीत्व भी नहीं!

इनमें से एक भी गुण उसमें न था। हाँ, वेश्या इन अवगुणों को गुण ही कहती है। वह अस्मत-फरोशी करके जीने की अपेक्षा फाँसी लगाकर मर जाना ज़्यादा बेहतर समझती थी। वह नरक के समान वेश्या-घर में जी रही थी, पर ज्यों-ज्यों उसकी उम्र बढ़ती जाती थी, वह घर उसके लिए एक असह्य वेदना-गृह बनता जाता था। वह बहुधा सोचा करती थी कि अब क्या होगा! वह दिन-भर पढ़ती, व्रत-उपवास करती, शुद्धाचार से भोजन बनाती और स्त्रीत्व की कोमल कल्पनाओं की मूर्ति-सी बनी बैठी रहती। इसीलिए तो हमने कहा कि वह वेश्या न थी—केवल वेश्या की बेटी थी!

उसकी माँ बड़ी घाघ थी। उसने सैकड़ों यौवन देखे, बेचे और सम्भाले थे। वह उसे ऊँचे-से-ऊँचे दामों में बेचना चाहती थी। उसने उसे पाला था, शिक्षित किया था, उसे बनाया था। उसे आशा थी कि उसे बारम्बार बेचूँगी और मालामाल हो जाऊँगी, पर लड़की का स्वभाव और हठ देखकर वह कुछ भी न कर सकी।

वह बहुधा लड़की पर क्रुद्ध रहती। एकाध बार मार भी बैठी। पर लड़की ज्यों-ज्यों सतायी जाती, उसके भीतर सोयी हुई आत्मा जागृत् होती जाती थी।

उसने निश्चय किया कि जो बात स्त्री-जाति-मात्र के लिए अपमानजनक है, जिस बात को स्त्रियाँ मुख से निकालना, आँख से देखना भी मृत्यु से निकृष्ट समझती हैं, उसे मैं कैसे अपने जीवन का क्रम बना सकती हूँ?

इस वेश्या की बेटी का नाम कामिनी था। काम की सोलहों कलाएँ उसमें व्याप्त थीं। उसका लचीला शरीर, सुनहरी रंग, बड़ी-बड़ी आँखें, काली-चमकीली दृष्टि और सम्पुटित होंठ असाधारण थे। अभी वह अस्फुटित, अछूती कुंद-कली के समान थी; अभी से उसका सौरभ फूट पड़ा था, और भौंरे उसके चारों तरफ उमड़ रहे थे।

उन मधु-लोभी भौंरों में एक का नाम राजकुमार था, पर वह रज्जू बाबू के नाम से प्रसिद्ध था। वह एक धनी व्यापारी का, 18 वर्ष का सुन्दर-छरहरे बदन का बेटा था। स्त्री क्या वस्तु होती है, इसका उसे ज्ञान न था, अनुभव भी न था, उसने कामिनी को ही प्रथम बार स्त्री-भाव से देखा। स्त्री क्या वस्तु होती है उसका अध्ययन भी किया। वह स्त्रीमय हो गया, कामिनीमय हो गया। कामिनी उसके नेत्रों का प्रकाश थी, वह जगत् को कामिनीमय देखता था। कामिनी उसका जीवन और प्राण थी। वही दशा कामिनी की थी। एक-एक क्षण में उसके हृदय की प्यास बढ़ती चली जा रही थी, वह उस युवक के लिए प्रतिक्षण बेचैन रहने लगी थी।

यही तो बात है, जो वेश्यावृत्ति के प्रतिकूल है। प्रेम वेश्या के लिए विष है। जिस वेश्या के हृदय में प्रेम का बीज अंकुरित हुआ—फिर वह वेश्या क्या खाक हुई? उसका वेश्या-जीवन धिक्कार के योग्य हुआ!

:: 2 ::

दोनों के मिलने पर प्रतिबन्ध था। माँ नहीं चाहती थी कि मेरी बेटी हृदय के बाज़ार में बिके। वह हृदय को लेकर क्या करेगी? उसे चाहिए—रुपया-रुपया!

वही रुपया आज उसने पाया है। रज्जू ने दुकान से रकम उड़ा लाकर उसे दी है। आज वह कामिनी से मिलने आया है। उसने कामिनी के आगे दोनों हाथ पसार दिये। कामिनी उठकर आगे बढ़ी और उसके आलिंगन में आबद्ध हो गयी। युवक के हाथ पर रखी हुई चार अशर्फियाँ धरती पर गिर गयीं। रज्जू ने आत्म-विस्मृत होकर कहा, "कामिनी, हमारा मिलना कठिन है!"

कामिनी ने आतंकित स्वर में कहा, "कठिन तो है, परन्तु..."

"परन्तु क्या?..."

"तुम उसे सरल कर सकते हो।" उसके स्वर में वेदना थी।

"कैसे?" युवक ने कहा।

कामिनी बैठ गयी, युवक भी बैठ गया।

कामिनी ने कहा, "बाधा क्या है? कहो!"

"तुम्हारी माँ रुपये माँगती है।"

"इसमें क्या बड़ी बात है?"

"रुपया मैं कहाँ से लाऊँ?"

"क्यों? चुरा सकते हो, कुछ चीज़ बेच सकते हो। यह तुम्हारी घड़ी ही शायद एक महीना चला दे।"

युवक को कामिनी के मुख से इन बातों को सुनने की आशा न थी। वह अवाक् हो गया। कामिनी ने उसी सिलसिले में कहा, "यह तो बहुत साधारण है। तुम ज़रा-सा साहस करते ही रुपया दे सकते हो, पर रुपया देने से भी मुझे न पा सकोगे।"

"यह क्यों? फिर क्या बाधा रह गयी?"

"मैं स्वयं इसमें बाधा दूँगी"

"सच? तब क्या तुम मुझे नहीं चाहतीं?"

"प्राणों से भी बढ़कर। यदि तुम न मिले तो मैं प्राण त्याग दूँगी।"

"तब बाधा क्यों दोगी?"

"तुम मुझे वेश्या का मूल्य देकर नहीं खरीद सकोगे।"

"वेश्या का मूल्य क्या है?"

"धन!"

"फिर?"

"मुझे तुम्हें कुछ और देना होगा।"

"क्या—हृदय?" युवक मुस्कराया। उसने कहा, "कामिनी, यह हृदय तुम्हारा है।"

कामिनी वैसी ही गम्भीर बनी रही। उसने कहा, "नहीं, हृदय नहीं—हृदय देकर भी मुझे न पा सकोगे!"

"तब क्या देना होगा?" युवक ने हड़बड़ाकर कहा।

"वचन।"

"वचन?"

"हाँ।"

"क्या वह प्रेम से भी अधिक है?"

"प्रेम तो उसके साथ बँधा हुआ है?"

"वह वचन क्या है?"

''यही कि तुम धर्म से मेरे पति होगे, और मैं पत्नी!''

''रज्जू ने एक बार आँख फाड़कर कामिनी को देखा, फिर उसने दोनों हाथ फैलाकर कहा, ''कामिनी, यह कैसे सम्भव हो सकता है? मेरा विवाह पक्का हो गया है। जाति-बन्धन बड़े कठिन हैं। ओह! यह बहुत कठिन है।''

''तब जाओ! तुम मुझे न पा सकोगे। मेरा शरीर और हृदय दोनों ही आत्मा की सम्पत्ति हैं। जो कोई आत्मा का अधिकारी होगा, इन चीज़ों का भी होगा।''

''और इनके अधिकारी होने की विधि?''

''विवाह।''

युवक सोचने लगा। कामिनी मूक खड़ी थी। विवाह? क्या यह सम्भव हो सकता है? ज्यों-ज्यों विचार की धारा गम्भीर होती थी, वह विवाह के अनुकूल हो रहा था। जाति, सम्पत्ति, सामाजिक जीवन सब कुछ एक स्त्री के लिए त्यागना साधारण काम न था। अन्ततः उसने निश्चय कर लिया। उसने हर्षोत्फुल्ल स्वर में कहा, ''कामिनी, मैंने सोच लिया है, मैं तुमसे विवाह करूँगा।''

कामिनी हँस दी। उसकी आँखों में आँसू आ गये। उसने आगे बढ़कर युवक के चरण छुए और हाथ आँखों पर लगाये। फिर वह उसके चरण छूकर फूट-फूटकर रो उठी।

:: 3 ::

कामिनी उदास बैठी थी। जो कुछ करना था, तय कर लिया गया था। वह प्रत्येक क्षण रज्जू बाबू के आने की प्रतीक्षा कर रही थी। रज्जू बाबू आये। उसकी आँखों में भय-शंका-उद्वेग था, पर वह चुपचाप बैठी रही।

रज्जू बाबू बुढ़िया से मीठी-मीठी बातें करने लगे। कामिनी और फूलकर बैठ गयी। रज्जू ने कहा, ''आज यह इतनी उदास क्यों बैठी है?''

कामिनी बीच में ही बोल उठी, ''मैं आज साड़ी लूँगी, तभी खाना खाऊँगी!''

बुढ़िया ने कहा, ''साड़ी की अच्छी कही! एक-से-एक बढ़कर साड़ियाँ रखी हैं, पर इसको तो रोज़ नयी चाहिए!''

''मैं ज़रूर लूँगी!''

रज्जू ने कहा, ''आखिर कैसी साड़ी लोगी, कुछ सुनूँ भी तो!''

''मैं अपनी पसन्द की लूँगी, और किसीकी भी नहीं!''

कामिनी मुँह फुला बैठी। रज्जू बाबू ने हँसकर कहा, ''तब चलो, देखूँ कैसी साड़ी लेती हो! मगर मचल न जाना, एक साड़ी मिलेगी!''

“एक ही तो, मगर मेरी पसन्द की होगी!”

“मन्जूर है!” रज्जू ने नौकर को पुकारकर ताँगा ले आने को कहा। बुढ़िया ने एकाध बार कुछ टोका, फिर राजी हो गयी। रज्जू के साथ कामिनी साड़ी खरीदने भेज दी गयी। साथ में नौकर भी गया।

बाज़ार में एक स्थान पर ताँगा खड़ा करके नौकर को पान लाने भेज दिया गया। उसके पानवाले की दुकान की ओर मुड़ते ही ताँगा हवा हो गया। मोटर पहले से तैयार खड़ी थी। ताँगा छोड़, मोटर में बैठ दोनों सीधे मजिस्ट्रेट के पास पहुँचे।

कामिनी ने जाकर कहा, “मेरी माता मुझसे कुकर्म कराना चाहती है; न करने पर मारती तथा धमकी देती है। पर मैं इस नवयुवक से शादी करना चाहती हूँ। मुझे माँ से आज़ाद किया जाए।”

मजिस्ट्रेट ने फोन उठाया और थाना सर्किल नम्बर 4 को हुक्म दिया कि अमुक वेश्या को लेकर अभी इजलास में हाजिर हों। कामिनी को हुक्म हुआ, “कुछ देर यहीं बैठो!”

आधे घण्टे के पश्चात् बदहवास वृद्धा वेश्या कचहरी में घुसी। वह चिल्लाने लगी—उसपर वज्रपात हुआ है। उसकी बेटी उड़ा ली गयी है। दुहाई है!! आदि-आदि।

मजिस्ट्रेट ने उसके और लड़की के इजहार लिये। वेश्या के मुचलके करा लिये और कहा, “खबरदार रहो, इस लड़की की तरफ नज़र की तो बुरा होगा!” वृद्धा बेचारी रोती-कलपती चल दी।

मजिस्ट्रेट ने युवक से पूछा, “क्या तुम इससे शादी करने को राज़ी हो?”

युवक ने स्वीकार किया। दोनों साहसी प्रेमी अब स्वतन्त्र थे।

:: 4 ::

एक छोटे-से सुखद बंगले में स्वस्थ सुन्दर दम्पति बैठे एक गुलाब के खिले हुए नवपुष्प के समान नवजात बालक को देखकर सुध-बुध खो रहे थे।

कामिनी ने कहा, “प्यारे, तुम्हारा हृदय या धन लेकर क्या मुझे यह लाल मिलता?”

रज्जू ने कहा, “यह तो तुम्हें घात में मिला! असल लाल तो तुमने पड़ा पाया। तुम बड़ी भाग्यवती रहीं कामिनी!” उसने प्रेम के आवेश में पत्नी का मुख चूम लिया। बालक ने खिलखिलाकर दोनों हाथ ऊपर उठा दिये।

नूर

सूरज डूब रहा था। पश्चिम में लाल-पीले बादलों की शोभा बहुत भली दीख रही थी। हवा ठंडी थी। आकाश में दो-चार बादल घूम रहे थे। दो दिन पहले वर्षा हुई थी, उसकी नमी अभी तक धरती और हवा में थी। अगस्त का अन्तिम सप्ताह बीत रहा था।

विद्यानाथ बाबू खिन्न भाव से बनारस-कैंट स्टेशन पर रिक्शे से उतरे। उनका मन बहुत खराब हो रहा था। उदासी के कारण उनका मुँह नीचे की ओर झुका हुआ था। उन्होंने चुपचाप तांगेवाले को पैसे दिये और हैण्डबैग हाथ में लटकाकर सीढ़ी चढ़ गाड़ी में आ बैठे। कुली ने उन्हें पुकारकर हैण्डबैग ले चलने को कहा—वह उन्होंने सुना नहीं। उन्हें टिकट खरीदना है यह भी वह भूल गये। गाड़ी प्लेटफार्म पर खड़ी थी, डब्बे में भीड़ नहीं थी। एक ओर हैण्डबैग फेंककर वह बर्थ पर उढ़क गये। बहुत-सी अशान्त करनेवाली बातें उनके मन में घूम रही थीं। उन्होंने यह भी नहीं देखा कि डब्बे में अन्धकार था, अतः इन्होंने यह भी नहीं देखा कि डब्बे में और कौन-कौन हैं।

इसी समय किसीने आकर खिड़की के बाहर से उनका हाथ पकड़कर कहा, ''पिता जी, नमस्ते।''

आँख उघाड़कर देखा, हमीद है। होंठ सूखे हुए और सिर के बाल रूखे और बिखरे हुए। आँखें परेशान।

उन्होंने जिज्ञासा-भरी दृष्टि से हमीद को देखकर कहा, ''अब इस वक्त क्यों दिक करते हो?''

परन्तु हमीद के जवाब देने से पहले ही नूरुन्निसा बानू डब्बे में घुसकर

उनसे बिलकुल सटकर बैठ गयी। नूर को देखकर विद्यानाथ चौकन्ने हुए। उन्होंने डब्बे के अन्य व्यक्तियों पर एक दृष्टि डाली और हमीद की ओर देखकर कहा—

"इसका क्या मतलब?"

हमीद ने कहा, "आप चुपचाप चल दिये, मुझसे कहा भी नहीं?"

"तो इससे क्या?"

"आप जानते हैं यहाँ हम लोग आप ही के साये में थे।"

"तो फिर?"

इसी बीच नूर ने उनकी बांह पकड़कर कहा, "पिता जी, आप तो कभी नाराज़ नहीं होते, फिर इस वक्त इस तरह क्यों बोल रहे हैं?"

विद्यानाथ बाबू ने नूर की ओर देखा, वह एक हल्की नीली साड़ी पहने थी, माथे पर सिन्दूर का टीका था, उसकी आँखों में भय और अनुनय था।

विद्यानाथ कुछ-कुछ मतलब समझ गये। हमीद ने कहा, "नूर आपके साथ दिल्ली जा रही है पिता जी, यह उसका टिकट है!" उसने टिकट उनके आगे बढ़ाया।

विद्यानाथ को टिकट देखकर याद आयी कि उन्होंने अपना टिकट ही नहीं लिया है। उन्होंने कहा, "टिकट तो मुझे भी लेना था।"

"मैं लाता हूँ।" हमीद दौड़ चला। विद्यानाथ ने रोकने को हाथ उठाया सो उठा ही रह गया।

नूर ने कहा, "पिता जी, आप क्या बहुत नाराज़ हैं?"

विद्यानाथ ने कहा, "लेकिन तुम क्यों पूछती हो?"

"इसलिए कि मैं आपकी पनाह में हूँ। एक बेबस औरत जिसकी पनाह में हो उसकी नाराज़गी कैसे देख सकती है?" नूर ने धीमे स्वर में कहा।

विद्यानाथ ने देखा, उसकी आँखों में आँसू छलछला रहे हैं और उसके होंठ कांप रहे हैं।

उन्होंने घबराकर कहा, "यह क्या बेवकूफी है? लेकिन-लेकिन..."

"आपको तकलीफ हो तो मैं नहीं जाऊँगी। मेरा जो होगा सो हो रहेगा।"

इस बीच में हमीद टिकट लेकर आ गया। गाड़ी ने भी सीटी दी। व्यग्र भाव से विद्यानाथ ने पूछा, "नूर को कहाँ पहुँचाना होगा?"

"वह आपके पास ही रहेगी पिता जी, बाद में देखा जाएगा।"

गाड़ी चल दी। हमीद ने दोनों हाथ जोड़कर कहा, "नमस्ते पिता जी।"

और विद्यानाथ ने गद्गद कण्ठ से कहा, "जीते रहो।"

गाड़ी की गति तेज़ हुई—हमीद प्लेटफार्म पर दोनों हाथ जोड़े जड़वत् खड़ा था और विद्यानाथ खिड़की से सिर निकालकर उसे एकटक देख रहे थे। कौन कह सकता है कि ये पिता-पुत्र नहीं, और दोनों का प्रत्येक रक्त-बिन्दु परस्तर विरोधी है।

थोड़ी देर में विद्यानाथ ने नूर की ओर ध्यान दिया। उन्होंने देखा—उसकी आँखों से अविरल अश्रुधारा बह रही है। विद्यानाथ क्या कहें, क्या करें, यह निर्णय नहीं कर सके। उनसे न सान्त्वना देते बन पड़ा, न वह उस कठिनाई और खतरे को व्यक्त कर सके जिसमें वह अपने साथ नूर को ले जाकर पड़ गये थे। परन्तु उनका हृदय इस असहाय लड़की के आँसू सहन न कर सका। उन आँसुओं में बेबसी, भय, चिन्ता और न जाने क्या-क्या सम्भाव्य-असम्भाव्य था—यह विद्यानाथ के सुसंस्कृत मन से अज्ञात न रहा। हठात् उन्होंने हैण्डबैग खोलकर हिन्दी-अंग्रेज़ी की कई मैगजीनें तथा दो-तीन पुस्तकें निकालकर उसके सामने बिखेरते हुए कहा, *इलस्ट्रेटेड वीकली* में यह कार्टून तुमने देखा है? लेडी साहिबा कह रही हैं—'जब तुमने विवाह का प्रस्ताव किया था तब मेरे मुँह में चॉकलेट भरा था। इसीसे बोल न सकी। मेरे मौन को तुमने स्वीकृति समझ लिया। यह तुम्हारी मूर्खता है।'

इतना कहकर वीकली का वह पृष्ठ नूर के सामने फैलाकर विद्यानाथ खिलखिलाकर हँस पड़े।

नूर हँस नहीं सकी, परन्तु उसके आँसू थम गये। उसने शून्य दृष्टि वीकली पर डाली और पृष्ठों को उलटने-पलटने लगी। विद्यानाथ ने यही यथेष्ट समझा। उन्होंने अघाकर सांस ली और सीट पर पीठ का सहारा लेकर बैठ गये।

रेल दौड़ी जा रही थी।

भूरी

स्टेशन पर आकर देखा—गाड़ी आने में देर थी। पुल के पास प्लेटफार्म पर छः-सात देहाती स्त्रियाँ अपनी गांठ-पोटली लिये बैठी थीं। लगभग सभी वृद्धाएँ थीं। कुछ जवान थीं, पर उनमें और वृद्धाओं में कुछ ज़्यादा अन्तर नहीं दीख पड़ता था। उनके वस्त्र मोटे मैले और चिथड़े थे, सबके पैर नंगे थे। चेहरे और शरीर पर वेदनाओं के पहाड़ चकनाचूर हुए हैं, इसके चिह्न साफ दीख रहे थे।

प्रातःकाल का समय था, परन्तु सूरज निकलते ही आग उगलने लगा था। गर्मी के दिन का प्रभाव शीत के दोपहर से कहीं अधिक गर्म था। इतनी दरिद्र-दीन-हीन होने पर भी वे सब प्रसन्न थीं, मानो वह दीनता उनमें रम गयी थी। वे हँस-हँसकहर अपने घर-द्वार की बातें कर रही थीं, और निस्संकोच होकर उस गन्दी ज़मीन पर बैठी थीं।

सबने सलाह करके अपनी-अपनी पोटलियाँ खोलीं। उनमें रात की बासी रोटियाँ थीं, मोटी-मोटी रोटियाँ। किसीके पास दलिया या दाल के ढंग की कोई चीज़ थी। प्रत्येक ने उन्हें खाना प्रारम्भ किया। रोटियाँ खराब हो चुकी थीं, उनमें बू आ गयी थी। सम्भव है कि वे रात की न होकर और एक दिन पहले की हों। पानी का कोई प्रबन्ध न था परन्तु वे अत्यन्त धैर्यपूर्वक उनके छोटे-छोटे टुकड़े गले से उतार रही थीं।

उन स्त्रियों में एक वृद्धा सबसे अधिक बूढ़ी थी। उसके मुँह में एक भी दाँत न था और चेहरे पर अनगिनत झुर्रियाँ थी, उसकी गांठ में साबुत रोटी न थी, रोटियों के टुकड़े थे। वे सूखकर टूट गये थे और उनका खाना अत्यन्त त्रासदायक था। वे शायद जौ-चने के सूखे हुए बासी टुकड़े थे, वह वृद्धा अभागिनी

उन्हें चुपचाप नीचे धकेल रही थी।

इस बूढ़ी का नाम भूरी था, वह इन सबकी गोष्ठी से अलग थी, किसी की बातचीत में सम्मिलित न थी। सभी स्त्रियाँ उसके टुकड़ों को भेद-भरी दृष्टि से देखकर मन ही मन मुस्करा रही थीं। उनकी अपेक्षा उसके टुकड़े घटिया हैं, उस मुस्कराने का यही अर्थ था। सबके पास तो गेहूँ की रोटियाँ थीं। तब उसके पास थी जौ-चने के रोटी, जो उसकी दीनता को प्रकट करती थी।

सबने आँखों ही आँखों में संकेत करके वृद्धा को बनाने की सलाह कर ली। एक ने मानो कठिनाई से हँसी रोककर कहा—

''भूरी, कैसी रोटी है तेरी?''

''जौ-चने की है।'' वृद्धा ने सहज स्वभाव से कह दिया और फिर बोली, ''लोगी क्या?''

इसपर फिर सबने परस्पर दृष्टि-विनिमय किया। हँसी होंठों की कोर में दबाकर उसी मुखरा ने कहा—

''हाँ, हाँ, लेंगी, ला दे।''

वृद्धा ने दो टुकड़े अच्छे-अच्छे चुनकर उसके आगे बढ़ा दिये। टुकड़ों को लेकर सबने बारी-बारी उलट-पलटकर देखा। एक ने दूसरी की पीठ में उँगली चुभा दी, दूसरी ने तीसरी को धकेल दिया, तीसरी ने चौथी की ओर आँख से संकेत किया, चौथी ने होंठ निकालकर मुँह बिचका दिया।

वृद्धा की दृष्टि शायद मन्द थी, वह यह सब नहीं देख रही थीं। दो टुकड़े उन्हें देकर चुपचाप खा रही थी। सब भाँति टुकड़ों का उपहास करके फिर उसी मुखरा ने वे टुकड़े भूरी के आगे बढ़कार कहा, ''ले भूरी, अपनी रोटी सम्भालकर रख ले।''

भूरी ने कहा, ''क्यों, कैसी है?''

''बहुत ही अच्छी है।''

वृद्धा फिर बोली नहीं। टुकड़े लेकर चुप हो गयी। इतनी देर में वह शायद समझी कि उसके टुकड़ों का तिरस्कार किया गया। उसने अपना प्रातः भोजन खत्म करके बचे हुए टुकड़े चुपचाप अपने उसी चीथड़े में बाँध लिये।

मैंने देखा करुण रस में करुणा का उदय हुआ है, साक्षात् दरिद्रता की कंकालिनी ये स्त्रियाँ सड़े हुए टुकड़े खाने पर भी दूसरों की अपने से हीन दशा पर हास्य किये बिना स्थिर न रह सकीं। भूरी जैसी कितनी स्त्रियाँ भारत में हैं,

और उन स्त्रियों जैसी भी। परन्तु भूरी के प्रति उनका उपहास तो मनुष्य-स्वभाव का सच्चा स्वरूप है। वेदना की अनुभूति जब मर जाती है और प्राणी जब शून्य-मस्तक हो जाता है, तब उसकी अन्तरात्मा पतित होते-होते इतनी गिर जाती है, कि वह अपनी दीन दशा को नहीं देखता। उसे देखकर कितने लोग करुणा प्रदर्शित करते हैं, यह भी वह नहीं जानता। वह केवल औरों के छिद्र देखता है, उसपर वह हँसता है। करुण रस जब सूख जाता है, तब वह विद्रूप रूप धारण करता है।

ससुराल का वास

ससुराल के भी क्या कहने हैं! धरातल पर वह एक निराली ही चीज़ है। कवि ने कहा भी है कि 'इस असार संसार में ससुराल ही सार है।' ससुराल में यदि एक-दो दिलचस्प सालियाँ भी हों तो बहार ही बहार है। ससुराल अमीर हो या गरीब, बढ़िया हो या घटिया—यह हम दामादों के विचार का विषय नहीं। और हम चाहे जैसे चपरगट्टू, फटेहाल, आवारागर्द हों—इससे भी कोई बहस नहीं। ससुराल में तो हम लाट साहब ही बनकर रहेंगे और ससुराल वालों को सिर के बल हमारी अर्दली में खड़ा रहना ही पड़ेगा।

हमें ससुराल सिर्फ दो-चार बार ही जाने का मौका मिला था। दो-चार दिन रहकर चले आया करते थे। श्रीमती को विदा करा लाते थे। वे दो-चार दिन ऐसी मौज-बहार में बीतते थे, कि बरसों उसीके सपने दीखा करते थे। हम भी रेशमी कुर्ता और नयी फेल्ट तथा कामदार जूता पहनकर, गौरी बाबू की सोने की घड़ी माँगकर ओर उसे कलाई पर बाँधकर तथा उन्हींकी चाँदी की मूठ की छड़ी और चमड़े का सूटकेस माँगकर ठाठ से जाते, बात-बात में नखरे करते, पचास बार ''ना' करने पर नाश्ता दो उंगलियों से उठाकर खाते, सौ बार कहने पर खाने को उठते, रोज़ गालों पर 'सेफ्टीरेजर' फेरते, खूब सावधानी से हँसते—और मौका पाकर डींगें भी हाँकते थे। रोज़गार-धन्धा हमारा कुछ था नहीं, पढ़े-लिखे भी सूक्ष्म ही हैं, पर ससुराल में हम यह सब भूल जाते थे।

किस्मत की बात देखिए—ससुराल भी हमको मिली टटपूंजिया। ब्याह से पहले हम ससुराल के बड़े-बड़े सपने देखा करते थे। गौरी बाबू की ससुराल हम गये हैं। क्या शान का महल है! मोटर है, नौकर-चाकर हैं, दास-दासियाँ हैं, चार

सालियाँ चाँद के टुकड़े हैं। सब लोग उन्हें 'राजा जी' और हमें कुंवर जी कहते थे। चलती बार हमें भी जोड़ा कपड़ा और नकदी मिलती थी। गौरी बाबू तो छकड़ा भर लाते थे। हम सोचा करते थे—ससुराल एक दिन मिलेगी हमको भी। यह सोचना तो सच्चा हुआ। ससुराल मिली और फिर मिली। पर मिली सटरपटर। ससुर जी चालीस रुपये के क्लर्क थे। किराये का साधारण मकान था। एक साली थी—वह बहुत छोटी थी, साला अवारागर्द था। सास अलबत्ता बड़ी अच्छी थी, हमें देखते ही बाग-बाग हो जाती थी। दिन भर-खाने-पीने के सरंजाम में ही जुटी रहती। बोलते हुए मुँह से फूल झड़ते थे। फिर भी एक बात की हमें शिकायत थी। हमारी स्त्री सुन्दर न थी। क्यों जी, इसकी शिकायत क्यों न हो? सभी को सौन्दर्य की एक भेंट जीवन में मिलती है। मुझे भी मिलनी चाहिए थी पर तकदीर का चक्कर ही कहना चाहिए। गौरी बाबू की बहू के सामने मेरी श्रीमती क्या चीज . है!

यदि मैं यह चाहूँ कि मेरी स्त्री परी-सी सुन्दर हो, वह मुझे प्राणों से बढ़कर प्यार करे तो इसमें बेजा क्या है जी? यही तो मैं चाहता था। वह पतिव्रता, परिश्रमी, सुशीला और मृदुभाषिणी थी—रसिक भी थी। पर प्रकृति की निष्ठुरता से उसे सौन्दर्य नहीं मिला था। प्रकृति-सौन्दर्य-निरीक्षण की कुछ-कुछ योग्यता मुझमें है। फिर क्या पत्नी-सौन्दर्य प्रकृति-सौन्दर्य से बाहर है? क्या मैं अपनी स्त्री को फूलों से सजाना न चाहता था? पर फूलों से सजने योग्य उसका मुँह होता तभी तो! मैं जानता हूँ कि मैं उसे बहुत अधिक प्यार करता था। मैं उसके बिना एक क्षण भी तो नहीं रह सकता था। मेरे मन में प्यास तो थी ही और इस सबके लिए अपराधी थे मेरे ससुर—यह मेरी पक्की धारणा थी। उन्होंने बड़ी दौड़-धूप से, यत्न से मुझे दामाद बनाया था। वे भले आदमी थे, बहुत ही भले—पर अमीर तो न थे! जो श्वसुर अमीर नहीं, वह श्वसुर ही क्या? दामाद लोग क्या उनकी भलमनसी को लेकर चाटें! और खास कर उस हालत में जबकि बेटी सुन्दर भी नहीं! हर हालत में हमें ससुराल से बहुत-सी शिकायतें थीं।

फिर भी आखिर ससुराल ही तो थी। जब भी हम वहाँ पहुँच जाते तो स्वर्ग का-सा मजा आता था। इच्छा होती थी कि सदा ससुराल में रहना हो, तो मजा है।

एक बात हम कहेंगे कि रहे हम किस्मत के धनी। जब जो चाहा होकर रहा। एक ओझा जी ने हमें एक तावीज़ बहुत दिन हुए दिया था और कहा था, "बच्चा, यह तावीज़ वह असर रखता है कि जो चाहोगे, पाओगे!" वही हुआ।

ससुराल में सदा रहना चाहा—खट् से सिलसिला बैठ गया। वहीं नौकरी मिल गयी, वह भी ससुर साहब के दफ्तर में उन्हींकी दौड़-धूप और अफसरों की चिरौरी करने से।

पिता जी ने इस बात का विरोध कर कहा, "बेटा, रिश्तेदारी में रहना ठीक नहीं, अपने घर में नंगे-उघाड़े रहो, कमाओ-खाओ—जैसी रूखी-सूखी मिले! रिश्तेदारी में रहने से कुछ की आन जाती है!"

माता जी ने भी कहा, "मैंने ब्याह किया तो क्या इसलिए कि हमें छोड़ ससुराल में जा बसेगा?" यारों ने कहा, "हजरत, सास-घर जमाई कुत्ता—सो तुम कुत्ता बनने चले हो!"

कहिए, इन मूर्खों को, ससुराल-सुख से अनभिज्ञों को क्या कहा जाता! हमने सबकी सुनी, पर की अपने मन की। हमारी श्रीमती की राय हमसे मिलती थी। बस, फिर क्या था! एक और एक ग्यारह। एक दिन, शुभ दिन और शुभ मुहूर्त में हम खिसक चले।

:: 2 ::

नौकरी बड़ी ही बेढब थी। आधे शहर में बिजली की बत्तियाँ जलानी पड़ती थीं और समय पर बुझानी भी। रात को समय-कुसमय जागना और गली-कूचों में पागल कुत्ते की भाँति घूमना पड़ता था। वह नज़ाकत-लताफत तो इस बार पहले ही दिन से चली गयी थी। कभी-कभी तार बिगड़ जाता तो घन्टों मगज़ खपाना पड़ता था। तिसपर बाईस रुपये की तनख्वाह। आप ही कहिए, क्या किया जाए? ससुराल का वास ठहरा। कपड़े-लत्ते ज़रा ठीक-ठाक से रहने चाहिए। सदैव रेशमी कुर्ता और गौरी बाबू की चाँदी की मूठ का बेंत तथा सोने की चेन वाली घड़ी लगाकर आता था। वह अब हमेशा को तो मिल न सकती थी। सो इस बार थी ही नहीं। जूता भी वह साढ़े तीन रुपये वाला था—जिसे दो वर्षों से घसीट रहा था। काम गन्दा और पलीत था। कपड़े एक ही दिन में गन्दे हो जाते थे। उन्हें रात को धोना पड़ता था। घर में इस प्रकार धोते-धोते चमड़े की भाँति हो गये थे। ससुराल में आधी रात को धोबी घाट लगाते बड़ी शर्म आती थी, पर चारा क्या था?

दस-पाँच दिन तो खाने-पीने का ऐसा झँझट न रहा। बेचारी सास गर्म खाना लिये बैठी रहती, खिलाकर सोती—चाहे आधी रात हो जाती। अलबत्ता नाश्ते की

इस बार शुरू ही से पतंग कट गयी थी। पान को भी कोई नहीं पूछता था। घर में कोई पान खाता ही न था। इसलिए वहाँ उसका सरंजाम ही न था। बाज़ार से पैसा फेंककर अब पान कौन मँगाए! हमने भी उसकी ऐसी परवाह न की। पनवाड़ी से दोस्ती कर ली थी। उचापत बाँध ली थी, पान, सिगरेट, सोडा, लैमन, जब चाहते पाते। तनख्वाह पर हिसाब देने का वादा था। बहरहाल कोई ऐसा कष्ट न था, काम मजे में चल रहा था।

पहले महीने की तनख्वाह जो मिली, तो सास ने कहा, "पहली तनख्वाह है, इसे माँ के पास भेज दो। बेचारी खुश हो जाएगी।" तनख्वाह के रुपये माँ को भेजने पर पत्र मिला, कि "बेटे की कमाई पायी, सिर-आँखों पर लगायी, खुशी मनायी, मिठाई बंटवायी। अब क्या फिक्र है! बेटे हुए सयाने, दरिद्र गये बिराने। बेटे, अब बुड्ढे बाप को सुख मिलेगा; तुम फलो-फूलो!" पत्र पढ़कर आनन्द ही हुआ। चलो, माँ को इतना सुख तो मिला!

दूसरे मास की तनख्वाह माता को भेजने में अड़चन पड़ गयी। कुछ रुपये तो हलवाई और पनवाड़ी की उचापत में चले गये। यारों ने मिठाइयाँ और पान-सिगरेट खाये-पीये थे। फिर हमें अब दूध पीने की भी आदत हो गयी थी। जूता अब दाँत दिखाने लगा था, सो एक जूता भी लेना पड़ा। एक कोट सिलाना आवश्यक हुआ। टोपी को देखकर घिन होती थी, वह भी नयी ले ली गयी। गरज, वह दूसरे मास की तनख्वाह चार दिन में ही फुर्र हो गयी। महीने-भर के लिए जेब-खर्च कुछ न बचा। इससे मन को अशान्ति हुई। पर क्या कर सकते थे? पनवाड़ी और हलवाई की उचापत चल रही थी। उसीका बड़ा आसरा था, क्योंकि अब ससुराल में खाना नहीं मिलता था। कभी सास जी का सिर दुखता था और कभी साली के पैर में दर्द हो जाता था।

घर से पिता ने लिखा, "बेटे, हम तुम्हारी तनख्वाह की बाट मेह की भाँति ताक रहे हैं। तुम्हें मालूम है बहू के पास न धोती है, न कपड़े। हम लोग तो नंगे-उघाड़े रह सकते हैं पर बहू को ऐसा कैसे रख सकते हैं! महीना तो बीत गया; तनख्वाह कब मिलेगी?"

उन्हें क्या मालूम था कि तनख्वाह तो खुर्द-बुर्द भी हो चुकी है। हमने चुप साधना ही ठीक समझा।

एक महीना और बीत गया। तनख्वाह आयी। मगर हलवाई और पनवाड़ी ही उसका बड़ा भाग ले गये। उनका बिल बढ़ गया था। दोस्त बढ़ गये थे, और

ससुराल से पेट पूर नहीं भर पाता था। कुछ रुपये बचे, वह जेब-खर्च को रखे। अब हमें इस बात की भी परवाह न थी कि ससुराल में कुछ ज़्यादा खातिर-तवाजे हों। हम इस तथ्य को ठीक-ठीक समझ गये थे कि रोटियाँ मिलती हैं यह थोड़ा नहीं है। होटल में खाओगे, तो आठ रुपये की ठुकेगी। अब हर समय सास का मुँह चढ़ा रहता, और सदा ही घी, तेल और आटा-दाल घर में नहीं रहा है—इसका रोना रोया करती। परन्तु हमने गूंगा और बहरा बनना ही मुनासिब समझा। बेशर्मी पर भी हमें कमर कसनी पड़ी, और हम खूब मुस्तैदी से ठीक समय पर खाना खाने पहुँचने लगे, क्योंकि ऐसा अनुभव होने लगा था कि ज़रा भी देर हुई कि कभी सब्जी नहीं, कभी रोटी नहीं।

एक दिन देखता क्या हूँ कि पिता जी श्रीमती जी को इक्के से उतार रहे हैं। इतने दिनों बाद श्रीमती से मिलन होगा—यह देखकर तो मनमयूर नाच उठा। पर पिता जी की लाल-पीली मुख-मुद्रा देख दिल फड़कने लगा। उन्होंने हमारे प्रणाम का भी उत्तर नहीं दिया। केवल रात-भर ठहरकर सुबह चले गये। चलती बार कह गये, “हम लोग तो मज़दूरी कर खाएँगे, पर अपनी औरत को तो अपनी कमाई खिलाओ। हमने तुम्हें बड़ा किया, सो इसलिए कि औरत को बूढ़े माँ-बाप पर छोड़ दो, स्वयं कमा-कमाकर सुसर का घर भरो!”

‘ससुर का घर भरने’ की एक ही कही! परन्तु हम कह-सुन कुछ भी न सके। पिता जी चले गये।

हमने देखा—श्रीमती जी की इस बार वैसी आवभागत नहीं हुई, जैसी सदा होती थी। बल्कि हमने देखा कि दूसरे दिन से सास जी को कोई रोग का पुराना दौरा पड़ गया और श्रीमती जी को चौके-चूल्हे में जुट जाना पड़ा।

परन्तु इससे हमें कुछ हानि न हुई, बल्कि बेफिक्री हुई। क्योंकि अब खाने-पीने का ठीक-ठिकाना लग जायेगा, इसकी दिल-जमई हो गयी।

दो-चार दिन तो सही-सलामत गुजर गये। पर एक दिन रात को श्रीमती जी से हमारी झड़प हो ही गयी। उन्होंने कहा, “यहाँ इतने दिन से रह रहे हो, ज़रा इसपर विचार तो करो!”

इस काम में भी विचार करने की कुछ गुन्जाइश है—यह तो हमने अभी सोचा न था। इसलिए एकाएक कुछ उत्तर न देकर हम सोच में पड़ गये।

श्रीमती जी ने ज़रा तेज़ होकर कहा, “क्या सोचने लगे? कुछ सुना मैंने क्या कहा? या चिकने घड़े हो गये हो?”

मैंने कहा, ''सुना तो, पर मैंने तो कभी यह बात सोची ही नहीं!''

''यह भी नहीं देखा, ये लोग तुम्हारा तिरस्कार करते हैं?''

''नहीं तो!''

''मैं इनके पेट की बेटी, चार दिन में ही सब समझ गयी और तुम इतने दिन में भी नहीं समझे?''

''पर समझकर भी क्या करूँ, खाना तो पड़ेगा ही।''

''क्यों, क्या अपनी कमाई नहीं खा सकते थे?''

''खा तो सकता था!''

''तुम जानते नहीं कि मेहमान दो दिन का होता है! तुम खाने-कमाने लगे। खाओ-कमाओ!''

''बात तो ठीक कहती हो!''

''यह भी नहीं किया कि घर को खर्च भेजते। उन्होंने तुम्हें पाल-पोसकर इतना बड़ा किया, अतः वे मुझे भी खिलायेंगे? इसी बूते पर ब्याह किया था?''

''पर कुछ बचा ही नहीं; भेजता कहाँ से?''

''क्यों नहीं बचा, कहाँ खर्च किया? रोटी तो पराये आसरे खाते रहे।''

श्रीमती की बातें तीखी और सच्ची थीं। चुभने लगीं। हमने क्रुद्ध स्वर में कहा, ''चुप रहो, सुबह इस विषय में विचार करेंगे।''

उन्होंने चुप्पी साध ली। नहीं कह सकते कि वे रोने लगीं या सोने। पर हमें नींद नहीं आयी। हमने रात-भर यही सोचा कि सचमुच पराये आसरे रोटी खाते रहे!

:: 3 ::

सुबह उठते ही हमने अपना निर्णय कर लिया। हमने श्वसुर से कहा, ''हमारा इरादा अलग मकान लेकर रहने का है।''

श्वसुर कुछ देर सोचकर बोले, ''इसके लिए ऐसी जल्दी क्या है? यह भी घर है, यहीं रहो!''

''यह तो ठीक है पर एक दिन की बात तो है नहीं।''

''अलग रहोगे तो खर्च बढ़ेगा। अकेली लड़की रहेगी कैसे? लोग भी क्या कहेंगे?''

''लोगों के कहने का क्या है। जैसे बनेगा गुजारा कर लेंगे।''

सास पर मुकदमा पहुँचा, उन्होंने फैसला दिया, "यहीं रहें और अपने वेतन से खर्च चलाएँ!"

यही निर्णय हो गया परन्तु अपने वेतन से खर्च चलाएँ कैसे? उसका अधिकांश तो बाबूगिरी और दोस्तों में खर्च हो जाता था, स्त्री के आ जाने से भी कुछ मद बढ़ गयी। उसमें से दस-पाँच रुपये सास जी के पल्ले पड़ने लगे। धीरे-धीरे अशान्ति और कलह ने धर पकड़ा। माँ-बेटियों में ज़रा-ज़रा-सी बातों पर पहले मन-मुटाव हुआ, नित्य मौन-कोप हुआ, फिर खूब धूमधाम से वाक्युद्ध हुआ। आये दिन उपद्रव होने लगे। साले साहब को पर निकल आये, आवाज़ कस-कसकर कुत्ते का सम्बोधन 'जीजा जी' को देने लगे। साली का मधु-वर्षण भी अब कुटिल दृष्टि में बदल गया।

उस दिन कोई त्योहार था। हमने नया सूट सिलवाया था, वह पहना, माँग-पट्टी से ठीक हुए। एक पान का बीड़ा पत्नी से माँगा और ज़रा दोस्तों की झाँकी में निकलने की तैयारी की।

साली ने भीतर घुसते हुए ताने-भरी मुस्कराहट से कहा, "कहाँ चले नवाब साहब? आज तो बड़े गहरे ठाठ हैं।"

श्वसुर साहब बैठे हुक्का गुड़गुड़ा रहे थे। बोले, "क्यों नहीं, बेमुल्क-नवाब जो ठहरे!"

सास भी बोल उठीं, "खाने के वक्त तो आ ही जायेंगे!"

बुरा तो लगा, पर हम झँझट से घबराते बहुत कम हैं। हाँ, श्रीमती जी वहीं बैठी थीं, बोली, "अम्मा, कोई नवाबी करता है तो अपने पर ही करता है। किसी दूसरे पर नहीं। तुम्हारी आँखों में क्यों खटकता है?"

सास ने गरजकर कहा, "यह तू हमारी कोख फाड़कर जन्मी है, खसम की तरफ हमारे सामने मुँह फाड़कर बोलती है? अरी अभागिनी, तुम लोगों को शर्म भी नहीं आती? यह नवाबी करने को रुपये लुटाये जाते हैं। यह भी खबर है कि खाने को कहाँ से आता है? हमने बेटी दी है या दुनिया का पेट भरने का ठेका लिया है, जो गोड़े डालकर घर में पड़े हैं!"

श्वसुर जी बोले, "अक्ल तो उसकी देखो, जिसने बेटे-बहू को दूसरों के द्वार पर डाल दिया। खुद बेफिक्र हैं... अब इन्हें ज़िन्दगी-भर कमा-कमाकर खिलाते रहो!"

इसके आगे जो कुछ हुआ, वह न कहना ही अच्छा है। परिणामस्वरूप श्रीमती

ने भी मुझे ऐसी-ऐसी सुनायीं कि मैं खड़े-खड़े गड़ गया। उन्होंने बाल नोच डाले, कपड़े फाड़ डाले और कहा, ''ऐसे बेशर्म की औरत होने की अपेक्षा रांड-बेवा होती तो अच्छा था!''

मेरी आँखें खुल गयीं। मैं चुपचाप बाहर आया और सीधा दफ्तर पहुँचा। इस्तीफा दिया, और एक दोस्त से कुछ रुपये उधार ले, इक्का साथ लिये घर आया। आवश्यक सामान बाँध लिया, श्रीमती जी को बैठाया और घर आकर माता-पिता के चरणों में प्रणाम किया। तब से उस नरकरूपी ससुराल की ओर अभी तक मुँह नहीं किया है।

अपराजित

स्टेशन से बाहर आकर देखा—वह सीधा, चित, एक शहतीर के समान सड़क के किनारे एक पटरी पर पड़ा है। उसकी आँखें आधी बन्द और आधी खुली ऐसी दीख रही थीं कि जैसे वह किसी गहन चिन्ता में व्यस्त हो। दाढ़ी-मुंछों के अस्त-व्यस्त खिचड़ी बाल मिट्टी और गन्दगी से लथपथ उसके सारे चेहरे को ढक रहे थे। उसके दोनों होंठ उन दाढ़ी-मूंछों में बिलकुल छिप गये थे। पर पीले, टेढ़े और जड़ें निकले हुए दो दाँत उसके अधखुले मुँह में से बाहर चमक रहे थे। उसके मुँह के इर्द-गिर्द भीतर-बाहर मक्खियाँ स्वच्छन्द आ-जा रही थीं। दो-चार हठीली नाक और आँख की गन्दगी पर जमकर बैठ गयी थीं। उसके दोनों हाथ धरती पर निश्चल पड़े थे और पैर सीधे बराबर तने थे। कमर में एक चीथड़ा नाममात्र को उसकी शरम ढांप रहा था। पर जैसे उसकी शर्म अब निर्भय होकर ताक-झाँक कर रही थी। मक्खियाँ तो वहाँ भी अब निश्शंक भीतर-बाहर आने-जाने में व्यस्त थीं। होंठ दीख नहीं रहे थे पर मुख की मन्द मुस्कान और चित्त की शान्ति उस आकृति से फूट रही थी। निश्चय ही जब अन्तिम चित्र अंकित किया जा रहा था—तब उसका तन-मन सब वेदनाओं, चिन्ताओं, सब जिम्मेदारियों से सुध-बुध-मुक्त था।

बगल में एक बहुत पुराने तामचीनी के बर्तन में चाय थी। सम्भवतः रात को अपने अन्तिम सम्पूर्ण मूलधन से, उसने एक प्याला चाय फेरी वाले से खरीदी होगी और उस मूल्यवान चाय को ज़रा सुस्ता कर, थोड़ी तबीयत ठहर जाने पर, उसका पूरा रसास्वादन लेकर पीने की उसकी भावना रही होगी, पर चलाचली की बेला में उसे इतना अवकाश नहीं मिला, चाय उसी पात्र में ठण्डी होती रही—वह

बिलकुल ठण्डी हो गयी थी।

चारों ओर काफी भीड़ इकट्ठी हो गयी थी। अभी धूप काफी नहीं फैली थी। ठण्डी हवा बह रही थी। भीड़ के सभी लोग उसे कौतूहल और उत्सुकता से देख रहे थे। बालकों की दृष्टि में भय और वेदना थी। एक-दो बूढ़ी स्त्रियाँ भी थीं। वे करुणा के दो-चार शब्द कह रही थीं। एक पण्डित जी युमना-स्नान कर तिलक-छाप लगाये, रामनामी ओढ़े, उधर से जा रहे थे। वे भीड़ देखकर निकट आये और 'अनित्यानि शरीराणि' कहकर तथा एक लम्बा श्वास खींचकर चल दिये। एक लाला जी देखकर बोले, "शिव, शिव, शिव, बेचारा जाड़े में ठिठुरकर मर गया।" दो-तीन आदमी बोले, "ओफ रात कितनी ठण्ड थी?" एक बालक ने भयभीत नेत्रों से साथी की ओर देखकर पूछा, "यह मर गया?" दूसरे ने साहसिकता से कहा, "देखते नहीं, सांस कहाँ चल रही है? मर तो गया!" पहला बालक विमूढ़ हो गया, उसने निकट से मृत्यु-दर्शन किया। उसने साथी से पूछा, "अब क्या होगा इसका?" इसका उत्तर दूसरा बालक नहीं दे सका।

एक कुत्ता कहीं से आकर उसे सूंघने और कूं-कूं करने लगा। फिर थोड़ी देर में वह चला गया। एक पुलिस के सिपाही ने आकर सबको डपटकर हटा दिया।

दिल्ली में धूम मची थी। भारत स्वतन्त्र हुआ था। लालकिले पर और कचहरियों पर तिरंगा फहरा रहा था। चाँदनी चौक में दीवाली मनायी जा रही थी। पंजाब में लाखों स्त्री-पुरुष अपने ही रक्त में सराबोर इधर-उधर गली-कूचों में, पटरियों पर, सड़कों पर बसने की खटपट में संलग्न थे। कभी के जेल-पंछी बगुला के पर-सा श्वेत खद्दर परिधान धारणकर धड़ल्ले से चमचमाती मोटरों पर दौड़ रहे थे। धरती की छाती पर रेलें, आकाश के बादलों में हवाई जहाज़, बाज़ारों, सड़कों और सड़कों के पार गली-कूचों में सुख-दुख के झूलों में झूलते नर-नारी अपनी-अपनी धुन में भाग-दौड़ कर रहे थे। नयी दिल्ली की शानदार प्रशस्त सड़कों के बीच फव्वारे उसी प्रकार मस्ती कर रहे थे। अंग्रेज़ी साहबों की जगह खद्दरधारी दुबले-पतले, मोटे-ठिगने सब पंचमेल के महामान्य मन्त्री अंग्रेज़ों ही की भाँति उनकी छोड़ी हुई कोठियों में उन्हींकी भाँति कौचों पर जमे चाय, टोस्ट, मक्खन उड़ा रहे थे। 'तू कहे न मेरी और मैं कहूँ न तेरी' वाली कहावत चरितार्थ हो रही थी। अंग्रेज़ों की छत्र-छाया में पले खूनी पुलिस वाले अब, जिन्हें बेंतों से पीट चुके थे, उन्हींके आगे जिमनास्टिक की कसरतें कर रहे थे। रात शराब और हरामखोरी

में व्यतीत कर प्रभात की चाय की चुस्की के साथ रिश्वतों से जेबें भरे अब अदालत की कुर्सी पर घमण्ड से तने हुए मजिस्ट्रेट अंग्रेज़ों के बेईमान कानूनों के पलड़े पर रखकर न्याय तौल रहे थे। हरामखोरी की कमाई का पेशा करने वाले काले बाज़ार के साहूकार हाथों हाथ मुट्ठी गर्म कर रहे थे। आवारागर्द, निठल्ले और मोटेमल लोगों की भीड़ सिनेमाओं की खिड़की पर जुटी थी। भूखे, थके और चिन्ता-भरी दृष्टि लिये कुछ क्लर्क फाइलों का बोझ बगल में लादे दबे कदम बढ़े चले जा रहे थे।

ट्रू मैन कभी जवाहरलाल को, कभी ईरान के शाह को, कभी पाकिस्तान के बाजीगर को 'भैया-चाचा' कहकर अपनी शतरंज के मुहरे चलाने की हिकमत में लगा था। स्टालिन बर्फ समुद्र पर तैरते हुए भेड़िये की भाँति-गुर्रा रहा था। चीन में एक राहु का उदय हुआ था और कभी का तानाशाह चांग काई शेक आज विश्व में भगोड़ा बना फिर रहा था। सारी दुनिया आतंक, भय, भूख से आशंकित थी, अणुबम और मृत्यु-किरण मनुष्य को उसके विकास का मजा चखाने को तैयार धरे थे और अभागा मानव अपने ही से भयभीत, थरथर कांप रहा था।

परन्तु उसे इन सबसे क्या? वह सब भयों, चिन्ताओं, खतरों को जीत चुका था। उसने जीवन जय किया था। अब वह अपराजित था।

दवाई के दाम

नौ बज चुके थे। मैं दवाखाना बन्द करके भीतर जाने ही वाला था। कम्पाउण्डर लोग चले गये थे। सिर्फ मेरे कमरे में रोशनी हो रही थी। इसी समय एक व्यक्ति आकर सामने खड़ा हो गया। मैंने कागज़ पर से सिर उठाकर देखा—कोई 55 वर्ष का अधेड़ आदमी था। शरीर से मोटा-ताजा, टसर का मैला और भद्दा कोट पहन रहा था। सिर पर मारवाड़ी पगड़ी थी। बगल में दुपट्टा था। मैंने कहा, ‘‘आइए,’’ और आदर से कुर्सी पर बिठाकर आने का कारण पूछा।

उसने बड़े ही नम्र शब्दों में कहा, ‘‘महाराज! मेरा आपसे परिचय नहीं, और न आप मुझे जानते हैं। मैं...वंश का आदमी हूँ। श्रीमान् रायबहादुर सेठ मेरे बड़े भाई होते हैं और बैरिस्टर...साहब मेरे भतीजे हैं। सान्ताक्रुज में मेरे अपने दो बंगले हैं। पाँच सौ माहवार किराया आता है। मैं कपड़े की दलाली करता हूँ। हज़ार-पन्द्रह सौ पीट लेता हूँ—भगवान की दया से सब मौज़ है।’’

मैंने सोचा, वैद्य के द्वार पर इतने आत्मपरिचय की क्या ज़रूरत है। अन्त में उसकी वक्तृता का प्रवाह रुकते ही मैंने कहा, ‘‘मुझे आप जैसे प्रतिष्ठित घराने के सज्जन से मिलकर बहुत आनन्द हुआ है। रायबहादुर साहब से मेरा बखूबी परिचय है, वे मेरे मित्र हैं। बड़े आनन्द की बात है कि आप ऐसे प्रतिष्ठित व्यक्ति के भाई हैं—जिसकी सन्तान मारवाड़ी समाज में भूषण है। मैं उन सबसे परिचित हूँ।’’

बूढ़े ने कहा, ‘‘जी हाँ, भाई साहब तो जयपुर ही में हैं। हज़ारों आदमी उनके हुक्म में हैं। उनके लड़के-बाले कलकत्ते में बैरिस्टर हो गये हैं।’’

मैंने कहा, ‘‘खैर, अब आप यह फरमाइए कि आज इधर आने का कष्ट

कैसे किया? क्या मेरे योग्य कुछ काम है?''

उसने कहा, ''इसीलिए तो आया हूँ। शहर में आपकी बड़ी धाक है। बड़ी शोभा है। आप बम्बई में नये आये हैं फिर भी आपका नाम बढ़ रहा है। नाम सुनकर ही मैं आया हूँ। पर महाराज, सिद्ध को साधक पुजवाता है। नयी जगह में कौन जानता है? आपकी विद्या और आपकी योग्यता कौन जानता है? आप यदि मुझसे दोस्ती करें, तो ऐसी-ऐसी जगह ले जाकर पुजवा दूँ कि जहाँ सोने के ढेर लगे हैं।''

इस बकवास को सुनकर मेरे मन में उसपर जो आदर-भाव हुआ था वह नष्ट हो गया। मैंने जरा हँसकर कहा, ''आपकी इस कृपा के लिए धन्यवाद है। आप यदि मुझे सोने के ढेर पर बैठा देंगे तो बेशक मैं आपसे दोस्ती करूँगा लेकिन अभी तो आप कुछ अपने मतलब की बात फरमाइए। क्या आपने नयी शादी की है?''

सचमुच मैंने यही समझा कि बूढ़े ने नयी शादी की है, और दुलत्तियाँ खाकर आया है। ताकत की दवा चाहता है, पर कहते हुए झेंपता है, इसीसे पहले सब्ज-बाग दिखाता है।

मेरी बात सुनकर उसने हँसकर कहा, ''नहीं जी बाबा, हम क्या ब्याह करेंगे?'' किन्तु मैंने अपनी हिकमत लड़ायी। नब्ज पकड़कर सिर्फ अनुमान से सैकड़ों झूठ-मूठ बातें कह देने का तो हम लोगों को अभ्यास होता ही है।

मैंने कहा, ''तब क्या पिशाब-उशाब में कुछ गड़बड़-शड़बड़ हो गयी है?''

यह बात भी मैंने अनुमान से ही कही थी। सच पूछो तो नाड़ी पकड़कर भी मैं यही प्रश्न करता; क्योंकि मुझे तजुर्बा है कि बम्बई में जिनकी आमदनी दो सौ से ऊपर है, वे इन्हीं रोगों को लेकर आते हैं। पर खेद की बात है, कि मेरा यह अनुमान भी गलत निकला।

खुर्राट बोला, ''अजी मुझे कहीं कुछ नहीं है!''

मैंने सोचा—यह तो बड़ा विकट रोगी निकला, किसी तरह पकड़ में नहीं आता। कहीं ऐसा न हो कि बिना गांठ कटाए ही खिसक जाए।

मैंने ज़रा नाक-भौं सिकोड़कर कहा, ''तो कहो मामला क्या है?''

सेठ ने आँखों में आँसू भरकर कहा, ''क्या करूँ! मर गया! लुट गया। घर में सब हैं। धन में धन है, अन्न में अन्न है, बहू है, पोते-पोती हैं। ऐसे पोती-पोते लाखों में किसके हैं? पर हाय! मेरी तकदीर फूट गयी। मेरा लड़का मर गया।''

मैंने अफसोस जाहिर करते हुए कहा, "किन्तु अब मैं क्या कर सकता हूँ?"

वह बोला, "उसे मरे तो तीन वर्ष हुए। वे जो मेरे पोती-पोते हैं—हा-हा! आप देखोगे तो खुश हो जाओगे—जैसे गुलाब के फूल! पर अब उन्हें खुजली हो गयी है, हाथ-पाँव सड़ गये हैं। पोती रात-दिन रोती है—बाबा मरी, बाबा मरी! कहो बाबा साला क्या करे!"

अब मेरी तसल्ली हुई। मैंने कहा, "बस यही बात है? तब दवा ले जाइए। उन लोगों को दो-तीन दिन में अवश्य फायदा हो जाएगा; आज ही रात को उन्हें चैन पड़ जाएगा।" इतना कहकर मैंने नुस्खा लिखने को कलम लेने के लिए हाथ बढ़ाया पर उसने बाधा देकर कहा, "गुरु, आपको एक बार सान्ताक्रुज जाकर उन्हें देखना होगा—आपकी फीस मैं दूँगा, उसका ख्याल न करें।"

मैंने कलम रखकर कहा, "अच्छा, कल मैं देख लूँगा।"

बूढ़े ने हाथ जोड़कर कहा, "तो मैं दस बजे आपको लेने के लिए आऊँगा।"

मैंने कहा, "आपको हैरान होने की आवश्यकता नहीं। मैं 12 बजे की गाड़ी से स्वयं ही आ जाऊँगा। आप स्टेशन पर मिल जाइएगा।"

बूढ़े ने प्रसन्न होकर कहा, "बहुत अच्छा, बहुत अच्छा! आप बड़े सज्जन हैं—जैसा सुना उससे बढ़कर पाया।"

मैंने देखा—बात का बतंगड़ हो रहा है। इसलिए कुर्सी से उठकर कहा, "तो बस यही तै रहा! 1 बजकर 10 मिनट पर जो गाड़ी वहाँ पहुँचती है, उसपर मुझे आप स्टेशन पर मिल जाइए।"

इतना कह मैं भीतर चला गया। सेठ भी अपने लड्डू वगैरह सम्भाल कर चलता बना।

अगले दिन मेरी तबीयत कुछ अच्छी न थी। परन्तु न जाना ठीक नहीं था। ठीक समय पर मैं सान्ताक्रुज़ गया। वहाँ जाकर देखा—स्टेशन पर बूढ़े सेठ का चिह्न भी न था। रात होती तो चिराग लेकर ढूँढ़ता; पर वहाँ तो धूप धक्-धक् धधक रही थी। मैं जाकर एक बेंच पर बैठ गया। मन में बड़ी ग्लानि हुई। क्रोध भी आया, एक बार मन में आया, लौट चलें! सामने गाड़ी भी आ रही थी। फिर दिमाग को ठण्डा किया। विचारकर यही निश्चय किया कि जब आये हैं तो चलकर रोगियों को देख ही लेना चाहिए! पर चलें कहाँ? मैंने तो उसका नाम-पता लिख रखा था, वह भी घर ही भूल आया था। क्योंकि यह ख़याल था कि सेठ जी स्टेशन पर मिल ही जाएँगे।

निदान टोह लेता हुआ मैं चला। मार्ग में एक पनवाड़ी की दुकान थी। उसपर एक मारवाड़ी नवयुवक बैठा हुआ तमोलिन से ठिठोली कर रहा था। मैंने उसे भांपकर पूछा, ''भाई, यहाँ एक बूढ़ा-सा मारवाड़ी सेठ रहता है?''

''नाम बताओ—मारवाड़ी सेठ तो कई रहते हैं,''

''नाम तो याद नहीं रहा, वह मोटा-सा है—बहुत बकवादी है, कुछ-कुछ पागल जैसा!''

युवक ने हँसकर कहा, ''ओहो! समझा, दलाल-दलाल! सीधे चले जाओ, आगे चलकर जीमने हाथ को मुड़ जाना। पागल जैसा कहने से मैं समझा।'' इसके बाद वह तमोलिन से प्रेमालाप में जुट गया।

मैं अपनी चतुराई पर प्रसन्न होता हुआ आगे चला। सड़क पर मुड़कर फिर किसीसे पूछने की जुगत सोचने लगा। एक गुजराती छोकरा उधर से जा रहा था। पूछने पर उसने कहा, ''आओ मेरे साथ!'' उसके इस इत्मीनान के जवाब को सुनकर निश्चिंतता से उसके पीछे चला।

जब बस्ती बहुत पीछे छूट गयी और वह लड़का चलता ही गया तो मैंने उसे रोककर पूछा, ''अरे किधर जा रहा है? मारवाड़ी क्या जंगल में घास खोद रहा होगा—या मच्छी मारता होगा? बंगले तो सब पीछे छूट गये।''

छोकरे ने कहा, ''उधर कुछ काम चालू है—साला मारवाड़ी वहीं होगा।''

मैं वापस लौट आया। थक गया था—पसीने से सराबोर हो रहा था। मन में आया—पाजी को दो-चार गालियाँ ही देकर जी खुश करूँ; कैसा हैरान किया! फिर ठण्डा होकर ढूँढ़ना शुरू किया। अब मन ही मन मैंने सोचा—इन बंगलों में किसी भले आदमी से पता पूछा और नाम न बता सका तो बड़ी बेवकूफी की बात होगी। लोग कहेंगे—अच्छा जेंटिलमैन है—जिसको ढूँढ़ता है उसका नाम भी नहीं जानता।

निदान मन में धारणा दृढ़ की, कि जिस बंगले में सटर-पटर सामान दीखे, जिसमें भद्दापन और बेतरतीबी दीखे, जहाँ पर रंगीन बारजों में धोतियाँ सूख रही हों, जहाँ सामने की रस्सी पर गद्दे और लहंगे टंगे हों—वही अवश्य उस मारवाड़ी सेठ का मकान होगा।

यही विचारकर चोर की दृष्टि से मैं एक-एक बंगले को ताकता चला।

एक मकान एक गुजराती सज्जन पहली मन्ज़िल पर खड़े, बच्चे को खिला रहे थे। वे एक सफेदपोश जेंटिलमैन को उठाईगीरों की तरह घर-घर झाँकते देखकर

बोले, "महाशय, किसे ढूँढते हैं आप?"

मैंने ज़रा झेंपकर कहा, "एक मारवाड़ी सज्जन का पता लगाना है, जिसका नाम भूल गया हूँ। वे महाशय, मूलजी जेठा मार्केट में कपड़े की दलाली करते हैं। बूढ़े और मोटे-से आदमी हैं, कुछ बकवादी भी हैं।"

गुजराती ने हँसकर कहा, "यह सामने शायद उन्हींका बंगला है। भीतर चले जाइए।"

भीतर जाकर देखा, तो एक कुत्ते ने उच्च स्वर से स्वागत किया। उसे छतरी से धमकाकर मैं आगे बढ़ा। एक युवक ने सामने से आकर कहा, "आपको सेठ से मिलना है? बुलाऊँ उसे?"

मैंने मन में कहा, 'क्या जाने कौन-सा सेठ है!' उसे रोककर मैं बोला, "ठहरो! तुम्हारे सेठ का नाम क्या है?"

नाम बताने पर मैंने पूछा, "वे मोटे-से बूढ़े-से और पागल-से हैं न!" युवक ने आश्चर्य से मेरी ओर देखकर कहा, "हाँ, बुलाऊँ क्या?" मैंने कहा, "ठहरो! उनके पोते-पोती को खुजली का रोग भी तो हो रहा है!"

युवक ने आदर से कहा, "तो आप डाक्टर साहब है! आप विराजिए, मैं सेठ को अभी बुलाता हूँ। वे भीतर सो रहे हैं।"

मैंने झुँझलाकर मन में कहा, 'ऐसी-की-तैसी तेरे सोने की! हम यहाँ झख मार रहे हैं और वह मजे में सोता है।'

सेठ बाहर आये। नंग-धड़ंग, सिर्फ एक धोती पहने थे। छाती स्त्रियों जैसी लटक रही थी और तोंद नाद के समान थी। कूल्हे थल-थल कर रहे थे। बाहर निकलते ही उन्होंने तरह-तरह के शिष्टाचार, सलाम, पैगाम, खुशामद शुरू की। कृपा के लिए अनेक धन्यवाद दे डाले। सज्जनता पर तो गद्य-काव्य की रचना कर डाली। मेरा मिज़ाज़ तो गुनगुना हो ही रहा था। मैंने कहा—

"आखिर, आपने मारवाड़ीपन दिखा दिया न? जूतियाँ चटखाते वहाँ बुलाने जाते तो ठीक था! मैं स्वयं आया, तो आपने स्टेशन पर जाने की ज़रूरत ही न समझी, मजे में सो रहे हैं।"

अब सेठ साहब को गुस्सा आ गया; वह गुस्सा आया नौकर पर। "कहाँ है, वह सुअर का बच्चा? पाजी-गधा। मार डालूँगा, जान हलाल कर दूँगा। मेरे गुस्से को जानता नहीं? मैंने उसे स्टेशन पर जाने को कह दिया था, वह गया कहाँ?" इसके बाद उसने उसे पुकारा, पर वह वहाँ था ही नहीं इसके बाद उसने

मुझसे कहा, ''साहब, ये बम्बई के नौकर बड़े भारी बदमाश हैं।''

मुझे भी क्रोध आ रहा था, पर मैंने उससे कहा, ''खैर, आप अपने रोगियों, को बुलाइए, कहाँ हैं?''

रोगी आये—टेढ़े, तिरछे, बदरंग, काले-कलूटे बालक, पेट निकला हुआ, नाक बहती हुई, खारिश से सड़े हुए।

मैंने कहा, ''यही आपके स्वर्गीय पुत्र के दस्तखत हैं?''

बुड्ढा मेरा मजाक समझा नहीं। वह मेरी त्योरियों के बल देख रहा था। उसने हाथ जोड़कर कहा, ''गरीब-परवर, यही हैं दो पोती, एक पोता।''

मैंने कहा, ''इतनी साधारण बात के लिए आपने मेरा आधा दिन नष्ट किया, इसके लिए तो आप दवा ले आते तो ठीक था। और भी कोई है या बस?''

बुड्ढे ने कहा, ''इनकी माँ का भी यही हाल है!''

एक दुर्गंध का पुलिन्दा धीरे-धीरे सरककर मेरे पास आ बैठा। मैंने कुर्सी पीछे हटाकर कहा, ''नाड़ी देखने की ज़रूरत नहीं कृपा कर दूर से ही अपनी तकलीफ बयान कर दें।''

उसने अपनी राम-कहानी गायी। किसी भाँति पिण्ड छुड़ा मैं उठ खड़ा हुआ। परन्तु अभी दो रोगी और थे, उनका रसोइया—जो एक मक्कार नाटे कद का लौंडा था। वह एक घृणास्पद हँसी हँसता हुआ मेरे पास आ बैठा। दूसरा और न जाने कौन था। सबके अन्त में सेठ ने भी मेरे आगे ठण्डा-सा हाथ बढ़ाकर कहा, ''गुरु, ज़रा मेरी भी नाड़ी देखो।''

मैं तुनतुनाकर एकदम खड़ा हो गया। घर न हुआ, हस्पताल हुआ। मैंने कहा, ''आप वहाँ आकर नाड़ी दिखाइये। अब दवा लेने आप चलते हैं, या किसी को भेजते हैं?''

''मैं चलता हूँ।'' कहकर बुड्ढा घर में घुस गया। फीस की बुड्ढे से कोई बात ही तय नहीं हुई थी। उसने पूछा नहीं, मैंने कहा नहीं। प्रतिष्ठित व्यक्तियों से प्रायः ऐसा ही व्यवहार होता है। पर यह महाशय इतने प्रतिष्ठित हैं, यह किसे खबर थी?

थोड़ी देर में उस सड़े हुए छोकरे ने दो रुपये लाकर पीछे से मेरे कन्धे पर रख दिये। मैंने चौंककर कहा, ''यह क्या है?''

उसने बांह से नाक पोंछकर कहा, ''ये बाबा ने दिये हैं।'' मैंने रुपये फेंकते हुए कहा, ''ये बाबा के आड़े वक्त में काम आयेंगे, उन्हीं को दे आओ।''

लड़का बिना उज्र रुपये उठाकर हँसता हुआ भीतर चला गया।

सेठ जी हँसते हुए निकले। बढ़िया पगड़ी और अचकन डाटी थी। कहने लगे, ''आप बड़े सज्जन हैं। आप तो धन्य हैं। मैं तो पहले ही जानता था। अबे उल्लू, पंडित जी को प्रणाम कर।''

मेरे लिए अब बैठना कठिन हो गया। मैं उठकर चुपचाप स्टेशन की ओर चल दिया। पीछे-पीछे सेठ चिल्लाता ही रहा, ''महाराज, मेरा बंगला तो देखिये। यह बगीचा लगाया है। यह दीवानखाना है। यह विलायती टाइल का समूचा फर्श किसके घर में है? महाराज, सत्तर हज़ार रुपया इसमें मेरा लगा है।''

मैंने सुना ही नहीं। मैं सीधा स्टेशन आ पहुँचा। बूढ़ा भी पीछे-पीछे था। गाड़ी आने में देर थी। मैं बेंच पर बैठा था। सेठ ने कहा, ''हुजूर के लिए टिकट थर्ड का लूँ या इण्टर का।''

मैंने कहा, ''आप मेरे लिए कष्ट न करें, मेरे पास वापसी टिकट सेकेण्ड क्लास का है।''

बूढ़ा अपने लिए एक थर्ड क्लास का टिकट ले आया, और मेरे पास आकर बोला, ''सरकार, आप हकीम और हाकिम हैं, राजा बाबू हैं। फर्स्ट-सेकेण्ड में बैठिये। हम तो बनिये हैं।''

मैंने उसे घूरकर कहा, ''बनिया होना तो कोई ऐसी बुरी बात नहीं, पर असल बात तो यह है कि आप कन्जूस हैं।''

उसने ज़रा तैश में आकर कहा, ''कन्जूस होने में क्या बुराई है?''

मैंने कहा, ''उनमें सदा ही अक्ल की अधिकता रहती है। पैसा कमाना वे जानते हैं, खर्च करना नहीं। पैसे से इज़्ज़त-आबरू का क्या सम्बन्ध है, और इज़्ज़त किसे कहते हैं, यह भी वे नहीं जानते।''

मालूम होता है, बूढ़ा घाघ इस बार मेरे मतलब को समझ गया था। वह पी गया। गाड़ी आयी और हम लोग अपने-अपने डब्बों में बैठ गये।

सेठ ने पन्द्रह दिन की दवा बनाने का हुक्म दिया। शीशियाँ भी वह साथ नहीं लाया था। जब सब दवाइयाँ बन चुकीं तो उनका गट्ठर अंगोछे में बाँध बगल में दबा चलने लगा। चलती बार कहा, ''अगर मेरे बच्चों को फायदा हो गया तो देखिये आपको कैसी-कैसी जगह खटवाता हूँ।''

मैं अब तक उसकी सारी हिमाकत देख रहा था। काम मैं दूसरे रोगियों का कर रहा था, पर ध्यान वहीं था। जब वह सीढ़ियों तक पहुँचा तो मैंने अन्ततः

अपना शील भंग किया और कहा, ''सेठ जी, कुछ दान-दक्षिणा देने का इरादा नहीं है क्या?''

सेठ जी चौंक पड़े, मानो इस बात का तो कुछ ख्याल ही उन्हें न था। बोले, ''हाँ-हाँ, अच्छा इसका चार्ज क्या होगा?''

मैंने उन्हें बैठ जाने को कहकर कम्पाउण्डर से कहा, ''सेठ जी को बिल दो। उसमें पच्चीस रुपये फीस और पाँच रुपये गाड़ी-खर्च भी जोड़ देना।''

पचास रुपये के लगभग बिल देखते ही सेठ जी को सांप सूंघ गया। वे बड़ी देर तक चश्मा लगाये बिल को घूर-घूरकर देखते रहे। फिर दवाइयाँ अंगोछे से खोलकर रख दीं और कहा, ''मैं अभी रुपये लाता हूँ।''

मैंने कहा, ''कहाँ से लाते हो?''

''यहीं किसीसे ले लूँगा, कोई ना-मातबर आदमी नहीं हूँ। कहो तो दस हज़ार ला दूँ।''

मैंने कहा, ''पर दवाई के दाम तो घर से लेकर चलना चाहिए था।''

''क्या कहूँ, बड़ी गलती हुई, लाना भूल ही गया।''

बूढ़ा खिसक जाने की हड़बड़ी में था। मैंने उससे कड़ककर कहा, ''बैठो!''

सेठ सहमकर बैठ गया। उसका चेहरा कैसा-कुछ हो गया। उसे देखते ही मेरा क्रोध भी उतर गया। फिर भी मैंने उससे कहा—

''आप ऐसे प्रतिष्ठित खानदान के आदमी, स्वयं भी लाखों की सम्पत्ति के स्वामी, हज़ारों रुपये माहवार कमानेवाले, बूढ़े और सद्गृहस्थ हो। आपने मुझे तुच्छ-सी बात के लिए दोपहर में हैरान किया, यद्यपि देख रहे हो कि मैं कितना थक गया हूँ, पाँच घण्टे मेरे नष्ट हुए, परेशान हुआ अलग। स्टेशन तक न आये। अब गट्ठड़ बांधकर दवा ले चले। न फीस देने की आपको ज़रूरत, न दवा का दाम देने की। हम लोग शायद भुस खाकर अपने परिवार को पालेंगे। लाखों रुपये घर में रखना आप ही के भाग्य में है। क्यों? आज आप चार पैसे का सौदा खरीदा हुआ बाज़ार में छोड़े जाते हो। धिक्कार है आपके धन पर, बुढ़ापे पर, कोठी-बंगले पर। जब आप धन से अपनी मर्यादा और प्रतिष्ठा ही नहीं बचा सकते तो यह और किस काम आयेगा? आपके सिवा पैसे को कौन इतना महत्त्व दे सकता है?''

बूढ़ा ढोंगी हाथ जोड़कर बोला, ''बस-बस-बस, अब मुझे कायल मत करो गुरु! मैं अधमरा हो गया। धरती में गड़ गया। सौ घड़े पानी पड़ गया। मैं अभी

रुपया लाता हूँ।" इतना कहकर वह फिर खिसकने लगा।

मैंने डपटकर कहा, "ठहरो, आपकी बेगैरती में कोई शक नहीं। पर इस पगड़ी, सफेद मूंछों की बेइज़्ज़ती और आपके घराने की अप्रतिष्ठा करने की मेरी हिम्मत नहीं। दवाइयाँ ले जाइये। कल तक रुपये पहुँचा देना।"

बूढ़े ने चाँद छुआ। वह झटपट अंगोछे में दवाई लपेट और पैर छूकर भागा। चलती बार उसने कहा, "कल तक रुपये न आये तो बनिया न कहना—मैं आज तक बाज़ार में कभी इतना बेइज़्ज़त नहीं हुआ था।"

एक सप्ताह बीत गया। वह नहीं आया। यद्यपि मुझे उसके आने की बिलकुल आशा न थी। पर ख्याल था कि देखें—उसके मन में आत्मग्लानि उदय होती है या नहीं। जब सप्ताह बीत गया तो मन में विचार हुआ कि ऐसे आदमी को उसके लुच्चेपन में सफलता प्राप्त करने को अवकाश देकर अच्छा नहीं किया। मैं इस ताक में रहा कि मिले तो पकड़ लूँ।

एक दिन बाज़ार में वह मिल गया। सामना होते ही कतराकर भागा। पर मैंने ललकाकर कहा, "क्यों सेठ, वह कल अभी नहीं हुई?"

कहने लगा, "कल आऊँगा। ज़रूर आऊँगा।"

मैंने कहा, "अच्छी बात है, कल ही सही।"

और भी दस दिन बीत गये। एक रोज़ मैंने मकान से देखा, वह लपका हुआ जा रहा है। मैंने नौकर से कहा, "उस मोटे मारवाड़ी को पकड़ लाओ।"

वह उसे धकेल-धकालकर ले आया। वह फुफकारता हुआ आया। उसने कहा, "अंग्रेज़ी राज में धींगामुश्ती नहीं हो सकती; कहिये आप क्या कहते हैं?"

मैंने हँसकर कहा, "कुछ भी नहीं, आप बैठिये तो सही।"

सेठ कुर्सी पर बैठ गया। मैं चुपचाप लिखने में लग गया।

दो मिनट बैठकर कहा, "साहब, मैं जाता हूँ।"

मैंने कहा, "जाते कहाँ हैं, बैठिये।"

"कोई जबरदस्ती है? नहीं बैठते हम।"

"जबरदस्ती क्या है? बैठने में आपका सिर कटता है? गद्देदार कुर्सी है। पंखा चल रहा है।"

"आखिर कोई काम भी हो?"

"काम कुछ नहीं।"

"मैं अब जाता हूँ।" वह उठ खड़ा हुआ।

मैंने नौकर को बुलाकर कहा, "रामसिंह, सेठ के पीछे खड़े हो जाओ जब सेठ जी उठकर खड़े हों तो इनके कान पकड़कर कुर्सी पर बिठा दो!"

रामसिंह पछैया जवान! सेठ साहब धम्म से कुर्सी पर बैठ गये, उन्हें पसीना आ गया, रामसिंह उनके पीछे आ खड़ा हुआ।

कुछ मिनट बाद सेठ ने जेब से चार रुपये निकालकर मेज पर पटक दिये और कहा, "ये रुपये हमारे हिसाब में जमा कर लीजिये, पीछे देखा जायेगा।"

मैंने कहा, "इन्हें जेब में ही रखिये। कुछ जल्दी थोड़े ही है। आपके पास रुपये रहे तो भी घर में ही हैं।"

सेठ साहब हड़बड़ा रहे थे। सिर पर यमदूत खड़ा था। आधा घंटा बीत गया। बिलकुल सन्नाटा था। सेठ ने जेब में फिर हाथ डाला। इस बार भीतरी जेब से एक नोटों का गड्डर निकाला और उसमें से दस-दस के पाँच नोट निकालकर मेज पर छितरा दिये। फिर कहा, "लीजिये बस दोस्ती का हक अदा हो गया, मैंने तो सोचा था कि...खैर, आप रुपये सम्भालिये।"

कम्पाउण्डर ने रुपये सम्भालकर रसीद दे दी। कहने लगे, "रुपया ऐसी ही चीज़ है। इसके सामने मेल-मुलाकात और लिहाज कुछ नहीं ठहरते। कहिये, अब तो खुश? अब तो बाबा, जाने दो। इस राक्षस को दूर करो यहाँ से।"

मैंने कठिनाई से हँसी रोककर कहा, "सेठ जी, माफ कीजिये। बिना तेज़ नश्तर के फोड़ा नहीं चिरता, आप इस बात का ख्याल न करना।"

इसके बाद बूढ़े को पान-इलायची खिलाकर विदा किया।

इस घटना का युग बीत गया, पर अब भी जब सेठ जी का गुलगुला चेहरा और नोट गिनते समय की मुद्रा याद आ जाती है तो तबीयत खुश हो जाती है।

सिंह-वाहिनी

संध्या का समय था। एक वृक्ष के झुरमुट में दो व्यक्ति धीरे-धीरे बातें कर रहे थे। एक युवक था। दूसरी युवती।

युवक ने कहा—

"ओह जीवन का मूल्य कितना है, चलो भाग चलें, मैं इस खद्दर को भस्म किये देता हूँ।"

"और देश-प्रेम?"

"भाड़ में जाये।"

"वह वीर-भाव?"

"नष्ट हो।"

"वे बड़े-बड़े व्याख्यान?"

"बकवास थे।"

"तुम्हीं तो वे थे?"

"जब था तब था।"

"अब?"

"अब मैं और तुम। चलो, भाग चलें।"

"आज की सभा में?"

"मैं नहीं जाऊँगा।"

"क्यों?"

"मुझे सूचना मिल चुकी है कि आज मेरी गिरफ्तारी होगी।"

"तब वे हज़ारों भोले-भाले मनुष्य?"

“सब जहन्नुम में जाएँ।”

युवती चुप हुई। युवक ने कहा–

“क्या सोचती हो?”

“कुछ नहीं। कब चलोगे? कहाँ चलोगे?”

“यह फिर सोचेंगे। आज रात की गाड़ी से पश्चिम को कहीं का भी टिकट लेकर चल दो, फिर शान्ति से सोचेंगे।”

“अच्छी बात है–मुझसे क्या कहते हो?”

“रात को 9 बजे तैयार रहना।”

“और कुछ?”

“कुछ नहीं।”

“तब जाओ।”

युवती युवक की प्रतीक्षा किये बिना चली गयी।

:: 2 ::

भीड़ का पार न था। रामनाथ जी का व्याख्यान होगा। साढ़े आठ का समय था–पर नौ बज रहे हैं। कहाँ है वह सबल वाग्धारा का वीर देशभक्त? हज़ारों हृदय उसके लिए उत्सुक हैं। अनेक लाल पगड़ियाँ और पुलिस सुपरिटेन्डेन्ट सुनहरी झब्बे में लौह भूषण छिपाए उसकी प्रतीक्षा में थे।

सभापति ने ऊबकर कहा, “महाशय, खेद है कि आज के वक्ता श्री रामनाथ जी का अभी तक पता नहीं है, अतएव आज की यह सभा विसर्जित की जाती है।”

इसी समय एक ओजस्वी स्त्री-कण्ठ ने कहा, “नहीं।” आकाश चीरकर यह ‘नहीं’ जनख पर छा गया। भीड़ में से एक युवती धीरे-धीरे सभा-मंच की ओर अग्रसर हुई। मंच पर आकर उसने कहा, “भाइयो, रामनाथ जी किसी विशेष कार्य में व्यस्त हैं, उसके स्थानापन्न मैं अपने प्राण और शरीर को लिये आयी हूँ। मुझे दुःख है कि मैं उनकी तरह व्याख्यान नहीं दे सकती, मगर मैं अभी इसी क्षण मजिस्ट्रेट की आज्ञा का विरोध करती हूँ। मैं अभी निर्दिष्ट स्थान पर जाती हूँ–आपमें से जिसे चलना हो मेरे साथ चलें। किन्तु जो केवल व्याख्यान सुनने के शौकीन हैं वे कहीं से किराये पर कोई व्याख्याता बुला लें।”

लोग स्तब्ध थे। स्त्री ने क्षण-भर जनसमुदाय को देखा, साड़ी का काछा

कसा और चल दी। सारा ही जनसमुदाय उसके पीछे चल खड़ा हुआ। दो घण्टे बाद वह वीर बाला जेल की अंधेरी कोठरी में बन्द थी।

"तुमने यह क्या किया?"

"जो कुछ तुम्हें करना चाहिए था।"

"मुझसे कहा क्यों नहीं?"

"तुम इस योग्य न थे।"

"अब?"

"तुम जाओ, मैं यहीं तुम्हारे स्थान पर हूँ।"

"मैं जाऊँ?"

"तब क्या करोगे?"

"मैं कहूँ?"

"अवश्य।"

"और तुमसे?"

"हाँ मुझसे।"

युवती ज़ोर से हँसी, इस हँसी में अवज्ञा थी। उसने कहा, "तुम्हारे त्याग और वीरता के रूप को ही मैंने प्यार किया था; पर उसके भीतर तुम्हारा वह कायर रूप है, इसकी आशा न थी। जाओ, चले जाओ, हिन्दू स्त्री एक ही पुरुष को जीवन में प्यार करती है। मैंने जो भूल की है–उसका प्रतिशोध मैं करूँगी। जाओ प्यारे, जीवन का बहुत मूल्य है।"

इतना कहकर युवती कोठरी में पीछे को लौट गयी। वार्डर ने युवक को बाहर कर दिया।

:: 3 ::

चार मास बाद युवती ने जेल से लौटकर सुना कि रामनाथ का यश दिग्दिगंत में व्याप्त है। वह इस समय जेल में है। इन चार मासों में उसने वीरता की हद कर दी है। वह किसी तरह न रुक सकी। जेल में मिलने गयी। रामनाथ जेल के अस्पताल में विषम ज्वर में भुन रहा था।

"कैसे हो?"

"ओह तुम आ गयीं, देखो कैसा अच्छा हूँ।"

"मुझे क्षमा करो, मैंने तुम्हारा अपमान किया था!"

“तुमने मेरे मान की रक्षा किस तरह की है, यह कहने की बात नहीं!”

“अब?”

“मैं मरूँगा नहीं, आकर फिर कर्त्तव्य-पालन करूँगा! तब प्रिये, तुम मेरे स्थान पर!”

“पर मैं व्याख्यान नहीं दे सकती।”

“उसकी ज़रूरत नहीं। तुम्हारे मौन भाषण में वह बल है कि बड़े-बड़े वाग्मियों की मर्यादा की रक्षा हो सकती है।”

“जी कैसा है?”

“अब और कैसा होगा?”

“मैं आशा करती हूँ, शीघ्र अच्छे हो जाओगे!”

“और बाहर आकर, अपनी सिंह-वाहिनी को युद्ध करते, अपनी आँखों से देखूँगा!”

“मुझे क्या आज्ञा है?”

“यही कि जब-जब मैं कायर बनूँ, अपना प्यार और हृदय देकर मुझे वीर बनाये रखना!”

नष्ट नागरिक

वह कम्पनी बाग के एक कोने में, एक पुराने, बड़े-से पेड़ के नीचे अक्सर बैठा रहता है। एक बहुत पुराना, टूटा हुआ टीन का बक्स, एक लोहे का खाली पिन्जरा, एक मिट्टी के रंग की सड़ी हुई गुदड़ी, ये सब जितने करीने से सजाना सम्भव है, उस पेड़ के नीचे ज़मीन पर, बाग की चहारदीवारी के निकट सजाई हुई रखी रहती हैं। उसके बदन पर कपड़े नहीं हैं, एक चीथड़ा कमर में लपेटा हुआ है, फिर उस टीन के बक्स में क्या होगा, यह नहीं कहा जा सकता। परन्तु जब इतना यत्न और संचय है, तो उसमें कुछ वस्त्र ऐसे होंगे ज़रूर, जिन्हें वह कभी खास अवसरों पर ही पहनना चाहता होगा। परन्तु इन सब सामानों के अलावा, उसके पास जो खास चीज़ है, वह एक जापानी बैंजो बाजा है। नित्य प्रातःकाल घर से आते समय मैं देखता हूँ, वह ऊपर आकाश की ओर मुख उठाकर, तन्मय भाव से उस बाजे पर गत बजाता है, और अपने-आपको ही सुनाने योग्य कुछ गुनगुनाता भी है। निस्सन्देह उसका कण्ठ-स्वर अच्छा नहीं, बाजे से वह मिलता भी नहीं, इसीसे कदाचित् वह उस भाँति गाता है।

वह नवयुवक है, और अंधा है। जिस पेड़ के नीचे उसने डेरा डाला है, उसपर दिन-भर सैकड़ों चिमगादड़ लटके रहते हैं। आने-जाने वाले उसे आकाश की ओर मुँह उठाये, सड़क की ओर पीठ किये, आम रास्ते से हटकर गुनगुनाते और तन्मय होकर बाजा बजाते देखकर, अनायास ही कह सकते हैं कि वह यह बाजा किसीको सुनाकर, आकर्षित करके, पैसा या भीख माँगने के लिए नहीं बजा रहा है। वह उस वृक्ष पर रहने वाले अरसिक चिमगादड़ों को और इन चिमगादड़ों के निर्माता उस परमेश्वर को भी बाजा नहीं सुनाता है। उसकी न तो इतनी उच्च

आत्मा ही प्रतीत होती है, न वह इतना मूढ़ ही है—तब वह इतना तन्मय होकर किसलिए गा रहा है? धुन में मस्त होकर किसलिए बाजा बजा रहा है?

कल आते हुए देखा, वह अपना बाजा सामने धरे, चुपचाप, सड़क की ओर पीठ किये बैठा था। एक बालक टीन का डब्बा लिये, उसके पास खड़ा, खूब खुश हो-होकर उसे खंजरी की भाँति बजा रहा था। परसों देखा, कोई उसका मित्र लड़का आया है, उसने उसे उदारतापूर्वक अपना बाजा बजाने की अनुमति दे दी है। बालक बाजा बजाना नहीं जानता, किन्तु वह धैर्यपूर्वक, आकाश में अपनी अन्धी दृष्टि फेंकता हुआ, उसका नीरस, अस्त-व्यस्त बजाना सुन रहा है। उसने अपने मित्र को जो आनन्द-दान, थोड़ी देर बाजा बजाने की अनुमति देकर दिया है, उससे जो आत्मतुष्टि उसे हुई है, वह उसके असुन्दर, अन्धे मुख पर प्रत्यक्ष दिखाई पड़ती है। वह एक महान ज्ञानी-गुरु की भाँति गम्भीर होकर, उस अनाड़ी बालक की उंगलियों से झँकृत ध्वनि पर, अपने सिद्ध अभ्यास को तोल-सा रहा हे। वह सोच रहा है, कहाँ वह और कहाँ यह! उसके होंठों में हास्य की एक तिरछी रेखा खिंच गयी है।

यौवन के इस उदय-काल में ही यह अनाथ, निरीह और दृष्टिहीन, जीवन के समस्त उद्देश्यों से रहित युवक, उस वृक्ष के नीचे, अपने सजीव हृदय का रस एक-एक बून्द बिखेरकर सुखानुभव कर रहा है। उसे कभी किसीसे माँगते नहीं देखा गया। उस टूटे लोहे के खाली पिन्जरे को, उसकी उस गृहस्थी में स्थिर रखा देखकर मन में अनेक बातें पैदा होती हैं—उस पिन्जरे में कभी अवश्य ही कोई पक्षी रहा होगा। सम्भवतः तोता हो। और उसे वह उसी यत्न से बोलना सिखाता होगा, जैसे वह अपना बाजा बजाता है। उस छोटे-से जीव से उसे कितना मोह होगा, इसका एकमात्र प्रमाण यही है कि वह उस टूटे पिन्जरे को साथ लिये फिरता है। क्या इस आशा से कि फिर कोई वैसा ही पक्षी उसे मिल जाएगा? और, यह भी क्या सम्भव नहीं कि उसका वह स्नेह, जो पक्षी में था, निर्जीव पिन्जरे से निहित हो गया?

चाहे जो हो, वह एक हृदयवान ममतासम्पन्न युवक है। उसका घर नहीं, परिजन नहीं, सगे नहीं, सम्बन्धी नहीं, उसके नेत्रों में दृष्टि नहीं, मस्तिष्क में ज्ञान नहीं! संसार कितना सुन्दर है, यह वह नहीं जानता। लोगों के पास धन है, दौलत है, मोटर है, राज्य है, राजमुकुट है, सेना है, सोना है। शायद, वह नहीं जानता। पृथ्वी पर बड़े-बड़े नरसंहारक शस्त्रास्त्रों का निर्माण हो चुका है। वह सम्भवतः

अणु शक्ति के विषय में भी कुछ नहीं जानता। रूस के साम्यवाद और अमेरिका के अर्थवाद, रेडियो, वायुयान आदि बीसवीं शताब्दी की किसी भी विभूति से कदाचित् वह परिचित नहीं। फिर भी वह मनुष्य का बच्चा है, मनुष्य का उसके पास हृदय है, मनुष्य का शरीर है, मनुष्य की-सी ममता है, मनुष्य का-सा ललितकला का ज्ञान भी है। उसकी मूर्खता में एक रस है, करुणा में एक स्वाद है, नेत्रहीन मुख में एक जीवन है। वह कीड़ा-मकोड़ा तो है नहीं, एक चैतन्य पुरुष है! पुरुष के सभी अंग उसमें हैं, परन्तु अविकसित, मूर्च्छित अथवा मुमूर्षु।

मनुष्य ने न जाने कब से ऐसे बच्चे पैदा करने प्रारम्भ किये हैं। दीन समाज का वह दीन पुरुष है, भाग्यहीन जाति का वह एक भाग्यहीन प्रतिनिधि है, नष्ट नागरिक है।

हथिनी पेट में है

जयपुर की गद्दी पर प्रसिद्ध महाराज जयसिंह विराजमान थे। महाराज की प्रतिभा, विद्या, शौर्य और उदारता दूर-दूर तक प्रसिद्ध थी। परन्तु यह वह समय था, जब राजाओं के अधिकार अपरिमित हुआ करते थे। उनकी आज्ञा ही कानून थी। उस समय तक राजपूती जीवन की अकड़ और बांकापन बिलकुल ही नष्ट हो गया था। राजा लोग निरन्कुश शासन करते, तनिक-सी बात पर तन जाते, और बात ही बात में खून की नदी बह जाया करती थी। राज्य के ठिकानेदार प्रायः भाई-बन्धु, सम्बन्धी या माफीदार होते थे। ये समय पड़ने पर प्राण और सर्वस्व देकर भी राज्य और राजा की रक्षा करते थे। इनकी सेवाओं के आधार पर राज्य में इनका मान और रुतबा होता था। ये सच्चे मन से जहाँ राज्य के लिए आत्माहुति करते थे, वहाँ अपने स्वातंत्र्य, अधिकार और आत्मसम्मान का भी बड़ा ख्याल रखते थे। राजा यदि कभी निरन्कुशता का व्यवहार इनके साथ करता तो ये कभी न झुकते, चाहे ठिकाना मिट्टी में मिल जाता!

:: 2 ::

जयपुर में थलोट नाम का एक छोटा-सा ठिकाना है। इसकी वार्षिक आय लगभग अस्सी हज़ार है। उस समय के ठाकुर का नाम था गोकुलनाथ सिंह।

दीपावली का उत्सव था और महाराज को खास तौर से उत्सव में सम्मिलित होने को बुलाया गया था। महाराज अपने पूरे लवाजमे सहित ठिकाने में पधारने वाले थे। महाराज के पधारने से उत्सव की शोभा द्विगुण हो गयी थी। अन्य सरदार भी उत्सव में आये थे। हाथी, घोड़ा, रथ, पालकी की भरमार थी। शराब के दौर

चल रहे थे। वेश्याएँ नृत्य कर रही थीं। दूर-दूर से नटनियाँ अपना-अपना करतब दिखाने आयी थीं। बड़े-बड़े फिकैत और पहलवान भी अपनी करतब दिखाने आये थे। महाराज की सवारी आने का समाचार सुनकर ठाकुर साहब उनकी अगवानी को चले। चार कोस उधर ही महाराज की अगवानी की गयी।

ठिकाने की दो चीज़ें राज्य-भर में प्रसिद्ध थीं—एक तो हथिनी थी, जिसका नाम भीमा था और दूसरी एक वेश्या, जिसका नाम राजकुंवरि था। दोनों चीज़ों की बहुत प्रशंसा थी और महाराज स्वयं उन्हें देखने को उत्सुक थे। हथिनी में करामात यह थी कि उसके दाँतों पर चौकी रखकर राजकुंवरि नाचा करती थी।

वही हथिनी और राजकुंवरि अपने पूरे शृंगार के साथ ठाकुर साहब के साथ इस समय भी महाराज की अगवानी के लिए हाजिर थी। महाराज ने एक बार एक सुनहरी झूल और चित्र-विचित्र रंगों से सज्जित हथिनी की ओर देखकर मुस्कराकर कहा, "ठाकरां, यही वह तुम्हारी करामाती हथिनी है? और वह पतुरिया कहाँ है?"

ठाकुर ने विनम्र स्वर में तनिक हँसकर कहा, "अन्नदाता, यह हथिनी श्रीमानों की सेवा में उपस्थित है और राजकुंवरि भी दरबार की सेवा में यहीं है!" इसके बाद ठाकुर का इशारा पाकर राजकुंवरि सिर से पैर तक जड़ाऊ पेशवाज पहने महाराज के सामने बिजली-सी आ खड़ी हुई। उसने एक बार धरती तक झुककर महाराज का मुजरा किया और फिर हाथ बान्धकर खड़ी हो गयी।

उस रूप, यौवन और चन्चलता के त्रिकुटे की ओर महाराज देर तक देखते रहे, और फिर एकाएक हँस दिये। ठाकुर ने कहा, "अन्नदाता, हुक्म हो, तो राजकुंवरि एक चीज़ सुनावे!"

महाराज ने कहा, "हाथी के दाँत पर ही इसे नाचना होगा!" उसी समय चन्दन की एक जड़ाऊ चौकी हथिनी के दाँतों पर लाकर रखी गयी और राजकुंवरि उछलकर उसपर चढ़ गयी। साजिन्दे साफे बाँधकर खड़े हुए। राजकुंवरि ने ठुमकी ली, और एक तान फेंकी। लोगों में सन्नाटा छा गया। कुछ समय को वह समाँ बँधा कि सकते का आलम हो गया। जब संगीत-ध्वनि रुकी और राजकुंवरि ने छम से कूदकर महाराज को मुजरा किया, तो महाराज को एकाएक होश आया। उन्होंने गले से मोतियों की माला उतारकर हँसते-हँसते उसके ऊपर फेंक दी। राजकुंवरि ने फिर एक बार महाराज को मुजरा किया और उछलकर चौकी पर चढ़ गयी। ठाकुर ने महाराज को हथिनी पर सवार होने का संकेत किया। महाराज

हथिनी पर सवार हुए। सवारी आगे बढ़ी और राजकुंवरि हथिनी के दाँतों पर रखी छोटी-सी चौकी पर अपनी कलाओं का विस्तार करती हुई चली। महाराज हथिनी और राजकुंवरि दोनों पर मुग्ध हो गये। उन्होंने उनकी उनकी भूरि-भूरि प्रशंसा की। उत्सव के बाद महाराज वापस पधारे।

:: 3 ::

जयपुर पहुँचकर महाराज ने ठाकुर को लिखा कि हथिनी और राजकुंवरि को राज्य में भेज दो, हम उन्हें रखेंगे!

ठाकुर ने जवाब में लिखा, ''हथिनी पेट में है, मिलना कठिन है; और जूठी पातुर महाराज के योग्य नहीं!''

महाराज उत्तर पढ़कर आग हो गये। उन्होंने मूँछों पर ताव देकर जवाब लिखाया, ''अच्छी बात है, बहुत जल्दी पेट चीरकर हथिनी निकाल ली जाएगी!'' इसके बाद महाराज ने ठाकुर पर तत्काल ही सेना भेज दी।

ठाकुर विवश, किले पर चले गये, और अष्टभुजी देवी की प्रार्थना करके युद्ध को सन्नद्ध हुए। उस समय उन्होंने अपने वृद्ध कामदार वीजावर्गी महाजन बाबा जी को बुलाकर कहा, ''बाबा जी, लालकुंवर जी की तुम्हें लाज है।'' वृद्ध कामदार ने ठाकुर का मुजरा किया और कुंवर की रक्षा का वचन दिया।

उस छोटी-सी सेना में घनघोर युद्ध हुआ, और ठाकुर युद्ध में काम आये; तब बाबा जी को ठकुरानी ने बुलाकर कहाँ, ''बाबा, ठाकरां को आपने अन्तिम समय जो वचन दिया था, उसकी याद कीजिए और लाल की मातमी कराइए!''

मातमी का अर्थ यह है कि मृत ठाकुर के पुत्र के लिए राज्य से पगड़ी आये और बाँधी जाए। जब तक यह क्रिया नहीं होती, पुत्र ठिकाने का अधिकारी नहीं समझा जाता।

बाबा साहब ने वचन दिया और चले गये।

:: 4 ::

बाबा जी जयपुर आये। राजकुंवरि से मिले और कहा, ''बाई, हमने और तुमने दोनों ही ने ठिकाने का नमक खाया है। ठाकुर तो बात पर जूझ मरे, अब लाल जी का बन्दोबस्त होना चाहिए। उनकी मातमी होनी चाहिए!''

दोनों ने परामर्श किया। बाबा जी बड़े भारी तबलची थे। राजकुंवरि ने हँसकर

कहा, ‘‘बाबा जी, लाल जी की मातमी तो हो जाएगी, पर आपको तबलची बनना पड़ेगा।’’

बाबा जी ने अपनी सफेद दाढ़ी पर हाथ फेरा और हँसकर कहा, ‘‘राजकुंवरि, वह भी मैं बनूँगा!’’

महाराज की वर्षगांठ थी। राजकुंवरि सोलहों शृंगार किये उपस्थित थी। पर गाने का रंग ही न जमता था। महाराज मदिरा में लाल हो रहे थे। उन्होंने कहा, ‘‘राज, क्या बात है? उड़ी ही जाती हो, रंग क्यों नहीं जमता?’’

राजकुंवरि ने कहा, ‘‘अन्नदाता, कसूर माफ! बिना अच्छा तबलची मिले, गाने का कभी रंग नहीं जमता। थलोट का-सा तबलची यहाँ कहाँ?’’

महाराज ने कहा, ‘‘तब उसे बुलाया जाए।’’

राजकुंवरि ने कहा, ‘‘पर अन्नदाता, ठाकुर उसे सदैव मुँह माँगा इनाम देते थे। बिना महाराज से ऐसा इनाम पाये, वह न आवेगा!’’

महाराज ने कहा, ‘‘उसे यहाँ भी मुँह माँगा इनाम मिलेगा। बुलाया जाए।’’

बाबा जी तबला लेकर बैठे। कुछ ही देर में वह समाँ बँधा कि लोग झूम गये। बाबा जी और राजकुंवरि ने अपनी कलाओं को खत्म कर दिया था।

महाराज ने प्रसन्न होकर कहा, ‘‘माँग, क्या माँगता है?’’

बाबा जी ने हाथ जोड़कर कहा, ‘‘अन्नदाता, थलोट के लाल जी की मातमी कराई जाए।’’ महाराज का मुँह लाल हो गया।

बाबा जी ने आगे बढ़कर कहा, ‘‘महाराज, मैं तबलची नहीं हूँ। दरबार को खुश करने और लाल जी की मातमी के लिए ही मैंने यह काम भी किया। ठाकुर बात के धनी थे, बात पर उन्होंने जान दी, अब आप लाल जी को क्षमा प्रदान करें।’’ राजकुंवरि ने भी महाराज से बहुत-बहुत अनुरोध किया। महाराज प्रसन्न हुए, और मातमी का हुक्म दिया। लाल जी धूमधाम से ठिकाने के स्वामी हुए।

:: 5 ::

नवयुवक ठाकुर पर यौवन और अधिकार का मद सवार हुआ। लफंगों और खुशामदियों ने उसकी कच्ची बुद्धि को मनमाने ढंग पर लगाया। वृद्ध कामदार की शिक्षाएँ उन्हें अब विष के समान प्रतीत होने लगीं। वह उनसे विरक्त और विपरीत आचरण करने लगे। धीरे-धीरे बाबा जी का ड्योढ़ियों में आना-जाना भी बहुत कम हो गया। बाबा जी घर पर ही कचहरी किया करते थे। अन्त में लोगों

ने ठाकुर के ऐसे कान भरे कि युवक ठाकुर ने बाबा जी को मरवा देने का संकल्प कर लिया और हुक्म भी दे दिया।

जब बाबा जी के पास ड्योढ़ियों से बुलावा पहुँचा, तो वह सब कुछ समझ गये। उन्होंने परिजनों के सब लोगों को बुलाया। उनसे मिले। बहुतों को कुछ दिया भी। इसके बाद पीले वस्त्र पहने और मिठाई खाकर किले की ओर चले। घर के लोग कुछ भी भेद न जानते थे, वे कुछ भी न समझ सके।

किले में आकर सुना कि लाल जी झरोखे में हैं। बाबा जी ने वहीं पहुँचकर ठाकुर को मुजरा किया और कहा, "क्या हुक्म है?"

नवयुवक ठाकुर अवाक् रह गये। कुछ देर वह नीची दृष्टि किये बैठे रहे। उनके मुँह से बोली न निकली, न वह बाबा जी की ओर देख ही सके। यह देखकर बाबा जी हँस दिये।

लाल जी खड़े हो गये। उन्होंने धीमे स्वर में कहा, "मैंने आपको मारने की आज्ञा दी है, जो इच्छा हो, कहिये।"

बाबा जी ने कहा, "ठिकाने का पूरा-पूरा ख्याल रखना, मेरे सब कागज़ात ठीक-ठाक हैं, उन्हें सम्भाल लेना।"

लाल जी की आँखों में आँसू भर आये। उन्होंने कहा, "यह झरोखा तो आप देखते ही हैं।" वह रोने लगे।

बाबा साहब ने एक क्षण आकाश की ओर देखा और झरोखे से कूद गये।

बिजली के समान यह समाचार ठिकाने में फैल गया। झुण्ड के झुण्ड लोग इस वीर एवं साहसी वृद्ध के अन्तिम दर्शन को आये। घटना आकस्मिक कहकर प्रसिद्ध की गयी, पर असली भेद छिपा नहीं रहा।

धूमधाम से अर्थी उठायी गयी और लाल जी भी नंगे पैर श्मशान तक गये। राज्य में इस घटना का समाचार पहुँचा, और नवयुवक ठाकुर शीघ्र ही गद्दी से च्युत कर दिये गये। आज भी थलोट के वृद्ध पुरुष इस पवित्र त्यागी राजसेवक के साहस की वीरता की गाथा गाते हैं।

तीन बागी

आठ बजे शाम को एक सैनिक अफसर दो सिपाहियों के साथ बैरक में आया। उसके हाथ में एक कागज़ था, जिसको पढ़ते हुए उसने संतरी से पूछा, ''इन तीनों के नाम क्या हैं?''

''जनरल शाहनवाज, जनरल ढिल्लन और लेफ्टिनेण्ट सहगल।'' संतरी ने संक्षेप में उत्तर दिया।

अफसर ने अपना चश्मा चढ़ा लिया और हाथ के कागज़ को गौर से पढ़ा। वह भुनभुनाया, ''जनरल शाहनवाज—हाँ, यह है तो।''

उसने कागज़ पर अपनी मोटी-भद्दी उँगली रखी, फिर उससे भी अधिक भद्दी आवाज़ में जनरल शाहनवाज को लक्ष्य करके कहा, ''तुमको कल सुबह गोली से मारने का हुक्म हुआ है।''

उसने फिर चश्मे से घूर-घूरकर नामों की सूची देखी और फिर कहा, ''बाकी इन दोनों को भी यही सजा है।''

''यह नहीं हो सकता।'' लेफ्टिनेण्ट सहगल ने गुस्से-भरी आवाज़ में कहा, ''आपका मतलब मुझसे नहीं हो सकता।''

अफसर ने अचकचाकर उसकी ओर देखा और कुछ रुकते हुए पूछा, ''तुम्हारा क्या नाम है?''

''लेफ्टिनेण्ट सहगल'' अफसर ने कागज़ पर नज़र डाली। फिर कहा, ''तो तुम्हारा नाम इस सूची में क्यों दर्ज है?''

''लेकिन मैंने किया क्या है, यह भी तो मालूम हो!''

अफसर ने गर्दन मोड़कर अपने साथी सिपाहियों की ओर देखा और फिर लेफ्टिनेण्ट सहगल की ओर देखकर कहा, ''क्या तुम लोग बागी नहीं हो?''

“जी नहीं, हम लोगों में कोई बागी नहीं है।”

उसने अचरज से ठुड्डी पर हाथ रखा और कहा, “मुझे तो यही बताया गया था कि यहाँ तीन बागी हैं। खैर, कहीं हों, मुझे ढूँढ़ने की क्या गरज? तुम लोगों को पादरी की ज़रूरत तो नहीं है?”

तीनों कैदियों ने उसके सवाल का जवाब देना व्यर्थ समझा, और वह कुछ बड़बड़ाता हुआ भारी-भारी कदम रखता हुआ चला गया।

जनरल शाहनवाज ने आँख उठाकर लेफ्टिनेण्ट सहगल की ओर देखा। गोरे और सुकुमार चेहरे पर अभी मसें भीगती थीं। ऐसा प्रतीत हो रहा था—अभी जवानी ने उसे पूरी तौर पर छुआ भी नहीं है। उसके मुँह से बोली नहीं निकल रही थी। उसका चेहरा और हाथ कागज़ के समान सफेद हो चुके थे। वह जमीन पर बैठ गया था और थरथरायी आँखों से फर्श की ओर देख रहा था। उसे देखने से ही मन में उदासी पैदा होती थी।

जनरल शाहनवाज की ओर एकाएक देखकर उसने कहा, “क्या तुमने कभी किसीको गोली मारी है?”

जनरल ने इसका कोई जवाब नहीं दिया। दूसरी ओर दीवार पर जो लैम्प की गोल-गोल परछाईं पड़ रही थी, वह उसकी ओर देखने लगा।

परन्तु लेफ्टिनेण्ट सहगल कहता ही चला गया। उसने कहा, “जनाब, अगस्त से लेकर अब तक मैंने छः आदमियों को गोलियों का निशाना बनाया है।”

दोनों साथियों ने समझ लिया कि उनका तरुण साथी बनावटी लापरवाही दिखा रहा है और अपने को भुलावे में डालना चाहता है।

मेजर जनरल ढिल्लन अब तक चुपचाप दीवार के सहारे कमर लगाये बैठे थे। एक बार उन्होंने जनरल शाहनवाज की ओर देखा, फिर कहा, “यारो, अभी से सिर खपाने से क्या फायदा! सोचने-समझने को सारी रात पड़ी है। अच्छा हो तब तक एक-एक झपकी ले ली जाय। इससे तबीयत कुछ ताजी हो जायेगी।”

जनरल शाहनवाज कुछ नहीं बोले। उसी भाँति लैम्प की परछाईं को ताकते बैठे रहे। लेकिन मेजर जनरल ढिल्लन ने देखा—उनके नवयुवक साथी का चेहरा एकदम जर्द हो चुका था।

:: 2 ::

दरवाज़ा खुला और दो संतरी भीतर आये। उनके पीछे-पीछे एक लम्बे चेहरे का आदमी था। यह एक लम्बा-भूरा कोट पहने था। उसने मित्र-भाव से कैदियों से

मिलाने को हाथ बढ़ाया और यथासाध्य नर्म आवाज़ में कहा, "मैं डाक्टर हूँ।" फिर कुछ रुककर भलमनसाहत से कहा, "मुझे हुक्म है कि हर तरह से जो कुछ भी मदद आपकी हो सके, करूँ।"

जनरल शाहनवाज ने एक बार आँख उठाकर उसकी ओर देख-भर लिया। लेफ्टिनेण्ट सहगल हिला-डुला भी नहीं। लेकिन मेजर जनरल ढिल्लन ने कहा, "आप यहाँ कर ही क्या सकते हैं?"

"मैं यही कर सकता हूँ, कि आखिरी दम तक आपको कम से कम तकलीफ हो, ऐसी कोशिश करूँ।"

जनरल शाहनवाज ने एकाएक सिर उठाकर कुछ चिढ़कर कहा, "लेकिन आपको सिर्फ हमारी ही इतनी फिक्र क्यों है और भी तो लोग हैं?"

"लेकिन मुझे यहीं भेजा गया है।" उसने नर्मी से कहा। फिर उसने जल्दी से पूछा, "शायद आप लोग सिगरेट पीना पसन्द करेंगे।"

उसने सिगरेट और सिगार निकालकर देना चाहा। परन्तु शाहनवाज ने इन्कार कर दिया। ढिल्लन ने मुँह फेर लिया और सहगल ने उधर देखा ही नहीं।

एकाएक जनरल शाहनवाज ने रुखाई से कहा, "मैं आपकी असलियत को जानता हूँ जनाब, आप हमारी मदद करने नहीं आये हैं, मैंने आपको जापानी जनरलों के साथ उस दिन देखा था, जब हमें गिरफ्तार किया गया था।"

उन्होंने उसकी ओर से मुँह फेर लिया और अपनी नज़र लैम्प की परछाई पर जमा दी। उसके दोनों साथी भी उसकी ओर से उदासीन होकर बैठ गये। तीनों न जाने किन-किन विचारों में डूब गये।

उस आदमी ने अपने हाथ हिलाये, सिगरेट जलायी और चुपचाप धुआँ उड़ाता हुआ बाहर चला गया।

प्रातः की सूर्य-किरणें फैल चुकी थीं। तीनों बागी गहरी नींद सोकर अभी उठे ही थे कि संतरी ने आकर उन्हें सैल्यूट किया और एक ओर खड़ा हो गया। मेजर ढिल्लन ने कड़ककर पूछा, "क्या बात है?"

"सर, जेलर साहब ने आपको सलाम बोला है।"

"जेलर से कहो, यहीं आकर मुलाकात करें।"

संतरी सैल्यूट करके चला गया। ढिल्लन ने कहा, "रैस्कल।"

जेलर ने वहीं पहुँचकर उनसे हाथ मिलाया और एक परवाना पढ़कर सुनाते हुए कहा, "चाय-नाश्ता कर लीजिये—उसके बाद तैयार हो जाइये। आप सबको ग्यारह बजे तक हेड क्वार्टर पहुँचकर भारत के लिए जहाज़ पकड़ना है। विशिंग गुडलक।"

लौह दण्ड

फील्ड-मार्शल लाकहार्ट बड़ी बेचैनी से अपने खास कमरे में टहल रहे थे। उनकी मुट्ठी में एक महत्त्वपूर्ण पत्र था। उसे वे कई बार पढ़ चुके थे। उनके मस्तिष्क में विभिन्न विचारों का तूफ़ान उठ रहा था। वे उस योजना को मुकम्मिल किया चाहते थे, जिसे वे गत दो सप्ताह से कार्यान्वित करने के तमाम ताने-बाने बुनते रहे थे। सुगन्धित सिगरेट एक के बाद एक खत्म होती जाती थी। इसी समय घड़ी ने टन्-टन् करके ग्यारह बजाये। उन्होंने चौंककर घड़ी की ओर देखा, चेहरे पर व्यग्रता और चिन्ता के लक्षण प्रकट हुए। इसी समय उनके खानसामा मिर्जा सईद ने आकर झुककर सलाम किया और कहा, ''हुज़ूर, खाना चुन दिया गया है।''

''क्या वक्त हो गया?''

''जी हाँ हुज़ूर, ग्यारह बजे खाना चुनने का हुक्म हुआ था। ग्यारह बज चुके।'' उसने एक बार दीवार पर लटकते हुए घण्टे पर दृष्टि डाली।

''ओह, ठीक है। लेकिन मिर्जा मैं अपने मेहमानों की प्रतीक्षा कर रहा हूँ। खाना तीन व्यक्तियों का चुना गया है न?'

''जी हाँ, हुज़ूर! मैं जानता हूँ कि खुद गवर्नर जनरल लार्ड माउण्टबेटन भी आज हुज़ूर के साथ खाना खाएँगे।''

''चुप, यह बात बहुत पोशीदा रखने की है। गवर्नर जनरल नहीं चाहते कि आज की दावत की कहीं चर्चा की जाए।''

''तो खुदावन्द, बन्दे के होंठ सिले हुए हैं; सिर्फ हुज़ूर को ही अर्ज किया है।''

“तुम अक्लमन्द हो, मिर्जा, हम तुमसे खुश हैं। हमारे विलायत जाने के बाद तुम अगर पाकिस्तान जाना चाहो तो हम वहाँ के गवर्नर जनरल को एक चिट्ठी लिखकर तुम्हें खास गवर्नर जनरल का खानसामा मुकर्रिर कर देंगे।”

“शुक्रिया हुज़ूर, मगर मैं किसी खास वजह से दिल्ली छोड़ना नहीं पसन्द करता।”

“वह खास वजह क्या है?”

“खुदावन्द, गुलाम ने हमेशा आप जैसे शेरदिल अंग्रेज़ अफसरों और जनरलों की हाजिरी बजायी है। अब इस बुढ़ापे में किसी हिन्दुस्तानी की नौकरी मैं न कर सकूँगा, न उसका हुक्म मान सकूँगा।”

“लेकिन पाकिस्तान के गवर्नर जनरल मि. जिन्ना हैं, बहुत बड़ा आदमी।”

“जी हाँ, पर वह मेरे ही जैसा मुसलमान और हिन्दुस्तानी है।”

“बहुत बड़ा मुसलमान!”

“हुज़ूर, मुसलमान बड़ा-छोटा क्या? सब मुसलमान बराबर हैं, भाई हैं।”

“तो भाई की नौकरी नहीं करेगा?”

“नहीं हुज़ूर, भाई की खातिर करूँगा, उससे मुहब्बत करूँगा; मगर नौकरी नहीं।”

मार्शल ज़ोर से हँस दिये। हाथ की सिगरेट फेंककर नयी सिगरेट जलायी फिर कहा—

“मिर्जा, तुमसे हम खुश हैं, बहुत खुश! हाँ, ख्याल रखना, खाना खाने के वक्त सिवाय तुम्हारे और कोई आदमी वहाँ नहीं रहना चाहिए।”

“मैंने ऐसा ही बन्दोबस्त किया है सरकार, मैंने सब हिन्दुस्तानी नौकरों को छुट्टी दे दी है। मैं जानता हूँ, हुज़ूर आज किसी पेचीदा खास मामले पर मस्लहत करने में मशगूल हैं।”

“यह तुमने कैसे जाना?”

“हुज़ूर, गवर्नर-जनरल इस वक्त गुपचुप हुज़ूर के दस्तरखान पर खाना खाने बिला-वजह नहीं आ सकते सरकार! खासकर उस हालत में जबकि एक और मेहमान भी निहायत पोशीदा होकर तशरीफ ला रहे हैं।”

“तुम बहुत बड़ा घाघ है मिर्जा! लेकिन तुम यहाँ दुश्मनों के मुल्क में क्या करोगे? पाकिस्तान चले जाओ।”

“जी नहीं सरकार! मैं यहीं रहकर पाकिस्तान की खिदमत कर सकता हूँ।”

"वह किस तरह?"

"जिस तरह हुज़ूर कर रहे हैं।"

मार्शल ने भौंह सिकोड़कर मुँहजोर खानसामा की ओर देखा। खानसामा ने मुस्कराकर ज़मीन तक झुककर सलाम किया और कहा, "अगर हुज़ूर मेरी सिफारिश हिन्दुस्तान के आपके बाद होने वाले जनरल बूचर से कर दें तो अच्छा हो। यह गुलाम उसी तरह मेहनत और दयानतदारी से जनरल साहब की खिदमत करेगा जैसे हुज़ूर की करता रहा है।"

"अच्छा, अच्छा, मिर्जा, हम ऐसा ही करेगा। लेकिन वक्त हो गया। मैं जिस आदमी का इन्तजार कर रहा हूँ वह क्यों नहीं आया? गवर्नर जनरल ठीक साढ़े ग्यारह बजे आएँगे। उस आदमी को दस मिनट मेरे पास अकेले रहना चाहिए। सवा ग्यारह हुआ। सिर्फ पन्द्रह मिनट हैं।"

मार्शल फिर चिन्तित भाव से टहलने लगे और फिर सिगरेट का कश लगाते रहे। बुद्धिमान खानसामा कमरे के एक कोने में अदब से खड़ा हो गया। आज क्या रहस्य-चर्चा होने वाली है—इस बात को जानने के लिए उसके सम्पूर्ण रोमकूप कान बन गये थे। कुछ ही क्षणों में लियाकत अली ने कक्ष में प्रवेश किया और उसके पाँच मिनट बाद माउण्टबेटन ने। लाकहार्ट उनका स्वागत कर उन्हें खाने की मेज पर ले गये। बैठते ही माउण्टबेटन ने पूछा, "लेकिन कनिंघम का पत्र कहाँ है?"

सर लाकहार्ट ने पत्र टेबुल पर फेंककर कहा, "यह है?"

लार्ड माउण्टबेटन पत्र पढ़कर बोले, "यह पत्र आपको मिला कब?"

"आज दोपहर के समय।"

"आज 22 तारीख है, पत्र 20 तारीख को लिखा गया है। इसका मतलब यह है कि आज प्रातःकाल ही काश्मीर पर हमला हो गया।"

"मैं भी यही समझता हूँ।"

"और आप मि. लियाकत अली?"

"ज़रा पत्र मुझे दीजिए, मैं देखूँ तो सही पत्र में लिखा क्या है।" उन्होंने पत्र लेने को टेबुल पर हाथ बढ़ाया।

सर लाकहार्ट ने झट से पत्र उठा लिया और कहा, "मैं उसे आपको सुनाये देता हूँ। पत्र में सीमा प्रान्त के गवर्नर सर कनिंघम ने लिखा है कि—मेरे अथक प्रयत्न से पाकिस्तान सरकार ने कबीलेवालों की सहायता से काश्मीर पर हमला

करने का निश्चय किया है, और सीमा प्रान्त के मन्त्री खाँ अब्दुल कयूम खाँ तथा अन्य अधिकारियों ने काश्मीर की सीमा पर अत्यधिक संख्या में कबायलियों को एकत्र कर लिया है।''

''बस इतना ही लिखा है?'' पाकिस्तान के प्रधानमन्त्री मि. लियाकत अली ने तैश में आकर कहा।

''और भी कुछ है। सर कनिंघम ने लिखा है—सम्भवतः यह पत्र आपके पास पहुँचने के पहले ही काश्मीर पर कबायलियों का हमला प्रारम्भ हो सकता है।''

''लेकिन ऐसा पत्र लिखना सर कनिंघम की पक्की नमकहरामी है। क्या पाकिस्तान सरकार ने इसीलिए उन्हें गवर्नर की कुर्सी पर बहाल रखा है कि वे अपनी सरकार की हलचलें हिन्द सरकार के अफसरों को भेजा करें?''

माउण्टबेटन ने सहज शान्त स्वर में कहा, ''पहले आप यह बताइए कि बात सच है?''

''यदि सच है तो इसे हिन्द सरकार पर प्रकट करने की कोई आवश्यकता नहीं है।'' लार्ड माउण्टबेटन ने धीरे-धीरे फुसफुसाते हुए कहा।

''आपकी बात से मैं सहमत हूँ,'' लियाकत अली ने कहा।

''आप सहमत हो सकते हैं परन्तु हिन्द सरकार को तो यह बात तुरन्त मालूम हो जाएगी। पत्र के अनुसार आज प्रातः काश्मीर पर हमला हो चुका। परन्तु क्या कारण है कि उसकी अभी तक कोई सूचना हिन्द सरकार को नहीं मिली?''

''इसका कारण चाहे जो हो, और भले ही हिन्द सरकार को मालूम हो जाए; पर सर कनिंघम का यह पत्र केवल जनरल लाकहार्ट को सूचना-मात्र है, इसपर कोई आफिशियल कार्यवाही नहीं की जानी चाहिए।''

''किन्तु मैं हिन्द सरकार का नौकर हूँ। अतः मेरा कर्त्तव्य है कि मैं यह पत्र हिन्द सरकार के सामने उपस्थित करूँ।''

''वह आप कर चुके, सर लाकहार्ट; आपने हिन्द के गवर्नर जनरल को पत्र दिखा दिया।'' मि. लियाकत अली ने धीमे किन्तु दृढ़ स्वर में कहा।

''किन्तु क्या यह यथेष्ट है? मैं गवर्नर जनरल से निवेदन करता हूँ।''

माउण्टबेटन गहरी दृष्टि से कुछ देर मार्शल की ओर देखते रहे, फिर उन्होंने सूप में चम्मच डुबोते हुए कहा—

"अभी यह बात यहीं तक रहे, मार्शल! मैं जैसा उचित होगा, अपने मन्त्रिमण्डल को इस सम्बन्ध में सूचना दे दूँगा।"

लियाकत अली ने तनिक आगे झुककर कहा, "सर लाकहार्ट, क्या आप मुझे क्षमा करेंगे, यदि मैं आपको स्मरण दिलाऊँ कि आप जब सीमा प्रान्त के गवर्नर थे और कायदे-आजम ने आपको दावत दी थी तब आपने कायदे-आजम से कहा था कि वे यदि आपको हिन्द सरकार का सेनापति बनने में मदद करेंगे तो आप काश्मीर फतह करके पाकिस्तान को नज़र कर देंगे।"

"मैंने जो वायदा किया मैं उसपर दृढ़ हूँ मि. लियाकत अली! केवल पाकिस्तान के हित के लिए नहीं, ग्रेट ब्रिटेन के हित के लिए भी; जिसके हितों में सबका हित है। इसीसे मैंने कनिंघम को काश्मीर पर हमले के लिए प्रोत्साहित करके कबायलियों को एकत्रित करने पर उस समय नियोजित किया था। उस समय कनिंघम ने कबायलियों को एकत्र करने का प्रयत्न किया था, तथा सर मुडी ने आक्रमण-कार्यों में प्रचार करके पूरी शक्ति लगायी थी।"

"तभी तो मैं कहता हूँ सर लाकहार्ट, कि कनिंघम ने जो अब आपको यह पत्र लिखा, यह उनकी पाकिस्तान के प्रति नमकहरामी है!"

"और मैं यदि इस पत्र को गुप्त रखूँ तो हिन्द सरकार मुझे नमकहराम न कहेगी?"

"कहने दीजिए सर लाकहार्ट, पाकिस्तान और ग्रेट ब्रिटेन के भाग्य साथ बंधे हैं। ग्रेट ब्रिटेन के प्रबल शत्रु के द्वार पर ब्रिटेन का सच्चा और वीर पहरेदार पाकिस्तान है। अंग्रेज़ पाकिस्तान की जो सेवा करेंगे, पाकिस्तान उसे कभी नहीं भूलेगा!"

"तो मैं अपने वचन को दोहराता हूँ कि मैं पाकिस्तान को काश्मीर भेंट करता हूँ। वे काश्मीर को अधिकृत कर लें!"

लार्ड माउण्टबेटन शोरबा समाप्त कर चुके थे, अब इस वाक्य से चौंककर इधर-उधर देखने लगे। मिर्जा सईद दीवार से चिपके हुए बड़े धीरे से इन बातों को सुन रहे थे।

लार्ड माउण्टबेटन को अपनी ओर देखते हुए वे अदब से झुके और आगे बढ़े। लार्ड माउण्टबेटन ने कहा, "नहीं, नहीं, धन्यवाद! अभी मुझे तुम्हारी खिदमत की आवश्यकता नहीं है।" उन्होंने मार्शल की ओर अर्थपूर्ण दृष्टि से देखा। मार्शल ने कहा, "मिर्जा, अब तुम जा सकते हो!"

मिर्जा सईद सिर झुकाकर चला गया। माउण्टबेटन ने मन्द स्वर से कहा, ‘‘मार्शल, हमें खुल्लमखुल्ला इस प्रकार बातें नहीं करनी चाहिए। हमें यह नहीं भूल जाना चाहिए कि हम भारत सरकार के नौकर हैं।’’

‘‘ओह, मैं उसकी क्या परवाह करता हूँ?’’

‘‘परन्तु हमें अपनी जिम्मेदारी पर ध्यान देना चाहिए।’’

‘‘तो गवर्नर जनरल जैसा आदेश दें।’’

‘‘प्रश्न यह है कि अब तक अवश्य ही काश्मीर पर आक्रमण की सूचना मेरे मन्त्रियों को मिल चुकी होगी। कल सुबह ही इसपर ज़ोरों की कार्यवाही होगी, आपकी भी बुलाहट होगी, तब आप क्या करेंगे?’’

‘‘आप क्या परामर्श देते हैं?’’

लियाकत अली ने बीच ही में कहा, ‘‘मैं अर्ज करूँगा, सर लाकहार्ट, सिर्फ पन्द्रह-बीस दिनों की बात है, फिर काश्मीर की घाटियाँ बर्फ से पट जायेंगी। आप नेहरू को यह पट्टी पढ़ाइये कि सर्दियों में लड़ना असम्भव है, सेना को रसद, कुमुक कुछ न मिलेगी और वह नष्ट हो जायेगी। इस तरह डराकर उन्हें काश्मीर पर फौज भेजने से रोकिये।’’

‘‘ नेहरू को पट्टी पढ़ा सकता हूँ, पर पटेल को नहीं।’’

‘‘वह बड़ा घाघ है परन्तु मार्शल, गवर्नर जनरल उसे ठीक कर लेंगे। आपने उन्हें खूब पालतू बना रखा है।’’

लार्ड माउण्टबेटन ने अपना चमचमाता शराब का गिलास उठाकर कहा, ‘‘मैं हिन्द सरकार को लड़ने की अपेक्षा राष्ट्रसंघ में जाने की सलाह दूँगा।’’

मि. लिकायत अली खुश हो गये। उन्होंने फुर्ती से उठकर लार्ड माउण्टबेटन से हाथ मिलाया और कहा, ‘‘पाकिस्तान आपका और सर लाकहार्ट का चिर कृतज्ञ रहेगा; पर मैं रुक नहीं सकता हूँ। अब मैं चला। प्लेन मेरी प्रतीक्षा कर रहा होगा।’’ और वे चल दिये।

काश्मीर पर पाकिस्तान के अयाचित आक्रमण की खबर से भारत सरकार चिन्तित हो उठी। उसने तत्काल अत्यन्त महत्त्वपूर्ण और गोपनीय युद्ध-परामर्श समिति की बैठक गवर्नमेंट हाउस में बुलाई। गवर्नर जनरल लार्ड माउण्टबेटन प्रमुख पद पर आसीन थे। नेहरू अत्यन्त उत्तेजित थे और पटेल अत्यधिक गम्भीर। सर लाकहार्ट चुपचाप सिगरेट का धुआँ उड़ा रहे थे और जनरल बूचर उनकी बगल में चुपचाप अपने चमचमाते तमगे लटकाये रुआबदार ढंग से बैठे थे। मेजर जनरल

करिअप्पा, कैप्टन थिमैया, मेजर कुलवन्तसिंह और ब्रिगेडियर उस्मान चुपचाप अपनी कुर्सियों पर बैठे थे। सभीका ध्यान पण्डित जवाहरलाल नेहरू की उत्तेजित और अशान्त मुद्रा पर था। उन्होंने बातचीत प्रारम्भ की। उन्होंने कहा, "सर लाकहार्ट, क्या कारण है कि काश्मीर के इस हमले की सूचना हिन्द सरकार को 24 घण्टे देर से मिली?"

"मैं इस सम्बन्ध में जाँच कर रहा हूँ, उसकी रिपोर्ट आपको मैं यथा-समय दूँगा।"

"क्या आपने काश्मीर की रक्षा के लिए कोई प्रारम्भिक कार्यवाही की है?"

"वह मैं कैसे कर सकता हूँ, जब कि काश्मीर हिन्द यूनियन में सम्मिलित नहीं है।"

"फिर भी काश्मीर भारतीय प्रदेश है; हिन्द सरकार उसपर कबायली लुटेरों के आक्रमण नहीं सहन कर सकती।"

"पर सम्भव है स्थिति उतनी गम्भीर न हो और वह कबायली लुटेरों का ही उत्पात हो।"

"आप क्या कहते हैं, मुझे अभी फोन पर सूचना..." नेहरू जी ने एकाएक पटेल की आँखों में देखा और चुप हो गये।

लार्ड माउण्टबेटन और सर लाकहार्ट ने भी सरदार की ओर देखा। नेहरू जी ने क्षण-भर रुककर कहा, "खैर, हमें फिलहाल तुरन्त काश्मीर की रक्षा-सम्बन्धी प्रारम्भिक कार्यवाही कर डालनी चाहिए।"

मेजर जनरल करिअप्पा ने कहा, "मेरा ख्याल है, सर लाकहार्ट प्रारम्भिक कार्यवाही कर चुके हैं।"

सरदार और नेहरू ने चौंककर करिअप्पा की तरफ साभिप्राय दृष्टि से देखा, उनके होंठों पर एक तीव्र मुस्कराहट थी।

नेहरू ने सर लाकहार्ट की ओर देखकर पूछा, "इसका क्या अभिप्राय है?"

"पाकिस्तान के ब्रिटिश डिप्टी हाई कमिश्नर श्री ड्यूक ने मुझे इस हमले की सम्भावना से सूचित किया था। इसपर मैंने ऐहतियातन जनरल ग्रेसी और जनरल मैकी को काश्मीर मोर्चे पर आवश्यक हिदायतें देकर भेज दिया था।"

"क्या आपने उन्हें कबायली लुटेरों को मार भागने का आदेश दिया है?" सरदार पटेल ने गम्भीरता से पूछा।

"जी नहीं, मैंने उन्हें परिस्थिति का अध्ययन करने का आदेश दिया है।

मैं बिना हिन्द सरकार की अनुमति लिये सेना को युद्ध के जोखिम में फँसाना नहीं चाहता।''

मेजर जनरल करिअप्पा ने सहज शान्त स्वर में कहा, ''मैं समझता हूँ जनरल ग्रेसी और जनरल मैकी सर लाकहार्ट के आदेशों का वहाँ ठीक-ठीक पालन कर रहे हैं।''

सर लाकहार्ट ने जलती हुई आँखों से जनरल करिअप्पा की ओर देखा। करिअप्पा उसी भाँति होंठों में मुस्कराते रहे।

सर लाकहार्ट—''मेजर जनरल क्या कहना चाहते हैं?''

''सर मेरा अभिप्राय यही है कि वहाँ आक्रमणकारी कबायलियों के साथ बहुत-से अंग्रेज़ अफसर भी हैं; उनमें बहुत-से जनरल ग्रेसी और जनरल मैकी के मित्र हो सकते हैं। उनसे मिलकर उनकी सहायता से सम्भवतः जनरल ग्रेसी और जनरल मैकी हुज़ूर के आदेशों को ठीक-ठीक पूरा कर सकें।''

सर लाकहार्ट होंठ चबाकर रह गये। हाथ की सिगरेट उन्होंने फेंक दी। उन्होंने छिपी दृष्टि से लार्ड माउण्टबेटन की ओर देखा। वे नीची दृष्टि किए टेबुल के कोने को गम्भीरतापूर्वक देख रहे थे। जवाहरलाल नेहरू परेशान थे। उन्होंने चिढ़कर खड़े होकर कहा, ''यह सब क्या गोरखधन्धा है? मैं साफ-साफ सब बातें जानना चाहता हूँ।''

''आप चाहते क्या हैं, पण्डित नेहरू?'' सर लाकहार्ट ने उनकी आँखों से आँख मिलाकर कहा।

''मैं सत्य बात जानना चाहता हूँ।''

''तो सत्य बात तो यह है कि काश्मीर पर कबायलियों ने हमला किया है।''

''आपने वहाँ कितनी सेना भेजी है?''

''उतनी ही, जिससे लुटेरे इधर भारतीय सीमा में घुस सकने से रोके जा सकें।''

''किन्तु काश्मीर की भी रक्षा होनी चाहिए।''

''काश्मीर तो भारतीय संघ में सम्मिलित नहीं है।''

एकाएक पटेल तेज़ स्वर में चीख उठे। उन्होंने कहा, ''यह प्रश्न आपके विचारने का नहीं है, सर लाकहार्ट—आप हिन्द सरकार के नौकर हैं। काश्मीर की रक्षा के लिए तुरन्त सेना भेजनी होगी।''

''क्या गवर्नर जनरल की भी यही राय है?'' सर लाकहार्ट ने माउण्टबेटन की ओर देखा।

लार्ड माउण्टबेटन ने धीरे से खड़े होकर कहा, ''यदि मेरी निजी राय पूछें तो मैं यह अधिक पसन्द करूँगा कि बजाय युद्ध करने के यह प्रश्न यू.एन.ओ. को भेज दिया जाए।''

''इसका मतलब?'' नेहरू ने तेज़ी से कहा।

माउण्टबेटन घबरा गये। वे समय से पहले ही एक भेद की बात कह गये थे।

नेहरू ने कहा, ''यदि और लुटेरे हमारे देश पर आक्रमण करें तो हमें निष्क्रिय होकर यू.एन.ओ. के पास दौड़ना चाहिए?''

''मेरा ऐसा अभिप्राय नहीं है। मेरे कहने का अभिप्राय यह है कि यदि हमने सेना काश्मीर की सहायता के लिए भेजी तो पाकिस्तान सरकार इसे सम्भव है पसन्द न करे और प्रतिक्रिया करे तो पाकिस्तान और हिन्द सरकार में संघर्ष छिड़ सकता है, जो सम्भवतः ठीक न होगा।''

''पाकिस्तान का काश्मीर से क्या सम्बन्ध हो सकता है? काश्मीर पाकिस्तान यूनियन में तो सम्मिलित है नहीं?''

''यूनियन में तो वह भारतीय में भी नहीं है।''

पटेल ने बीच में ही बात काटकर कहा, ''पाकिस्तान को छोड़कर शेष सम्पूर्ण भारत के प्रदेश हिन्द सरकार के संरक्षण में स्वभावतः ही हैं। हिन्द सरकार देश के पृथक्-पृथक् टुकड़े होना सहन न करेगी, सर लाकहार्ट, आप काश्मीर पर तुरन्त सेना भेज दीजिए।''

सर लाकहार्ट ने खड़े होकर कहा, ''यह खतरनाक योजना है। मैं होम मिनिस्टर को बताना चाहता हूँ, यदि हम काश्मीर में सेना भेजते हैं तो सब तैयारियों में हमें एक मास लग जाएगा। और सेना को मोर्चे पर पहुँचते-पहुँचते और पन्द्रह दिन। फिर यदि पाकिस्तान ने प्रतिक्रिया की तो कहा नहीं जा सकता कि कितनी सेना वहाँ खपानी पड़ेगी। इसके सिवा सर्दी आ रही है। शीतकाल में वहाँ हम अपनी सेना को न कुमुक भेज सकेंगे न रसद। घाटियों में बर्फ पड़ जाने से यातायात की भारी असुविधा हो जाएगी। फल यह होगा कि हमारी सेना वहाँ घिरकर नष्ट हो जाएगी। इन सब बातों पर आप लोग विचार कर लें। मैं आशा करता हूँ कि गवर्नर जनरल और माननीय मन्त्रीगण मुझसे सहमत होंगे।''

माउण्टबेटन ने कहा, ''मैं सहमत हूँ। अभी तो यह भी स्पष्ट नहीं हुआ कि यह आक्रमण इस योग्य है भी या नहीं कि इसके विरुद्ध सेना भेजी जाए। फिर हमें पाकिस्तान से मोर्चा लेने की उलझनों में नहीं पड़ना चाहिए। मैं तो यू.एन.ओ. में यह प्रश्न भेजना पसन्द करता हूँ। हाँ, भारत की सीमा की रक्षा अवश्य होनी चाहिए। उसके लिए आशा करता हूँ कि सर लाकहार्ट ने समुचित व्यवस्था कर ही दी होगी।''

सर लाकहार्ट ने छाती पर हाथ रखकर कहा, ''बिलकुल समुचित माई लार्ड, आप विश्वास रखें कि भारतीय सीमाएँ सर्वथा सुरक्षित हैं।''

पटेल ने फिर गरजकर कहा, ''हम लोग भारतीय सीमाओं की सुरक्षा पर बातचीत नहीं कर रहे बेटन; हम काश्मीर पर किये गये आक्रमण को रोकने पर विचार कर रहे हैं। उसके लिए सेना भेजना अत्यन्त आवश्यक है। सर लाकहार्ट, आप तुरन्त सेना भेज दीजिए।''

''यदि ऐसा ही है तो जो सेना पहले भेजी जा चुकी है, वह अभी यथेष्ट है; मैं उसीको नये आदेश भेज देता हूँ।''

पटेल ने गम्भीर दृष्टि से मेजर जनरल करिअप्पा की ओर देखकर कहा, ''करिअप्पा, मैं चाहता हूँ कि तुम काश्मीर मोर्चे पर लाकहार्ट का नया सन्देश लेकर जाओ।''

''मुझे दुख है सरदार, मैं ऐसा नहीं कर सकता।''

नेहरू का चेहरा लाल हो गया। उन्होंने कहा, ''क्या कारण है कि आप इन्कार करते हैं?''

सर लाकहार्ट ने कहा, ''मैं हुक्म देता हूँ मेजर जनरल करिअप्पा, कि आप तुरन्त काश्मीर के मोर्चे पर जाकर जनरल ग्रेसी की अधीनता में कार्य करें।''

''किन्तु मैं इन्कार करता हूँ।''

''क्या तुम मेजर जनरल, अपने अफसर के हुक्म को मानने से इन्कार करते हो?''

''निस्सन्देह सर, मैं आपका हुक्म नहीं मान सकता।''

''क्या तुम मार्शल लॉ के नियम जानते हो?''

''निश्चय, सर लाकहार्ट!''

''तो तुम अफसर का हुक्म मानने से इन्कार करते हो?''

''हाँ, सर!''

“क्या तुम अपनी सफाई में कुछ कहना चाहते हो?”

“सिर्फ एक शब्द।”

“क्या?”

“यह कि आप और मैं हिन्द सरकार के नौकर हैं। आप मेरे अफसर अवश्य हैं, पर मैं आपके हुक्म से ऐसा कार्य नहीं कर सकता जो हिन्द सरकार का विरोधी हो।”

“तुम चाहते क्या हो करिअप्पा?” सरदार ने पूछा।

“सिर्फ एक बात।”

“क्या?”

“यदि आप मुझे काश्मीर भेजना चाहते हैं, तो सब कुछ मुझपर और मेरे साथियों पर छोड़ दीजिए। अंग्रेज़ अफसरों को तुरन्त बुला लीजिए। मैं अंग्रेज़ अफसरों की मातहती में काम नहीं करूँगा।”

सर लाकहार्ट ने कहा, “ऐसा नहीं हो सकता।”

सरदार ने कहा, “मैं करिअप्पा की प्रार्थना स्वीकार करता हूँ। सर लाकहार्ट, आप अभी काश्मीर के मोर्चे पर करिअप्पा की कमान में सेना भेज दें और अंग्रेज़ अफसरों को तुरन्त वापस बुला लें। करिअप्पा की इच्छानुसार ही सब व्यवस्था कर दीजिए।”

शिमला के एक शानदार होटल में दो आदमी एकाग्रचित्त हो मेज पर फैले हुए एक मानचित्र को देखने में तन्मय थे। उनमें से एक बीच-बीच में लाल पेंसिल से उसमें कहीं-कहीं चिह्न करता जाता था। बातचीत नहीं हो रही थी। कमरे का द्वार भीतर से बन्द था। एक आदमी लम्बा-तगड़ा था और उसके मुँह पर रुआबदार दाढ़ी थी। उसकी आयु 25 के लगभग होगी। दूसरा क्लीन-शेव्ड था। अपेक्षाकृत वह आयु में कम था परन्तु उसके नेत्रों से बुद्धिमत्ता टपक रही थी। पहला व्यक्ति आज़ाद हिन्द फौज का एक जनरल था तथा दूसरा व्यक्ति मेजर।

अन्त में जनरल ने सन्नाटा भंग किया। उसने कहा, “दोस्त मेजर, यह तो सारा काम ही खराब हो गया।”

“कैसे? हिन्द सरकार ने 40 लाख रुपये वार्षिक की सहायता स्वीकार कर ली है, तथा सैनिक अफसरों की सहायता का भी उसने वचन दिया है। मेरी समझ में तो हमें सेना का संगठन-कार्य प्रारम्भ कर देना चाहिए।”

“परन्तु यह तो देखो मेजर, हिन्द सरकार ने सिर्फ हिसार, गुड़गाँव और

रोहतक जिलों ही में प्रयोग करने की आज्ञा दी है। मैंने सीमास्थित जिले माँगे थे और 90 लाख रुपया माँगा था।''

''रुपये की बात छोड़िए। रुपया और भी मिल सकता है। हमें सरकार की आर्थिक कठिनाइयों को भी तो देखना है।''

''परन्तु इसका क्या किया जाए?'' जनरल ने मानचित्र में लाल पेंसिल से किये हुए निशानों की ओर उंगुली उठाकर कहा।

मेजर उसका अभिप्राय न समझ सका। उसने कहा, ''तो इसमें क्या हर्ज है? यही तीन जिले सही!''

''क्या तुम पागल हुए हो मेजर? उससे हमें क्या लाभ होगा? रोहतक, हिसार और गुड़गाँव के जिले कभी हमारे प्रभाव में नहीं आयेंगे। वे शुद्ध पंजाब के जिले हैं भी नहीं। न इनकी भाषा पंजाबी है, न संस्कृति। फिर ये दिल्ली को चारों ओर से घेरे हुए हैं। हिन्द सरकार दिल्ली की एक सैनिक चहारदीवारी बनवाना चाहती है। पर मेरा तो कुछ दूसरा ही उद्देश्य है।''

''वह क्या?''

''क्या तुम अभी तक समझे नहीं दोस्त?''

''मैं तो यही समझ रहा हूँ कि हमें पूर्वी पंजाब को सुरक्षित और अभय बनाने के लिए सैन्य-संगठन करना चाहिए। ये तीनों जिले पूर्वी पंजाब की पूर्वी सीमाएँ घेरे हुए हैं।''

''तो उस पर पूर्वी सीमा से क्या मुसीबत आने वाली है? वहाँ तो हिन्द सरकार की राजधानी है। खतरा तो पश्चिमी सीमा पर है।''

''जब ये जिले सुरक्षित हो जायेंगे और वहाँ हमारे सुदृढ़ सैनिक शिविर स्थापित हो जायेंगे तो आसानी से सम्पूर्ण पूर्वी पंजाब की सुरक्षा हो जायेगी।''

''मैंने सीमा प्रान्तीय जिलों में काम करना सोचा था, जो सिखों के पंजाबी इलाके हैं। मेरी योजना है, तीन लाख सिखों का सैनिक संगठन कर पंजाब की सीमा को सुदृढ़ बनाना।''

''तो मैं आपके साथ हूँ जनरल! यह कार्य कांग्रेस सरकार के भी हाथ मज़बूत करता है।''

''पर ऐसा अभी हम नहीं कर सकते, जब तक पूरे अधिकार न मिलें।''

''समझ गया! तो एक बार आप फिर दिल्ली जाकर नेहरू को समझाइए।''

''केवल नेहरू ही को नहीं, और भी एक आदमी को।''

"वह कौन?"

"सर लाकहार्ट, हिन्द की सेना का सेनापति।"

"वह क्या आपका विरोध करेगा?"

"विरोध? पक्का नमकहराम है वह! वह तो पाकिस्तान का एजेण्ट है!"

"क्या कहते हैं आप? इतना बड़ा सेनापति, मैंने उसके अधीन युद्ध किये हैं।"

"परन्तु अब मैं तुम्हें उसके अधीन लड़ने की राय नहीं दूँगा।"

"परन्तु आप जो कुछ कह रहे हैं, क्या सच है?"

"अरे सच? मैं कहता हूँ काश्मीर में जो कुछ हो रहा है, उसीकी योजना है! उसने पाकिस्तान को काश्मीर भेंट करने का वायदा किया है।"

"सर लाकहार्ट? नहीं-नहीं, जनरल, आप भूलते हैं!"

जनरल ज़ोर से हँस पड़े। उन्होंने कहा, "मेरा एक-एक अक्षर सही है! देख लेना, नेहरू सरकार धोखा खायेगी! एक बार जब पंजाब की पश्चिमी सीमाएँ सुरक्षित हो जायें, तो फिर सम्पूर्ण हिन्दुस्तान पूर्ण सुरक्षित है। सिंगापुर और बर्मा में हमारे सामने जो कठिनाइयाँ थीं वे यहाँ नहीं हैं। यहाँ हमारा देशीय और जातीय संगठन है। हमारे साथ वे लाखों वीर हैं, जिनके कलेजे जले हुए हैं और जो सर्वस्व खो चुके हैं। पंजाब-निवासी लोहे के आदमी हैं और उन्हीं में हिन्दुस्तान की रक्षा करने की शक्ति है!"

मेजर ने चुपचाप हाथ बढ़ा दिया, जिसे जनरल ने बड़े जोश से पकड़ लिया। फिर कहा, "मैं आज ही दिल्ली जा रहा हूँ। तुम पूर्वी पंजाब की सीमा पर जाकर सैन्य-संगठन प्रारम्भ कर दो। जैसे भी होगा मैं अपने उद्देश्य को पूरा करूँगा!"

तब या अब

दो बांके राजपूत बीहड़ जंगल में चुपचाप घोड़े पर सवार चले जा रहे थे। उनमें एक की पोशाक काली और घोड़ा भी काला ही था; परन्तु उसके सिर पर रत्नजड़ित तुर्रा, गले में बहुमूल्य मोतियों की माला और कमर में पन्ने की मूठ की सिरोही थी। इस व्यक्ति की अभी उठती आयु थी। बड़ी-बड़ी आँखें, अंगारे की भाँति देदीप्यमान मुख और उसपर कानों तक तनी हुई मूँछें थीं। दूसरा साथी भी सब हथियारों से लैस था। वह एक अत्यन्त चपल मुश्की काठियावाड़ी घोड़े पर सवार था—उसकी धज से वीरता टपकती थी। दोनों सवार चुपचाप, घोड़ा दबाये चले जा रहे थे। रात अभी बाकी थी। बहुत दूर पूर्व के क्षितिज पर पीले प्रकाश की एक रेखा-मात्र दीख रही थी। रास्ता बीहड़ और पहाड़ी था, पग-पग पर घोड़े ठोकर खा रहे थे। तारों के क्षीण प्रकाश में न सवारी को, न घोड़े को मार्ग ठीक-ठीक दीख रहा था परन्तु वे किसी भी कठिनाई की बिना परवाह किये आगे बढ़ते जा रहे थे। ऐसी सन्नाटे की रात में ऐसे बीहड़ मार्ग पर चलना साधारण यात्रियों का काम न था। बड़े-बड़े वृक्ष काले-काले भूत-से लग रहे थे और पर्वत की गगनचुम्बी शिखाएँ, उस अन्धेरी घाटी में अन्धकार बिखेर रही थीं।

अचानक डाकुओं के एक दल ने राह रोककर ललकारा—

"वहीं खड़े रहो और जो कुछ पास है रख दो!"

अनुगत राजपूत ने स्वामी की ओर देखा और कहा—

"तब या अब?"

राजकुमार ने मन्द हास्य से कहा—

"तब!"

यह सुनते ही राजपूत ने पास की नकदी चुपचाप डाकुओं को दे दी, राजकुमार ने भी सब रत्नाभूषण उतार दिये।

डाकू सरदार ने कर्कश स्वर में कहा—

"हथियार भी धर दो।"

"हथियार रख दिये गये।"

"घोड़े भी दो और कपड़े भी उतारो।"

चुपचाप दोनों घोड़ों से उतर पड़े और वस्त्र उतारकर डाकुओं के आगे डाल दिये।

इसके बाद राजपूत ने गम्भीर भाव से डाकू सरदार से कहा—

"अब जाएँ?"

"नहीं।" डाकू सरदार ने आगे बढ़कर मेघगर्जना की भाँति कहा।

"अब और तुम क्या चाहते हो?" राजपूत ने जिज्ञासा से पूछा।

डाकू सरदार ने कर्कश स्वर में कहा—

"देखने में तुम दोनों बड़े बांके वीर प्रतीत होते हो। मूँछ चढ़ी हुई, हथियार बाँधे हुए हो। घोड़े भी अच्छे हैं। परन्तु वास्तव में तुम पूरे कायर हो। बिना लड़े-भिड़े चुपचाप अपना सर्वस्व हमें दे दिया? तुमपर और तुम्हारी जवानी पर धिक्कार है। तुम वास्तव में वीरों के वेश में नामर्द हो।"

राजपूत ने अपनी गम्भीरता नहीं त्यागी, वह उसी गम्भीर स्वर में शान्ति से बोला—

"अब तो तुम गालियाँ भी दे चुके। अब कहो तो हम चले जाएँ।"

डाकू सरदार स्तब्ध रह गया। वह चुपचाप खड़ा कुछ सोचने लगा। यह निर्भीक उत्तर और अकम्पित स्वर क्या कायरों का हो सकता है? उसने कहा—

"तुमने आपस में क्या संकेत किया था—उसका भेद बताओ।"

राजपूत ने उसी सहज शान्त स्वर में कहा—

"उससे तुम्हें क्या मतलब है? अब और कुछ हमारे पास देने को नहीं है।"

"पर वह भेद बिना बताये जाने न पाओगे।"

राजपूत ने स्वामी की ओर देखा। उन्होंने मन्द मुस्कान के साथ अनुमति दे दी।

राजपूत ने कहा—

"ये नागौर के कुंवर अमरसिंह हैं, राठौर-पति महाराज गजसिंह के ज्येष्ठ

पुत्र। महाराज ने इन्हें देश-निष्कासन दिया है। अब यह दिल्लीपति शाहजहाँ के पास आगरे जा रहे हैं। वहाँ शहज़ादा औरंगजेब से युद्ध होने की अफवाह है, उसीमें सम्मिलित होकर दो-दो हाथ दिखाने की इनकी इच्छा है। तुमने बीच में विघ्न डाल दिया है। तुम्हारी इस धृष्टता पर पहले मुझे क्रोध आ गया था और मैंने स्वामी से पूछा कि तलवार तब निकाली जाए या अब। स्वामी ने आज्ञा दी कि ये पहाड़ी चूहे—जो समाज से मुँह छिपाकर जंगलो में हिंसक जन्तुओं की भाँति पड़े रहते हैं और पथिकों को असहाय पाकर लूटते हैं—ये हमारी तलवार के पात्र नहीं—हमारी राठौरी तलवार तो बादशाहों और शहज़ादों के मुकाबले में निकलेगी। इन कुत्तों को टुकड़ा फेंक दो और आगे बढ़ो। यही मैंने किया।''

डाकू-सरदार आगे बढ़ा। उसने घुटनों के बल बैठकर अमरसिंह का अभिवादन किया और अपनी तलवार उसके चरणों में रखकर कहा—

''स्वामिन्, आपकी वीरता और ओज का मुकाबला करने की सामर्थ्य राजपूताने में किसकी है, जो कोई आपके सामने वीरता का दावा करे। परन्तु महाराज, मैं भी कुलीन राजपूत हूँ, और अब आपकी रकाब के साथ सेवा में हूँ। इससे मेरे सब पापों का प्रायश्चित्त हो जाएगा। मेरे साथ पाँच हज़ार योद्धा हैं। वे सब ऐसे हैं कि जब तक एक बून्द भी रक्त उनके शरीर में रहे—खड़े रहेंगे। वे सभी आपके पसीने के स्थान पर प्राण देंगे। इनके सिवा इस दास के पास असंख्य धन-रत्न भी हैं। महाराज, हमें शरण में लीजिए।''

घृणा और तिरस्कार का जो मन्द हास्य अमरसिंह के मुँह पर था, उड़ गया। उनके नेत्रों में आँसू झलक आये। उन्होंने आगे बढ़कर कहा, ''मैंने तुम्हें तुच्छ समझा था, पर तुम प्रकृत वीर हो।'' यह कहकर उसे छाती से लगा लिया और तलवार उसकी कमर में बाँधकर कहा—

''यह यहाँ शोभा और यश प्राप्त करेगी। तुम्हारे वीर मेरे सगे से भी अधिक हुए।''

इस छोटी-सी वीर टोली ने आगरे में क्या-क्या रंग दिखाये यह इतिहास के पुराने पन्नों में अभी जीवित है।

टीपू सुलतान

प्रबल प्रतापी हैदरअली मर चुका था और उसका वीर परन्तु अनुभव-शून्य पुत्र टीपू सुलतान अपने पिता के पदचिह्नों पर चलकर विजय किये जाता था। अन्त में उससे अंग्रेज़ी सरकार ने मैत्री स्थापित कर ली। युद्ध बन्द हो गया और अंग्रेज़ी सरकार से सब जीते हुए इलाके उसने वापस कर दिये। अंग्रेज़ सरकार ने भी उसे मैसूर का अधिपति स्वीकार कर लिया और भविष्य में छेड़छाड़ न करने का वचन दिया।

यह वह युग था जब यूरोप का प्रसिद्ध सप्तवर्षीय युद्ध समाप्त हो चुका था। इस युद्ध में इंग्लैण्ड के हाथ से अमेरिका की संयुक्त रियासतें सदा के लिए निकल गयी थीं और स्वाधीन हो गयी थीं। इंग्लैण्ड की शक्ति को काफी बट्टा लगा था। इसीलिए इंग्लैण्ड के शासकों ने अपने देश का यश फिर से कायम करने के लिए भारत में साम्राज्य को बढ़ाने का निश्चय कर लिया था। भारत में साम्राज्य की वृद्धि करके अमेरिका की कमी कैसे पूरी की जाए यह योजना लेकर लार्ड कार्नवालिस भारत के भाग्यविधाता होकर गवर्नर जनरल का मुकुट धारण कर भारत में आ चुके थे।

भारत में हमेशा यह कमी रही है कि यहाँ वीरों और योद्धाओं ने तो हर युग में जन्म लिया पर सेनापति और राजनीतिज्ञों की कमी ही रही। राज्यों के बड़े-बड़े अधिकारी महावीरश्रेष्ठ होते थे, राजनीतिज्ञ और सेनापति नहीं।

टीपू सुलतान एक ऐसा ही पुरुष था। उसके शरीर-बल का सामना करने वाला कोई पुरुष उस युग में पृथ्वी पर न था; परन्तु वह राजनीतिज्ञ और दूरदर्शी न था। उसका सबसे पहला काम पड़ोसी राज्यों से मैत्री स्थापित करना था, जिसके

बल पर वह विदेशी जातियों से बच सकता था। परन्तु कुछ सरहदी इलाकों के सम्बन्ध में उसने अपने पड़ोसी मराठों और निजाम दोनों से झगड़े ठान लिये। अगर वह उनसे दबकर भी प्रेम और मैत्री की स्थापना रखता तो अन्त में उसे नष्ट न होना पड़ता।

लार्ड कार्नवालिस ने अपना काम टीपू से ही प्रारम्भ किया। इसके दो कारण थे। टीपू और उसके पिता हैदर ने अंग्रेज़ सरकार को बहुत छकाया था और उन्हें बारम्बार उससे हार खानी पड़ी और अपमानित होना पड़ा। कार्नवालिस टीपू की पड़ोसी राज्यों से विषमता को जान गया था—वह टीपू के अटूट धन-रत्न से भी परिचित था। उसने सबसे पहले निजाम से एक सन्धि की, जिसका मतलब यह था कि निजाम की सबसीडियरी सेना, जो निजाम के खर्चे पर रखी गयी थी, टीपू पर आक्रमण करने के लिए काम में लायी जा सकती है। उसके सिवा निजाम ने उस आक्रमण में और भी मदद अंग्रेज़ों को देना स्वीकार किया था।

टीपू ने जब यह सुना तो मराठों से सुलह करने लगा। कार्नवालिस इससे बेखबर नहीं था। उसने प्रत्येक सम्भव उपाय से मराठों को भी अपनी तरफ कर लिया। टीपू की एक न चली। मराठों और निजाम दोनों से कार्नवालिस ने यह वादा किया कि जो इलाका टीपू को जीतकर प्राप्त होगा, वह दोनों में बराबर-बराबर बाँट दिया जाएगा। इंग्लैण्ड से कार्नवालिस को इस काम के लिए 5 लाख पौण्ड और कुछ गोरी फौज भी भेज दी गयी थी। इतना ही नहीं, पार्लियामेण्ट ने लार्ड कार्नवालिस को कुछ विशेषाधिकार भी दिये थे, जो दूसरे किसी गवर्नर को प्राप्त न थे। कार्नवालिस के भारत रवाना होने के समय पार्लियामेण्ट ने एक नया कानून बना दिया था, जिसके द्वारा गवर्नर जनरल को अपितु सब गवर्नर को यह अधिकार प्राप्त हो गया था कि वे अपनी कौन्सिलों की राय के विरुद्ध या बिना उनके पूछे ही चाहे जो काम कर सकता था। इसके अलावा कुछ ऐसे कानून बना दिये गये थे जिनसे कम्पनी के डायरेक्टरों के अधिकार कम हो गये थे और भारत का शासन-सूत्र बहुत कुछ पार्लियामेण्ट और ब्रिटिश मन्त्रिमण्डल के हाथों में आ गया था।

:: 2 ::

करने और न करने योग्य प्रत्येक उपाय द्वारा, जो राजनीति में उचित माने जाते हैं, टीपू को पराजय का मुख देखना पड़ा। उसके वे यूरोपियन नौकर जिनके कौशल

और वीरता से उसने और उसके पिता ने विजय पर विजय प्राप्त की थी, टीपू के लिए काल बन गये। यही नहीं, उसके वे सरदार भी जिन्हें उसने जागीर और रुतबा दिया था, नमकहराम हो चुके थे।

बंगलौर का पतन हो चुका था और अंग्रेज़ी सेना धावा मारती हुई रंगपट्टनम की ओर बढ़ी चली आ रही थी। टीपू ने फलों से भरे हुए जो ऊँट सुलह की इच्छा से कार्नवालिस के पास भेजे थे, उन्हें उसने तिरस्कारपूर्वक लौटा दिया था। अब भी रंगपट्टनम के बचने का कोई मार्ग न रह गया था।

सन्धि हुई। टीपू का आधा राज्य कम्पनी, निजाम और मराठों ने परस्पर बाँट लिया। इसके सिवाय टीपू को तीन सालाना किस्तों में 3 करोड़ 30 हज़ार रुपया दण्डस्वरूप देते रहने का वादा करना पड़ा और इसकी अदायगी तक अपने 10 और 8 साल के दो बेटों को गिरवी रखना पड़ा।

महावीर टीपू का हृदय इस अपमान से फट गया। उस दिन से उसने पलंग और बिस्तर पर सोना छोड़ दिया। वह मोटी खादी के एक टुकड़े को ज़मीन पर डालकर सो जाता था।

:: 3 ::

उसका आधा राज्य छिन चुका था और बाकी आधा बर्बाद किया जा चुका था। अब आवश्यकता इस बात की थी कि उसके राज्य के तमाम बन्दरगाह और समुद्र-तट अंग्रेज़ी सरकार के हाथ आ जाएँ। लार्ड वेलेजली ने जब वह माँग की तो फिर एक प्रबल युद्ध का वातावरण बन गया। अंग्रेज़ी सेनाओं ने एकाएक टीपू को घेर लिया। निजाम की पूरी मदद उन्हें प्राप्त थी और सुलतान के प्रायः सभी दरबारी फोड़ लिये गये थे। लगभग 30 हज़ार सेना ने टीपू पर चढ़ायी की थी, पर नमकहराम सलाहकारों ने टीपू को बताया था कि वह सेना 4-5 हज़ार ही है।

पुर्निया जाति का ब्राह्मण था; वह सुलतान का मन्त्री और सेनापति था। सुलतान ने उसे पहले कुछ सेना देकर अंग्रेज़ों पर चढ़ायी करने को भेजा; परन्तु वह पहले ही से अंग्रेज़ी सेना से मिल चुका था। उसने युद्ध नहीं किया, सिर्फ अंग्रेज़ी सेना के इर्द-गिर्द चक्कर काटता रहा और फिर वह अंग्रेज़ी सेना को धीरे-धीरे राजधानी की ओर बढ़ाते हुए ले आया।

सुलतान ने यह सुना तो स्वयं सेना लेकर लड़ने का इरादा किया। पर

सलाहकारों ने उसे फिर धोखा दिया और वे उसे भटकाकर दूसरी ओर ले गये। इधर जनरल होरेस एक गुप्त मार्ग से रंगपट्टनम तक पहुँच गये। जब सुलतान को इसका पता चला तो उसने आगे बढ़कर गुलशनाबाद के पास अंग्रेज़ी सेना को आ रोका।

खूब घमासान युद्ध हुआ। थोड़ी ही देर के युद्ध में अंग्रेज़ी सेना के छक्के छूट गये। ठीक अवसर पाकर सुलतान ने सेनापति कमरुद्दीन को सवारों सहित आगे बढ़कर युद्ध करने की आज्ञा दी। परन्तु शोक, वह भी अंग्रेज़ी सेना से मिल चुका था। वह थोड़ा आगे बढ़ा और फिर उलटकर सुलतान की सेना पर ही टूट पड़ा। खेल अंग्रेज़ों के हाथ रहा।

इसी समय टीपू को खबर लगी की बम्बई से अंग्रेज़ों की एक सेना सीधी रंगपट्टनम की ओर बढ़ी चली आ रही है। सुलतान कुछ अफसरों को वहाँ छोड़ रंगपट्टनम की रक्षा के लिए चला। अभी तक भी उसे पुर्निया और कमरुद्दीन की नमकहरामी का पता न था।

अंग्रेज़ी सेना ने रंगपट्टनम पहुँचते ही नगर और किले पर आग बरसाना प्रारम्भ कर दिया। सुलतान ने दोनों नमकहराम सेनापतियों के अधीन सेना किले के बाहर भेज दी। वह सेना अंग्रेज़ी सेना के दायें-बायें चक्कर लगाती रही। सिपाही लड़ने की आज्ञा माँगते थे पर सेनापति आज्ञा नहीं देते थे। सैनिक निराश हो हाथ मल रहे थे। सरदार भीतर ही भीतर सुलतान को नष्ट करने का सरंजाम कर रहे थे। उसका प्रधान सलाहकार दीवान मीर सादिक उसे क्षण-क्षण में गुमराह कर रहा था। यहाँ तक कि किले की दीवारों के भंग होने तक की खबर उसे नहीं दी गयी। पुर्निया और कमरुद्दीन ने उसके चारों ओर नमकहराम मुखबिर और सलाहकार पैदा कर रखे थे। अन्त में उसे इन नमकहरामों के विश्वासघात का पता लग गया। उसने अपने हाथ से विश्वासघातियों की सूची बनायी और उसे मीर मुईनुद्दीन के हाथ में देकर कहा कि आज ही रात में इन नमकहरामों को कत्ल कर देना। परन्तु दुर्भाग्य की बात देखिए कि जब मुईनुद्दीन उस सूची को खोलकर पढ़ रहा था, तो महल के एक फर्राश ने उसके पीछे से मीर सादिक का नाम सबसे ऊपर पढ़ लिया और उसे खबर भी दे दी—जिससे वे सब सावधान हो गये।

:: 4 ::

सुलतान स्वयं युद्ध के लिए सन्नद्ध हो गया। ज्योतिषियों ने कहा, "आज का दिन दोपहर में सात घड़ी बाद तक आपके लिए शुभ नहीं है।" उसने इनकी सलाह से स्नान कर हवन-जाप किया। दो हाथी—जिनपर काली झूलें पड़ी थीं और उनके चारों कोनों में सोना, चाँदी, मोती और जवाहरात बंधे थे—एक ब्राह्मण को दान दिये। उसने और भी खैरात दी। वह भोजन करने बैठा था कि तभी उसे सूचना मिली कि विश्वासघातियों ने सुलतान के विश्वासी अनुचर सैयद गफ्फार को, जो इस समय किले का प्रधान रक्षक था, कत्ल कर डाला है। उसके लिए कौर हराम हो गया। वह दस्तरखान छोड़ उठ खड़ा हुआ। सैयद गफ्फार किले का प्रधान रक्षक था। उसका स्थान स्वयं लेने के लिए वह खास-खास सरदारों सहित पीछे की ओर से किले में घुस गया।

परन्तु विश्वासघातियों ने सैयद गफ्फार को कत्ल करते ही दीवार पर चढ़ सफेद रूमाल दिखाकर अंग्रेज़ी सेना को इशारा कर दिया था और वह टीपू के पहुँचने के पहले ही टूटी दीवारों की राह रंगपट्टनम के किले में घुस आयी थी।

दीवान मीर सादिक ने जब सुना कि सुलतान खुद किले में सेना एकत्र कर रहा है तो उसने किले के फाटक बन्द करवा दिये। इससे सुलतान के बाहर आने के सब रास्ते बन्द हो गये। वह पहरेदारों को दरवाज़ा न खोलने की हिदायतें दे ही रहा था कि एक वीर सिपाही ने ललकारकर कहा, "कमबख्त, मलऊन, ख़ुदातर्स, सुलतान को दुश्मनों के हवाले करके तू जान बचाकर भागना चाहता है? ले अपनी सजा!" उसने उसी दम उसके टुकड़े-टुकड़े कर डाले।

परन्तु सुलतान के लिए अब कुछ न रह गया था। किला शत्रु के हाथों चला गया था। उसने मुट्ठी-भर सिपाही इकट्ठे किये और शत्रुओं पर टूट पड़ा—जो टूटी हुई दीवारों से टिड्डी दल की भाँति किले में धंसे चले आ रहे थे। उसने चिल्लाकर कहा—

"बहादुरो, हर एक को सिर्फ एक बार ही मरना है।"

उसने गोलियाँ चलानी शुरू की। कई अंग्रेज़ी अफसर मरकर गिर गये। अन्त में एक गोली उसकी छाती में बायीं तरफ आकर लगी। पर उसने न बन्दूक छोड़ी, न पीछे मुड़ा। इतने में एक और गोली उसकी छाती में दाहिनी ओर पार हो गयी। उसका घोड़ा भी मरकर गिर गया। उसकी पगड़ी धरती पर गिर गयी। दुश्मन

उसके नज़दीक आ गये। वह घिर गया। अन्त में पैदल, जख्मी सुलतान नंगे सिर बन्दूक फेंक तलवार घुमाने लगा। उसकी छाती से खून की फुहारें निकल रही थीं।

यह देख उसके कुछ सेवकों ने उसे पालकी में बैठा दिया और पालकी एक मेहराब के नीचे रख दी गयी। उसे सलाह दी गयी कि अब आप अपने को अंग्रेज़ों की दया पर छोड़ दीजिए। पर उसने न माना। इतने में कुछ अंग्रेज़ सिपाही पालकी के पास आ गये। एक ने खींचकर उसकी कमर से जड़ाऊ पेटी उतारनी चाही। अभी भी उसके हाथ में तलवार थी। उसने एक ही वार में उसका घुटना उड़ा दिया। इतने में एक गोली उसकी कनपटी में आ लगी और क्षण-भर में उस वीर नर की खोपड़ी चूर-चूर हो गयी। अब भी उसके दाहिने हाथ का पंजा तलवार के कब्जे पर कसा हुआ था।

बल्लू चम्पावत

नागौर के महावीर राव अमरसिंह राठौर एक अनोखी-अटपटी तबीयत के सरदार थे। अपनी वीरता के कारण आसपास के प्रदेश में वे काफी विख्यात हो गये थे। परन्तु उनके उद्दण्ड स्वभाव से उनके पिता महाराज गजसिंह उनसे बहुत खीझ गये थे और पिता-पुत्र में मनमुटाव हो गया था। पिता-पुत्र का यह मनमुटाव बादशाह शाहजहाँ तक पहुँच चुका था। अमरसिंह जी यद्यपि महाराज गजसिंह के ज्येष्ठ पुत्र थे इसलिए वही राज्य के उत्तराधिकारी थे। परन्तु अपने मन के असन्तोष के कारण महाराज गजसिंह ने उन्हें राज्य न देकर अपने छोटे कुंवर जसवन्तसिंह को उत्तराधिकारी बनाने का संकल्प कर लिया था। और आगरे जाकर बादशाह शाहजहाँ के रूबरू यह बात तय कर ली थी। और इसीसे बादशाह ने अमरसिंह को राव की उपाधि और नागौर का परगना दे दिया था। तब से अमरसिंह जी अपने सरदारों सहित नागौर में ही रहते थे। उनके सरदार भी उन्हींके जैसे वीर, बांके और टेढ़ी तबीयत के आदमी थे। अमरसिंह को मेढ़े पालने का बड़ा शौक था। उन्होंने ऐसा नियम बना लिया था कि जब उनके मेढ़े जंगल में चरने जाते तो एक ताजीमी सरदार बारी-बारी से उनके साथ उनकी रक्षा के लिए जाता था।

बल्लूजी राव के एक ताजीमी सरदार थे। वे बड़े बांके, वीर और तलवार के धनी थे। एक बार जब इनकी बारी मेढ़े चराने की आयी तो इन्होंने साफ इन्कार कर दिया और कहा, ''हमारा काम मेढ़े चराने का नहीं है।'' राव अमरसिंह ने जब यह सुना तो उन्होंने क्रोध करके कहा, ''ठीक है, बल्लूजी मेढ़े क्यों चरायेंगे, वे तो शाही फौज से मोरचा लेंगे।''

बल्लूजी ने जब यह व्यंग्य सुना तो तुरन्त जागीर छोड़कर वहाँ से चल दिये और चलते समय कह गये कि आप हमारे स्वामी हैं, आपके लिए जब कभी शाही फौज से मोरचा लेना पड़ेगा तभी चाकरी चुकाऊँगा। कुछ दिन वह बीकानेर रहे और कुछ दिन उदयपुर रहे, बाद में आगरे आकर बादशाह की नौकरी कर ली। बादशाह ने उनकी वीरता की बहुत तारीफ सुन रखी थी। उन्होंने उन्हें शाही फौज में एक अच्छी प्रतिष्ठा का पद दिया। वहाँ वह आराम से रहने लगे।

:: 2 ::

कुछ दिनों बाद पिता से बहुत खटपट हो जाने से अमरसिंह ने भी आगरे आकर बादशाह की नौकरी कर ली। बादशाह ने अमरसिंह को बड़े आदर और प्रेम से अपने दरबार में जगह दी, सेना में अच्छा पद दिया और नौमहले का भव्य भवन रहने को दिया। कुछ दिन तो अमरसिंह आगरे में बड़े सुख से रहे, बाद में एक ऐसा उपद्रव खड़ा हो गया कि जिसमें उनकी जान गयी और उनका सारा वैभव भी नष्ट हो गया। परन्तु उनका और बल्लूजी का नाम हमेशा के लिए अमर हो गया।

हुआ यह कि नागौर में जहाँ इनके राज्य की सीमा बीकानेर के राज्य से मिलती थी, वहाँ पर दैवयोग से नागौर राज्य की ज़मीन के खेत में एक तरबूज की बेल उगी, पर फल जाकर लगा दूसरे खेत में, जो बीकानेर राज्य की सीमा में था। उस तरबूज के ऊपर दोनों खेतवालों में झगड़ा हो गया। बीकानेर वाले कहते थे कि हमारे खेत में लगा है, इसलिए फल हमारा है और नागौर वाले कहते थे कि बेल हमारे खेत की है, इसलिए फल हमारा है। बस, बात ही बात में रार बढ़ गयी और तलवारें चल गयीं। दोनों ओर के दस-बीस आदमी कट मरे। लेकिन बीकानेर वाले ज़्यादा थे; जीत उनकी हुई और वह फल तोड़कर ले गये। यह खबर बहुत चढ़ा-बढ़ाकर आगरे भेजी गयी, इसे सुनकर अमरसिंह क्रोध से जल उठे। उनमें भला यह ताब कहाँ? झट आगरे से तरबूज लाने के लिए फौज भेज दी। जब बीकानेर महाराज ने मामला बहुत बढ़ता हुआ देखा, तो उन्होंने आगरे अपने मित्र मीर सलावत खाँ को सब हाल लिखकर अनुरोध किया कि वह किसी तरह बादशाह सलामत से कह-सुनकर ऐसा बन्दोबस्त करा दें कि बखेड़ा आगे न बढ़ने पाए। सलावत खाँ आगरा दरबार में अच्छे पद पर था। उसने अवसर पाकर बादशाह को बीकानेर दरबार के पक्ष में कर लिया।

बादशाह ने यह हुक्म दिया कि एक काजी घटना-स्थल पर भेज दिया जाये,

जो दोनों पक्षों की बातें सुनकर उचित न्याय-निपटारा कर दे। वह जो कुछ फैसला करे, दोनों पक्ष उसे स्वीकार कर लें और साथ ही यह हुक्म दिया कि राव अमरसिंह ने जो सेना भेजी है, वह तुरन्त ही वापस लौटा दी जाये।

परन्तु अमरसिंह ने बादशाह के इस हुक्म की अवज्ञा की और जब मीर सलावत खाँ शाही फरमान लेकर अमरसिंह के पास आया तो अमरसिंह ने बड़ी उद्दण्डता से जवाब दिया कि यह हमारा खानगी मामला है, इसमें बादशाह सलामत को दखल देने का कोई अधिकार नहीं है। मीर सलावत खाँ ने खूब नमक-मिर्च लगाकर बादशाह से कहा—जिससे बादशाह ने नाराज़ होकर 5 लाख रुपया अमरसिंह पर जुर्माना कर दिया।

दूसरे दिन जब अमरसिंह शाही दरबार में गये तो मीर सलावत खाँ ने उसने भरे दरबार में जुर्माना तलब किया। बादशाह का रुख बदला हुआ था ही। भला अमरसिंह जैसे दबंग सरदार यह अपमान कहाँ सहन कर सकते थे! बातचीत में दरबार का अदब भंग हो गया, सलावत खाँ ने अमरसिंह को गंवार कहा। अमरसिंह ने भी तत्काल कटार निकालकर सलावत खाँ के कलेजे में भोंक दी। उन्होंने बादशाह पर भी वार करना चाहा, लेकिन बादशाह दरबार से भाग खड़ा हुआ। चारों तरफ से दरबारी लोग तलवारें ले-लेकर अमरसिंह पर टूट पड़े, परन्तु महावीर अमरसिंह अपनी उसी कटार के बल पर शाही हुल्लड़ को चीर-फाड़कर बाहर मैदान में निकल आये, जहाँ उनका प्यारा घोड़ा खड़ा था। वे उछलकर अपने घोड़े पर सवार हो गये और बाहर जाने की चेष्टा करने लगे, परन्तु किलेदार ने किले के द्वार बन्द कर दिये और सेना ने चारों ओर से अमरसिंह को घेर लिया। अमरसिंह ने और हिम्मत की और वे घोड़े को एड़ देकर किले की बुर्जी पर चढ़ गये। वहाँ से उन्होंने विस्तृत मैदान की ओर दृष्टि फैलायी और पीछे तूफानी सेना को देखा—घोड़े को थपकी दी और कहा—"रख ले बेटा, राजपूती शान को!" फिर जो घोड़े को एड़ दी तो वह तीन फसीलों को फलांगकर मैदान में आ टूटा। घोड़ा तो वहीं ठौर रहा और अमरसिंह उठकर भाग गये और सही-सलामत अपने नौमहले में आकर आने वाली विपत्ति का सामना करने में जुट गये। उनके जितने वीर वहाँ थे, सबने तलवारें कस लीं और सब मरने-मारने को तैयार हो गये। उधर स्त्रियों ने आवश्यकता पड़ने पर घी-तेल आदि भन्डार में एकत्र कर जौहर करने का सरंजाम कर लिया। इधर यह हो ही रहा था शाही सेना ने आकर नौमहला घेर लिया और अमरसिंह को गिरफ्तार करने की माँग की।

:: 3 ::

तलवार खटकने वाली ही थी कि अर्जुन गौड़—जो अमरसिंह का साला था—बादशाह से यह प्रण करके आया कि मैं अमरसिंह को मरा-जीता जैसा बनेगा—दरबार में ला हाजिर करूँगा। उसने विश्वासघात करने का इरादा कर लिया था, इसलिए उसने नौमहले में आकर अपनी बहन—अमरसिंह की रानी को समझाया कि रावजी को दरबार में भेज दो। मैं बादशाह से सुलह करा दूँगा। बादशाह से आगरे में रार ठानने में खैरियत नहीं है! उसने बहुत-सी कसमें खायीं और धर्म की दुहाई दी और अन्त में राव अमरसिंह उसपर विश्वास कर निहत्थे किले की ओर चल दिये। वे धड़कते कलेजे से घोड़े पर सवार हुए और रानी ने खून के आँसू भरकर उन्हें विदा किया।

परन्तु अर्जुन गौड़ ने तो विश्वासघात करने की ठान ही ली थी। वह उन्हें लल्लो-चप्पो करके किले की पौर तक ले आया। रावजी ज्यों ही खिड़की में सिर निकालकर भीतर जाने लगे, उसने पीछे से तलवार का करारा वार उनकी गर्दन पर किया और एक ही वार में राव अमरसिंह का सिर भुट्टा-सा ज़मीन पर लोटने लगा। अर्जुन गौड़ ने लपककर सिर उठा लिया और जाकर बादशाह की सेवा में पेश किया। उसे आशा थी कि बादशाह उसकी इस सेवा से प्रसन्न होकर उसे अमरसिंह की जागीर बख्श देंगे। उसने अपनी वीरता की डींग बहुत बढ़-चढ़कर काल्पनिक तौर पर मारी थी पर सत्य प्रकट हो गया और बादशाह ने क्रोध में आकर उस विश्वासघाती अर्जुन गौड़ को धरती में ज़िन्दा गड़वाकर कुत्तों से नुचवा डालने की आज्ञा दे दी, साथ ही अमरसिंह की लाश को अवज्ञा के तौर पर बुर्ज पर डाल देने का हुक्म दे दिया।

:: 4 ::

नौमहले में जब यह दारुण समाचार पहुँचा तो हाहाकार मच गया। जो थोड़े-बहुत राजपूत वहाँ थे—वे रावजी के भतीजे रामसिंह की अध्यक्षता में संगठित होकर रावजी की लाश को बुर्ज से लाने को तैयार हुए। परन्तु यह कुछ साधारण बात न थी। असंख्य शाही सेना से घिरे किले से लाश ले आना सहज काम न था। पर लाश लाकर रानी को सती कराना आवश्यक था। यह काम मुट्ठी-भर इन राजपूतों के योग्य न था।

अन्त में रानी को बल्लूजी का स्मरण हुआ। उन्होंने चलती बार जो वचन दिया था—उसकी याद दिलाकर रानी ने उसके पास खबर भेजी कि आप क्षत्रिय हैं तो अपने स्वामी की लाश लाकर हमें सती कराइए!

बल्लूजी उस समय एक घोड़े की परीक्षा कर रहे थे। यह घोड़ा उसी समय उदयपुर दरबार ने उनके पास भेंट-स्वरूप भेजा था। यह एक असाधारण जानवर था, जिसपर सवारी लेने योग्य कोई वीर उदयपुर में न था। महाराणा ने लिखा था—जैसे राजपूतों में बल्लूजी दुर्द्धर्ष हैं वैसे ही घोड़ों में यह घोड़ा दुर्द्धर्ष है, इसीलिए आपके पास भेजा है।

बल्लूजी ने ज्यों ही रानी का सन्देश सुना, वे तुरंत नंगी पीठ उसी घोड़े पर सवार हो गये। उन्होंने दो तलवारें बाँधीं। साथ में अपने अनुचरों को लिया और जो लोग उदयपुर से घोड़ा लाये थे, उनसे कहा, ''महाराणा जी की कृपा का बदला चुकाने का अब समय है। उन्हें हमारा जुहार कहना और कहना—घोड़ा जैसा दुर्द्धर्ष है वैसे ही दुर्द्धर्ष कार्य में जा रहा है!'' उन्होंने एड़ लगायी, असील घोड़ा हवा में उड़ चला। क्षण-भर में बल्लूजी किले की पौर पर थे। हज़ारों तलवारें-बर्छियाँ और तीर बरस रहे थे, परन्तु वे बढ़ते गये। लाशों के तूमार लगा दिये और बुर्ज पर जाकर लाश को उठा लिया और घोड़े पर रखा। क्षण-क्षण पर उनके साथी राजपूत एक-एक करके कम हो रहे थे। बल्लूजी के शरीर से भी खून की धारें बह रही थीं। शस्त्रों से उनका शरीर छलनी हो रहा था। उनके घोड़े की भी वही हालत थी, परन्तु अभी स्वामी की लाश निरापद नहीं थी। वे बढ़-बढ़कर हाथ मार रहे थे। वे कराल काल की भाँति रणांगण में देदीप्यमान हो रहे थे।

अन्त में उन्होंने लाश को रामसिंह को सुपुर्द करके कहा, ''इसे नौमहले ले जाकर रानी को दे दो! जब रानी चिता में बैठ जाए और चिता में आग दे दी जाए, तो तोप चला देना—तब मैं समझूँगा कि कर्तव्य-मुक्त हुआ!''

रामसिंह अपने वीरों को गांसकर लाश ले नौमहले की ओर बढ़ा। उसकी और उसके वीरों की तलवारें करामात दिखा रही थीं। रास्ते में रुण्ड-मुण्ड लुढ़क रहे थे। उधर बल्लूजी पर्वत के समान मार्ग में अड़े थे—उनकी प्रतिज्ञा थी कि जब तक नौमहले से तोप का शब्द न हो जाएगा—वे मरेंगे नहीं, गिरेंगे भी नहीं! उनके चारों ओर लाशें ही लाशें थीं।

अन्त में सब कार्य सम्पन्न हो गये। लाश नौमहले पहुँच गयी। चिता में आग दे दी गयी। बाहर तलवारें झनझना रही थीं, भीतर से लाल लौ उठी और नौमहला धांय-धांय जलने लगा। तोप का शब्द हुआ। बल्लूजी की मुट्ठी ढीली हुई और तलवार छूट गयी। फिर वे नक्षत्र की भाँति घोड़े से गिरे और फिर घोड़ा भी वहीं अमर हुआ।

दही की हांडी

सन् 1978 का ग्रीष्म समाप्त हो रहा था। सन्दुर प्रभात में सूर्य धीरे-धीरे ऊपर चढ़ रहा था। आकाश में जहाँ-तहाँ बदली दीख पड़ती थी। मारवाड़ के प्रतापी योद्धा जसवन्तसिंह का देहान्त हो चुका था और उनके वीर पुत्र अजीतसिंह जालौर में पड़े समय की प्रतीक्षा कर रहे थे। औरंगजेब का सूबेदार नाजिम कुली जोधपुर का गवर्नर था। मारवाड़ की निरीह प्रजा जसवन्तसिंह को खोकर जैसे-तैसे मुगलों के अत्याचार सहन कर रही थी। वृद्ध और मानवीयता का शत्रु औरंगजेब कब मृत्युशय्या पर गिरे, महाराज अजीतसिंह और दुर्गादास को कब अभिसन्धि प्राप्त हो, जोधपुर का कब उद्धार हो—लक्षाधिक मारवाड़ी प्रजा इसी प्रतीक्षा में थी।

सोजत गाँव से बाहर मुगल सेना पड़ाव डाले पड़ी थी। यह सिवान के किले की कुमुक लेकर जा रही थी जिसका रक्षक मुरदिल खाँ मेवाती था—और जिसे दो मास से राठौरों ने घेर रखा था।

दो सिपाही धीरे-धीरे झूमते-झामते गाँव में घुस रहे थे। उनके साथ एक खच्चर था। उसपर खाद्य-सामग्री लदी थी। जिस-जिस की उन्हें आवश्यकता होती थी, उसीको वे गाँव में जहाँ देखते, बिना संकोच उठाकर खच्चर पर डाल देते थे। दोनों अपनी भयानक आँखों से गाँव के आबाल-वृद्ध को घूरते हुए, घनी-काली दाढ़ी पर हाथ फेरते, कमर की तलवार को अनावश्यक रीति से हिलाते हुए घूम रहे थे। बच्चे और स्त्रियाँ भयभीत होकर घर में भाग रही थीं। वृद्ध पुरुष उन्हें देखते ही गर्दन नीची कर लेते थे। युवक चुपचाप दाँत भींचते और ठण्डी सांस भरते थे; पर गाँव में एक भी माई का लाल न था जो उनकी लूटपाट और अत्याचार का विरोध करता।

:: 2 ::

देखते-देखते सूरज सिर पर चढ़ आया। दोनों के शरीर पसीने से भीग गये। एक ने कहा, ''उफ, गजब की गर्मी है! जल्दी करो, फिर, आग बरसने लगेगी। इस कम्बखत मुल्क में पानी भी तो नहीं बरसता!''

दूसरे ने कहा, ''ठीक कहते हो, मगर दही? अभी तो दही लेना है।''

एक वृद्ध पुरुष नंगे बदन अपने घर के द्वार पर चारपाई पर बैठा 8-9 वर्ष के एक सुन्दर बालक से बातें कर रहा था। दोनों यम-सदृश व्यक्तियों को अपनी ही ओर आते देख बच्चा भय से वृद्ध की छाती में चिपक गया। उसने कम्पित स्वर में कहा, ''बाबा! वे तुर्क आ रहे हैं।''

''कुछ भय नहीं है बेटा, तुम भीतर जाओ!'' इतना कहकर वृद्ध ने बालक को भीतर भेज दिया और स्वयं आगे बढ़कर उनसे पूछने लगा—

''आप लोग किसे ढूँढ़ रहे हैं?''

''दही चाहिए बुड्ढे। दही घर में है?''

''मेरे यहाँ दही नहीं होता, मैं पूछकर देखता हूँ।''

''हम लोग खुद देख लेंगे!'' यह कहकर दोनों उद्दण्ड सिपाही ठाकुर के घर में घुसने लगे।

वृद्ध ने बाधा देकर कहा—

''यह नहीं हो सकता! वहाँ स्त्रियाँ हैं, मर्द कोई घर पर नहीं है। तुम लोग बाहर ही ठहरो!''

बिना उत्तर दिये ही एक सिपाही ने ज़ोर से बूढ़े के मुँह पर घूंसा मारा—वृद्ध धराशायी हुआ। दोनों सिपाही भीतर घुस गये और क्षण-भर में दही की भरी हुई हांडी उठाकर अपने रास्ते लगे। ग्रामवासी चित्रलिखित-से देखते रह गये।

:: 3 ::

भैंसों के लिए चारे का बोझ सिर पर लादे ठाकुर ने धीरे-धीरे गली में प्रवेश किया। गली के छोर पर मूक-मौन ग्रामवासी उसकी ओर ताकने लगे। ठाकुर ने बोझा आंगन में फेंकते हुए कहा, ''हुआ क्या है, सब लोग बाहर क्यों हैं?''

''वे तुर्क जबर्दस्ती दही की हांडी उठा ले गये हैं।''

''जबर्दस्ती?''

ठाकुर ने होंठ चबाये और खूंटी से तलवार उठाकर सूंत ली। ठकुरानी ने कहा—

"सोच-समझकर काम करो। वे बादशाह के सिपाही हैं, गाँव में हमारे साथ कौन है?"

"क्या यह तलवार काफी नहीं है?" ठाकुर ने लाल-लाल आँखों से ठकुरानी को घूरकर कहा, "मुझसे माँगकर वे दही ले जा सकते थे! मैं क्या मना कर देता? पर जबर्दस्ती नहीं!"

ठाकुर ने पैर बढ़ाये। ठकुरानी ने पैर पकड़कर कहा, "इस बालक की ओर तो देखो!"

ठाकुर ने उलटकर क्षण-भर अपने 8 वर्षीय पुत्र को देखा—उसके नथुने फूल उठे। वह मुट्ठी में तलवार की मूठ पकड़े घर से बाहर हुआ। गाँव-भर देख रहा था

दोनों सिपाही दो ही खेत जा पाये थे कि ठाकुर ने दोनों को धर दबाया। क्षण-भर ही में एक को ठाकुर ने टुकड़े-टुकड़े कर दिया और दूसरा घायल होकर भाग गया।

गाँव वालों ने देखा—बायें हाथ में दही की हांडी लटकाये और दाहिने हाथ में खून की तलवार लिये ठाकुर धीर गति से गाँव में लौट रहा है। किसी को कुछ कहने का साहस नहीं हुआ। ठाकुर ने आँख उठाकर किसीकी ओर देखा भी नहीं। वह चुपचाप घर में घुस गया। दही की हांडी उसने आँगन में रख दी। चादर कमर से खोलकर सहन में बिछा दी, ठकुरानी से कहा, "जो नकदी और जर-जेवर हैं, ले आओ!"

घर की जमा-पूँजी चादर पर आ पड़ी। ठाकुर ने चादर समेटी। पुत्र का हाथ पकड़ा और घर के बाहर आया।

वह धीरे-धीरे पड़ोसी ब्राह्मण के पास पहुँचा। जर-माल उसे देकर कहा, "यह बालक आपके अधीन है, इसे आप पालिएगा!" ब्राह्मण ने आँखों में आँसू भरकर बालक का हाथ पकड़ लिया। ठाकुर ने पालागन की और वह फिर अपने घर में घुस गया। उसकी आँखों में आँसू न थे—आग थी! हाथ में थी वही नंगी तलवार। उसने ठकुरानी को पुकारा, "ठकुरानी!"

ठकुरानी सामने आकर चुपचाप पति के सामने खड़ी हो गयी।

ठाकुर ने कहा, "बैठ जाओ!"

वह बैठ गयी।

"डरती हो ठकुरानी?"

"नहीं स्वामी!"

"तो चलो तुम पहले, मैं कुछ ठहरकर आता हूँ।" तलवार हवा में घूमी। ठकुरानी का सिर धरती पर लोट रहा था।

एक-एक करके पाँचों स्त्रियों के सिर काटकर ठाकुर ने छप्पर में आग लगा दी। बैसाख का सूखा फूस भभककर जल उठा। धुआँ आकाश में छा गया।

उसके कानों ने सुना—सेना आ रही है। बाजे की अस्पष्ट ध्वनि कान में पड़ते ही वह बाहर आकर बैठ गया।

गाँव-भर नंगी तलवारें ले उसके कन्धे से कन्धा भिड़ाये खड़ा था। देखते ही देखते दल—बादल की भाँति शाही सेना ने गाँव पर हल्ला बोल दिया। मुण्ड पर मुण्ड गिरने लगे। रक्त की नदी बह गयी। गली लाशों से पट गयी। सारे गाँव को उजाड़-जलाकर, खाक करके शाही सेना रक्त की निशानी पीछे छोड़ती हुई चली गयी। गाँव में एक भी जीवित मर्द न बचा था।

आत्मदान

बारहवीं सदी की बात है। उस समय उत्तर भारत में दो बड़े प्रसिद्ध राजा थे। एक दिल्लीपति पृथ्वीराज और दूसरे कन्नोजाधिपति महाराज जयचन्द। पृथ्वीराज छोटे-से राजा थे, पर महावीर थे। कन्नोजाधिपति बड़े भारी राजा थे। उन दिनों बात-बात में राजा आपस में लड़ा करते थे। लड़कर कट मरना वे अपनी शान समझते थे। उन दिनों वीरता का ही बोलबाला था।

बुन्देलों के परमार राजा महाराजा जयचन्द के मण्डलीक राजा थे। उनके योद्धा आल्हा-ऊदल बड़े बाँके वीर थे। वे महोबा के रहने वाले थे। उनकी वीरता की बड़ी धाक थी। एक बार वे दिल्ली आकर जबर्दस्ती, पृथ्वीराज की बहन बेला को ब्याह ले गये थे—तभी से पृथ्वीराज उनपर खार खाते थे।

दिल्लीपति पृथ्वीराज की बहन बेला को महोबे के सामन्त आल्हा ने अपने भतीजे के लिए माँगने का साहस किया। चौहान की कन्या और तुच्छ शत्रु सामन्त? प्रस्ताव तिरस्कृत कर दिया गया। परन्तु आल्हा नियत काल में बारात लेकर आ धमके। प्रत्येक बाराती लोहे के बख्तर से सजा था। प्रत्येक की रान के नीचे बिजली की तरह तड़पता हुआ घोड़ा था। प्रत्येक की दृष्टि में प्रलय की आग थी। 18 वर्ष का दूल्हा ब्रह्मानन्द दूल्हे को सजाने योग्य चमकीले वस्त्रों के स्थान पर सिर से पैर तक शस्त्रों से सज्जित था। उसके दाहिनी ओर अखण्ड योद्धा आल्हा, बायीं ओर प्रचण्ड-अजेय शक्तिपुञ्ज ऊदल और आगे मृत्युञ्जय मलखान थे। दिल्ली के फाटक पर छावनी पड़ गयी। रूपा नाई को बुलाकर कहा गया, ‘‘जाओ, समधी

से बारात की अगवानी करने को कह आओ।"

रूपा नाई उस बारात का उपयुक्त नाई था। बारात के सामन्तों में कोई ही योद्धा उसकी बराबरी का होगा। रूपा उड़ा, मय घोड़े के दरबार में घुस गया। पृथ्वीराज को उसकी यह धृष्टता सहन नहीं हुई। सन्देश सुनकर तो वे जल उठे। संकेत के साथ योद्धागण दोनों हाथों में तलवार लेकर नेग भुगताने लगे। चारों ओर मुण्ड ही मुण्ड थे। एक महासामन्त का सिर काटकर रूपा यह कहकर तीर की तरह लौटा कि नेग चुकाकर इस सिर को दक्षिणा में ले जा रहा हूँ। अब फेरों के लिए तैयार रहना।

बारात बलपूर्वक नगर में घुस पड़ी। पग-पग पर लोहा था, मगर लोहे से लोहा भिड़ रहा था। वीरों की अजेय बारात काई की तरह योद्धाओं को चीरती हुई महलों में जा घुसी। 52 महासामन्त नंगी तलवारें ऊँची करके मण्डप बनाकर खड़े हो गये। कन्या हर ली गयी—पुरोहित मन्त्र पढ़ने लगे। विवाह हो गया। रक्त-फाग तो चारों तरफ चल ही रहा था। वधू का डोला लेकर बारात चल खड़ी हुई। नगर के फाटक पर ब्रह्मानन्द की छाती में तीर लगा और वह मर गया। बारात स्तब्ध थी।

बेला ने सुना। वह डोली के बहुमूल्य सुनहरी पर्दे को चीरकर बाहर आयी। उसने ललकारकर कहा, "इस बारात में कोई वीर है?"

यह अनोखी ललकार थी। ऊदल आगे बढ़े—शोक से उनकी छाती भर रही थी। उन्होंने तलवार की नोक धरती पर गाड़कर कहा, "बेटी! क्या आज्ञा है?"

"सती होने की। क्या उसका प्रबन्ध कर सकते हैं?"

"क्या प्रबन्ध करना होगा?"

"100 मन सूखा चन्दन चाहिए।"

"कहाँ मिलेगा?"

"मेरे पिता की बारहदरी में चन्दन के खम्भे हैं, वे उखाड़ लाने होंगे।"

"सती की जय!" कहकर ऊदल ने तलवार आकाश में घुमायी। बारात अन्तिम नेग लेने नगर में घुसी। भयानक घमासान और लहू की नदी के बीच में खम्भे उखाड़कर लाये गये और बेला सती हुई।

अवसर पाकर महाराज पृथ्वीराज ने महोबा पर धावा बोल दिया। बड़े-बड़े सूर-सामन्त रणमद में मत्त हो दो-दो तलवारें बाँधे बलिष्ठ घोड़ों पर शस्त्र-सज्जित जमकर बैठ गये। पृथ्वीराज खुरासान देश के एक कीमती सफेद घोड़े पर बैठे। यह घोड़ा राजा को बहुत प्यारा था। इसका नाम शृंगारपाद था। उसकी पूंछ चौर के गुच्छे की भाँति थी। उसके चलने से धरती धमकती और सुमों की चोट से बिजली की चमक पैदा होती थी।

पृथ्वीराज की सेना ज्यों ही महोबा की हद में पहुँची—झट महोबा वाले भी तलवारें सूंत-सूंतकर चढ़ दौड़े। शूरों पर रणोन्माद चढ़ गया। पृथ्वीराज की सेना के सेनापति कान्ह अग्रभाग में, बलभद्रराय पीछे, पृथ्वीराज बीच में और वीरवर संयमराय दाहिने तथा निड्डुरराय बायें थे। यह सेना रास्ते के गाँवों को जलाती, लूटती, फसल को कुचलती, जमींदारों को बाँधकर मारती-काटती। चली जा रही थी। प्रजा पर ऐसे अत्याचार सुन महोबे वालों का खून खौलने लगा। आल्हा-ऊदल विषैले साँप की भाँति फुफकार मारकर उठे और वीरों का साज सजा प्रजा को अभय-दान देते रणक्षेत्र में आ जूझे।

उधर से चौहान सेना मोर्चा दबाती चली ही आती थी। जब चौहान सेना बिलकुल बगमेल में आ गयी तो झट महोबे वालों ने निशाना उठाया। यह देख कान्ह ने सेना का व्यूह बाँध, लोहा लेने की आज्ञा दे दी। दोनों दल भिड़ गये।

ऊदल ने नंगी तलवार ऊँची कर पुकारकर कहा, "अरे वीरो, इन लुटेरे चौहानों को अभी-अभी टुकड़े-टुकड़े कर डालो।"

बस, फिर क्या था—नाचते हुए मोर की भाँति चारों ओर से चौहानों को घेर लिया गया। गहरी मार छिड़ी। जवान बढ़-बढ़कर हाथ मारते थे। सिर भुट्टे की तरह कट-कटकर गिरते थे। जिस हाथी पर गुर्ज का हाथ बैठता—पहाड़ी झरने की भाँति खून की धारा बह निकलती। मारा-मारी होते-होते दोनों सेनाएँ गुँथ गयीं। पृथ्वीराज अपने भारी धनुष से आठ-आठ टंक के बाण फेंक रहे थे। वे हाथी के बदन के आर-पार जाकर दूसरे को हनन करते थे। दोनों ओर की सेनाएँ 'हर-हर, जय-जय' कर चीत्कार कर रही थीं। रणवाद्यों से कान बहरे हो रहे थे। बिना सूंड के हाथी दौड़ते-चिंघाड़ते भयानक प्रतीत होते थे, कटार के पार होते ही वीरों की आँतें और कलेजे निकल आते थे। कभी बिछुआ, कभी कटार, बांक, बणूदा, बरगुदा आदि गिरकर जब खड़खड़ाहट पैदा करते थे तो कायरों का कलेजा काँप जाता था। खोपड़ी पर गुर्ज के गिरने का भयानक शब्द आतंक पैदा करता

था। गुर्ज पड़ते ही खोपड़ी खिल जाती और भेजा निकल पड़ता था। कटे हुए सिर धरती पर फड़क रहे थे। कोई हुँकारता, कोई ललकारता, कोई हाहाकार करता, कोई पानी-पानी पुकारता था। पर कोई वीर हटता न था। वीर हवा में तलवार घुमाते इधर से उधर फिर रहे थे।

खूब लोहा बजा। अन्त में महोबे वालों ने चौहानों की सेना के धुर्रे बिखेर दिये। महाराज पृथ्वीराज घायल और बेहोश होकर धरती पर गिर पड़े। उनकी रक्षा करने में वीर सामन्त संयमराय जी ने शरीर पर 80 घाव खाये।

दोनों वीर लाशों के ढेर पर पास-पास पड़े थे। उठने की शक्ति न थी। लड़ाई समाप्त हो चुकी थी। सूर्य की तेज़ धूप चमचमा रही थी। घायलों के सड़ने की दुर्गन्ध के मारे नाक नहीं दी जाती थी। गिद्ध और चील मुर्दों की आँतें ले-लेकर उड़ रहे थे। दूसरी चीलें झपट्टा मारकर उन्हें छीनने का यत्न कर रही थीं।

एक भयानक गिद्ध महाराज पृथ्वीराज के माथे पर आ बैठा और उनकी आँखें निकालने की चेष्टा करने लगा। इसी समय संयमराय को होश आ गया। उन्होंने देखा कि स्वामी की आँखें यह भयानक पक्षी निकाल रहा है, तो उनका चित्त छटपटा उठा। वे हिल-डुल नहीं सकते थे, जाँघ की हड्डी टूट चुकी थी। उन्होंने बड़े कष्ट से अपनी कटार निकाली और उससे अपना माँस काट-काटकर गिद्ध की ओर फेंकना शुरू किया। गिद्ध उसे खाने लगा। बड़ी देर तक ऐसा ही होता रहा। इतने में महाराज को होश आ गया; यह देख संयमराय के होंठों में मुस्कान आयी और उसी-के साथ उनके वीर प्राण निकल गये।

तभी से उनके विषय में यह दोहा प्रसिद्ध हुआ—

गीधन को पल भख दिये नृप के नैन बचाय।
सैं देही बैकुण्ठ में, गये जु संयमराय॥

दरबार की एक रात

जोधपुर में मुगल ही मुगल दिखाई पड़ते थे। नगरनिवासी घर छोड़-छोड़कर भाग गये थे और मुगलों ने घरों पर अधिकार कर लिया था। प्रातःकाल ही से नगर में चहल-पहल थी। बड़े-बड़े सरदार घोड़ों पर चढ़े इधर-उधर दौड़-धूप कर रहे थे। नये-नये अमीर-उमराव बाहर से आये हुए थे। बाज़ारों में भीड़ लग रही थी।

यह वह समय था, जब मारवाड़ में मुसलमानों का अधिकार हो गया था। दिल्ली तख्त पर प्रतापी औरंगजेब का शासन था। यहाँ नया सूबेदार बदलकर आया था। उसका दरबार होने वाला था। इसमें सभी राजवर्गी पुरुषों को बुलाया गया था, परन्तु हिन्दू सरदारों को हथियार लेकर आना निषिद्ध था।

सड़कों और गलियों में स्त्रियाँ तथा पुरुष जहाँ-तहाँ भीड़ की भीड़ खड़े कानाफूसी कर और आते-जाते योद्धाओं को देख रहे थे।

मुगल पलटन की एक टुकड़ी कायदे से कवायद करती हुई किले की ओर चली गयी। किला एक ऊँची दुर्गम पहाड़ी पर स्थित मज़बूत पत्थरों का बना था और उसका फाटक अभेद्य था।

दरबार का भवन मुगलों से खचाखच भरा था परन्तु राठौर सरदार अभी नहीं आये थे। उनकी प्रतीक्षा में दरबार की कार्यवाही अभी स्थगित थी। एक सैनिक अफसर ने आकर कहा, ''सरदार लोग बड़ी देर कर रहे हैं।''

उसने पहाड़ी की तलहटी तक फैली हुई टेढ़ी-तिरछी सड़क की ओर देखा। सुनहली धूप में उसे उनके चमकते हुए चन्चल घोड़े दिखाई दिये। वे सब धीरे-धीरे बातें करते बढ़े चले आ रहे थे। उनमें से किसीके भी शरीर पर हथियार न थे।

उसने उन्हें देखकर कहा, ''लो, वे आ रहे हैं।''

उनमें कुछ उठते हुए युवक थे जिनकी अभी रेखें भीजी थीं। कुछ वृद्ध पुरुष थे, जिनकी विशाल दाढ़ियाँ हवा में फहरा रही थीं। वे बातें करते और सशंक दृष्टि से मुगलों से भरे किले को देखते हुए बढ़ रहे थे। घोड़े सुनहरी साज से सजे हुए थे और उनकी पोशाकें रंग-बिरंगी थीं।

नगर-निवासी तलहटी में सड़क के दोनों ओर खड़े उंगली उठा-उठा-कर प्रत्येक के सम्बन्ध में अपने-अपने मनोगत भाव प्रकट कर रहे थे। एक ने कहा, ''देखो, यह राव करनसिंह बघेला जा रहे; जिन्होंने रानी माँ की पीठ पर रहकर उनकी रक्षा की थी, जब वे दिल्ली के घेरे का भेदन करके चली थीं।''

दूसरे ने कहा, ''यह ठाकुर बख्तावरसिंह पंचोली हैं जिनकी तलवार पाँच हाथ की होती है। आज वे निहत्थे दुश्मनों के दरबार में जा रहे हैं।''

तीसरे ने चिल्लाकर अपनी ओर सबको आकर्षित करके कहा, ''और उधर देखो उस सफेद घोड़े पर कानौद के राव राजा प्रतापसिंह हैं, जिन्होंने उस दिन खाली हाथों नाहर को चीर डाला था। वाह, क्या बाँका जवान है! अभी तो रेखें ही भीजी हैं।''

धीरे-धीरे ये लोग आँखों से ओट हो गये। ऊपर किले तक कोई भी अपरिचित नहीं जा सकता था।

सूर्य पर एक बदली का टुकड़ा आ गया। लोग कानाफूसी करते हुए उस किले को ताक रहे थे। उन रहस्यमयी दीवारों के भीतर क्या हो रहा है, यह जानना दुस्साध्य था।

एक ने कहा, ''अभी तो और भी सरदार आवेंगे! मुकुन्ददास खीची—अरे, देखो वह आ रहे हैं! सिर से पैर तक लाल वेश है। मारवाड़-भर में ऐसा योद्धा नहीं। पर...देखो-देखो, वह बुढ़िया बेवकूफ किधर दौड़ी जा रही है? पागल!''

वह बुढ़िया तीर की भाँति पहाड़ी पर से उतर रही थी; उसके मुँह पर हवाइयाँ उड़ रही थीं। सामने ही सशस्त्र सिपाहियों के झुण्ड के साथ मुकुन्ददास खीची बढ़े चले आ रहे थे। सभी सशस्त्र थे। मुकुन्ददास स्वयं एक फौलादी बख्तर पहने और सिर से पैर तक हथियारों से लदे हुए थे।

वह मुकुन्ददास के घोड़े के आगे गिर गयी। उसके मुख से निकला ''ठाकरां, वहाँ किले पर न जाना; वहाँ खून की नदी बह रही है। दगा है, दगा! मैं आँखों देखकर आयी हूँ।''

वह काँप उठी, और दोनों हाथों से उसने आँखें बन्द कर लीं। मुकुन्ददास खीची घोड़े से कूद पड़े। उन्होंने वृद्धा को हाथ से उठाकर कहा, "बूढ़ी माँ, बात क्या है? तुम्हारा अभिप्राय क्या है? क्या किले में..."

उसने सिर उठाकर भयभीत स्वर में कहा, "महाराज, वहाँ प्रत्येक सरदार बकरे की भाँति हलाल किया जा रहा है। बेचारे वीर करनसिंह बघेला और प्रतापसिंह के सिर धरती में लुढ़क रहे हैं। वहाँ प्रत्येक माई का लाल धोखे से ज्यों ही वह घोड़े से उतरकर ड्योढ़ी पार करता है, मार डाला जाता है। वे दगाबाज, पाजी, कुत्ते तुर्क...मैंने आँखों देखा है, महाराज, आँखों देखा है।"

क्षण-भर को सन्नाटा छा गया। मुकुन्ददास का सिर नीचे झुक गया। उन्होंने भर्राई आवाज़ में कहा, "उन्होंने बघेला सरदार को मार डाला? और मेरे प्यारे वीर भतीजे को भी, जिनका कंगन अभी नहीं खुला?"

वे कूदकर घोड़े पर चढ़ गये। क्रोध से उनका मुख लाल हो गया। उन्होंने होंठ काटकर कहा, "कायरो, पापियो, हत्यारो!" उन्होंने आकाश की ओर मुँह उठाया और मुट्ठी बाँधकर कहा, "सूर्योदय से प्रथम ही धूल में न मिला दूँ, तो मेरा नाम मुकुन्ददास नहीं!"

उनके प्रत्येक सिपाही ने तलवार सूंत ली। मुकुन्ददास ने शाँत स्वर में कहा, "इसकी आवश्यकता नहीं है। ठाकरां...मेरे साथ आओ!" वे घोड़े से उतर पड़े, और अपने साथियों तथा उस स्त्री के साथ गहन वन में विलीन हो गये।

वन के अगम्य स्थल पर मुकुन्ददास ने घोड़ों को रुकवा दिया और राजपूतों को चुपचाप बैठ जाने की आज्ञा दी। फिर वह बूढ़ी औरत को एक तरफ ले गये और कहा—

"माँ, तुमने मेरे प्राण बचाये हैं, अब एक उपकार और करो। अभी तुम चुपचाप घर में बैठना। संध्या होने से पहले ही तुम नगर में यह देखना कि कौन मुगल कहाँ ठहरा है। उन मकानों पर चिह्न कर देना और संध्या होते ही मुझे इसकी सूचना देना।"

वह स्त्री चली गयी, और मुकुन्ददास गम्भीर चिन्ता में डूब गये।

संध्या बीतकर रात्रि हो चली। मुकुन्ददास विचलित भाव से उस वृद्धा की प्रतीक्षा कर रहे थे। वह धीरे से आयी और बैठ गयी। वह एकदम थक गयी थी। मुकुन्ददास ने उसकी गम्भीर मुद्रा देखकर कहा, "माता, तुम वह काम कर आयीं? उनका क्या हाल है?"

''वे वहाँ आनन्द मना रहे हैं, दावतें उड़ा रहे हैं और नाच-रंग हो रहे हैं। अभागे नगर-निवासियों से बलपूर्वक बेगारें ली जा रही हैं। भले घर की बहू-बेटियाँ सुरक्षित नहीं। वे चाहे जिसके घर में घुसकर उनकी लाज लूट रहे हैं। ठाकरां, आज की रात कालरात्रि है।''

वह कुछ ठहर गयी। उसकी आँखों से आँसू ढुलक पड़े। उन्हें दोनों हाथों से पोंछकर उसने कहा–

''वे जिन-जिन घरों में ठहरे हैं मैंने उनपर चिह्न कर दिया है। गलियों में सन्नाटा छा रहा है। जो लोग नगर में बचे हैं वे सब लोग चुपचाप द्वार बन्द किये हुए हैं। शेष घर छोड़कर भाग गये हैं।''

मुकुन्ददास की आँखों से आग निकल रही थी। उन्होंने कहा, ''माँ, तुमने बहुत काम किया, अब तुम थोड़ा विश्राम कर लो। आधी रात बीतने पर मेरा काम प्रारम्भ होगा।''

आधी रात होने पर मुकुन्ददास ने अपने सब साथियों को चुपचाप तैयार होने का आदेश दिया। वे स्वयं भी घोड़े पर सवार हो गये और सब धीरे-धीरे उस ऊबड़-खाबड़ पर्वत-पथ को पार करते हुए नगर की ओर चले। वह स्त्री भी उनके साथ थी। नगर में प्रवेश करते ही वह रुकी, उसने कहा, ''ठाकरां, कुछ और चीज़ तो नहीं चाहिए? यह मेरा घर है।''

''हाँ, माँ, हमें कुछ मज़बूत रस्सियाँ और सूखा फूस चाहिए।''

''फूस तो छप्पर से लेना होगा, रस्सियाँ मैं लाती हूँ। तुम सिपाहियों से कहो, वे छप्पर पर चढ़ जाएँ और उसे उधेड़ लें। कुछ चिन्ता नहीं, मैं गरीब तो हूँ, पर फिर बनवा लूँगी।''

वह बिना उत्तर की प्रतीक्षा किये घर के भीतर घुस गयी।

मुकुन्ददास ने सिपाहियों को घोड़ों से उतरने का आदेश दिया। वे स्वयं भी घोड़े से उतर पड़े। कुछ ही क्षणों में सबने अपने सिर के साफे खोल डाले और फूस के गट्ठे बाँध लिये। एक-एक रस्सी भी सबके हाथों में थी। उन्होंने जूते भी उतार दिये और निश्शंक नगर में घुस गये। वृद्धा को उन्होंने छुट्टी दी।

रात अन्धेरी थी। जिन घरों पर चिह्न थे उनके द्वारों को उन्होंने खूब कसकर रस्सी से बाँध दिया और उनपर सांकलें चढ़ा दीं ताकि कोई भी बाहर न निकल सके। इसके बाद थोड़ा-थोड़ा-सा फूस द्वार पर रख दिया। देखते-देखते समस्त चिह्नित द्वार रस्सियों से बाँध और फूस से ढांप दिये गये। फिर मुकुन्ददास ने

संकेत किया और एकबारगी ही समस्त फूस में आग लगा दी गयी। तदनन्तर सब राजपूत अपने-अपने घोड़ों पर सवार होकर अलग खड़े हो गये। सबने तलवारें सूंत ली। मुकुन्ददास ने गम्भीर स्वर में कहा, "वीरो, इन पतित हत्यारों में से एक भी न बचने पावे। जो बाहर निकले, उसीके दो टुकड़े कर दो। सावधान रहो।"

देखते ही देखते आग की लपटें प्रचण्ड हो गयीं। गली-कूचे धुएँ से भर गये। प्रथम धीमा और फिर प्रचण्ड चीत्कार उठ खड़ा हुआ। कुछ ही क्षण में सारा नगर धांय-धांय जलने लगा। फूस की आग से लकड़ी के पुराने विशाल दरवाज़े और दीवारें चर-चर करती जल उठीं। प्रति क्षण आग प्रचण्ड होती जाती थी और सब ओर दूर-दूर तक प्रकाश फैल रहा था, जिसमें राठौर वीरों की भयानक-काली मूर्तियाँ नंगी तलवार लिये चुपचाप खड़ी दिखलाई देती थीं।

मकानों से भयानक, करुण चीत्कार आ रहे थे। मनुष्य झुलस रहे थे और डकरा रहे थे। आग की लपटें आकाश को छू रही थीं, सिपाहियों के हृदय फटे पड़ते थे, परन्तु मुकुन्ददास हाथ में नंगी तलवार लिये चुपचाप पत्थर की मूर्ति की तरह अचल खड़े थे।

रात बीत गयी। सूर्य की सुनहरी किरणें उस भस्मीभूत नगर पर पड़कर एक और ही समाँ दिखा रही थीं। एक भी मुगल जीता न बचा था। मुकुन्ददास और उनके वे सिपाही वहाँ से चले गये थे और वह वृद्धा आँखें फाड़-फाड़कर उन जले कंकालों को देख रही थी, जिन्होंने कल ही अत्याचार और कत्ल के बाज़ार गर्म किये थे।

चोरी

(लास्य-रूपक : भाव-प्रदर्शन की सर्वश्रेष्ठ शैली पर रचित)

पहला दृश्य

(नव प्रणय)

"तो अब एक चुम्मा!" (ललचाहट से)

"नहीं, यह नहीं होगा।" (ललचाहट से)

"बस, एक!" (व्यग्रता से)

"नहीं-नहीं-नहीं।" (छिटककर)

"नहीं-नहीं-नहीं-नहीं!" (आतुरता से)

"मैंने तुमसे कह दिया है!" (कोप से)

"तो इसमें हर्ज तो बताओ?" (गम्भीरता से)

"बस, तुम यह बात ही न कहो!" (झुंझलाहट से)

"इसमें कुछ भी कष्ट न होगा।" (समझाने के ढंग से)

"हो या न हो।" (नाराज़ी से)

"समय भी कुछ न लगेगा।" (अनुनय से)

"लगे चाहे न लगे।" (लापरवाही से)

"तुम मेरी इतनी प्रार्थना भी नहीं मनोगी?" (विनय से)

"नहीं।" (हठ से)

"बड़ी निष्ठुर हो!" (हताश स्वर से)

"अच्छा, यों ही सही।" (मान से)

(क्षणिक स्तब्ध रहकर और घुटनों के बल बैठकर)

"देखो, एक! एक में क्या है? दूसरा माँगू तो...।" (बात कट गई)

"तो तुम मुझे खड़ी न रहने दोगे?" (क्रोध से)

"नहीं, नहीं, ऐसा न कहो। देखो...।" (आतुरता से)

"लो, मैं जाती हूँ।" (जाने का आयोजन)

(खड़े होकर)

"हाय! हाय!! बड़ी निष्ठुर हो, बड़ी बेपीर हो।" (सांस खींचकर)

(चलते-चलते खड़ी होकर, पीछे फिरकर रिस, प्रेम और किन्चित् हास्य से देखना)

"तो तुम तंग क्यों करते हो?" (व्याज कोप से)

"तुम मुझे मार डालो, ज़हर दे दो, छुरी घूंस दो, हाय!" (दुख और हताश भाव से)

(निकट आकर)

"लो, अब यों बकोगे, मानो कोई हँसी-खुशी की बात ही कहने को नहीं रह गयी।" (ताने से)

(सिसकारी)

"हाय! हाय!!" (विकलता से)

"यह लो बस, हाय-हाय, बात-बात में हाय-हाय।" (सहानुभूति से)

(सिर हिलाकर)

"हाय! हाय! ओफ्!" (मर्मव्यथा से)

"अजी, तो मैंने तुम्हें क्या कहा है?" (आश्वासन से)

"तुम मुझे नहीं चाहतीं? अच्छा, अब तुमसे मिलकर कष्ट न दूँगा।"

(दुख और क्षोभ से)

"हरे! हरे!! आप ही आप बिगड़ते हैं। आखिर कुछ बात भी हो?"

(नर्मी से)

(पल्ला पकड़कर)

"इतने नाराज़ क्यों हो गये?" (दीनता से)

"बस, छोड़ दो, क्यों झूठ-मूठ का प्यार दिखाती हो? मैं इस योग्य भी नहीं था। इतनी-सी प्रार्थना भी अस्वीकार। सिर्फ एक! ओफ् लो, मैं चला।"

(जाने का आयोजन)

(हाथ पकड़कर)

"तो ऐसी जल्दी क्या है? नहीं, वह नहीं, मैं, तुम्हारे हाथ जोड़ूँ—और जो कहो, सो करूँ, पर वह नहीं।" (कातरता से)

(हाथ छुड़ाकर)

"ओफ्! हाय! मैं चला।"

(प्रस्थान)

दूसरा दृश्य

(मित्र)

"हाय!"(दुःख से)

"क्यों, क्या हुआ?" (आश्चर्य से)

"ओफ्!" (गहरी सांस खींचकर)

"अरे मामला तो कहो?" (कौतुक से)

"निर्दयी है, निष्ठुर है।" (निराश स्वर में)

"कौन? कौन?" (जल्दी से)

"वही, हाय, वही।" (व्याकुलता से)

"क्या मार ही डाला?" (दिल्लगी से)

"ऐसा करती, तो अच्छा था।" (अनुताप से)

"तो अधमरा कर छोड़ा?" (ज़रा दिल्लगी से)

"अब बचूँगा नहीं।" (निराशा से)

"अच्छा, हुआ क्या? साफ तो कहो।" (सहानुभूति से)

"नहीं देती, निर्दयी नहीं देती।" (झुंझलाहट से)

"क्या? रुपया, पैसा, हाथी, घोड़ा?" (कौतूहल से)

"अरे एक चुम्मा, सिर्फ एक माँगा था।" (अनुराग से)

"सिर्फ एक?" (मजाक से)

"हाँ, तुम्हारी कसम।" (उतावली से)

"और नहीं दिया!" (नकली आश्चर्य से)

"बिलकुल नहीं, हाथ नहीं धरने दिया।" (निराशा से)

"यह तो बड़ी अद्भुत बात है! भला तुमने किस तरह माँगा था?"

(बनावटी गम्भीरता से)

"हर तरह, माँगकर, रिरियाकर, मिन्नत करके, समझाकर, रोकर, झींककर, पैर पकड़कर, नाक रगड़कर।" (उदासी से)

"अन्धेरे में या उजाले में?" (विनोद से)

"उजाले में। अन्धेरा होता, तो समझता पहचाना न होगा।" (उदासी से)

"हूँ।" (मग्न भाव से)

"अब उससे और क्या आशा करूँ?" (अफसोस से)

"हूँ।" (गम्भीरता से)

"हूँ क्या? क्या निराश हो बैठूँ? तुम कुछ मदद न करोगे?" (आशा से)

"वही तो, देखो, चुम्बन के दस हज़ार तरीके होते हैं।" (प्रौढ़ता से)

"दस हज़ार?" (आश्चर्य से)

"हाँ-हाँ, दस हज़ार, वह भी मोट लठ से। बारीक तो पचा़स हजार हैं।" (निश्चय से)

"प...चा...स...ह...ज़ा...र...??? वाह-वाह!! अरे तो बाबा, सौ-दो सौ तो मुझे बता–मैं तो यही दस-पाँच जानता था–उलट-पलटकर आजमा बैठा।" (उत्सुकता से)

"वही तो। अच्छा, तुम एक काम करो।" (गम्भीरता से)

"काम मैं पचास कर दूँ, पर तरकीब?" (उतावली से)

"ठहरो, तुम चुम्बन चुरा लो।" (स्थैर्य से)

"चुरा लूँ?" (आश्चर्य से)

"हाँ, चुरा लो।" (निश्चय से)

"चुम्बन?" (कुछ चकित भाव से)

"चुम्बन।" (दृढ़ता से)

"मैं!" (अचरज से)

"हाँ-हाँ, तुम।" (दृढ़ता से)

"सोते या जागते?" (जिज्ञासा से)

"जागते, सोते हुए चुम्बन की चोरी व्यर्थ है।" (समझाकर)

"सो कैसे दादा? यह चोरी-ठगी कैसे?" (घबराकर)

"ऐसे कि मौका पा, बत्ती बुझा, चुपके से अन्धेरे में दबोच लो और बस गड़प...।" (संकेत से)

“बाप रे, अन्धेरे में? और जो वह चिल्ला उठे?” (भय से)

“उसने क्या भाँग खायी है? बोलो, कर सकोगे?” (आशा से)

“मैं?” (घबराकर)

“और नहीं तो क्या मैं?” (व्यंग्य से)

“हाँ-हाँ, दादा, यह काम तो तुम्हीं कर दो।” (अनुरोध से)

“ऐं, मैं कर दूँ?” (आश्चर्य से)

“हाँ! हाँ! तुम्हारा गुन मानूँगा। देखो, तुम्हारे पैरों पड़ूँ।” (अनुनय से)

“अरे नहीं, नहीं, ऐसा नहीं।” (घबराकर)

“डरो नहीं दादा, मेरी सूरत बनाकर...।” (गम्भीरता से)

“पागल, यह भी कहीं होता है?” (लापरवाही से)

“तुम्हें मेरी कसम, मेरी जान की कसम।” (आग्रह से)

“पर यह तो असम्भव है!” (स्थिरता से)

“तुम मुझे मरा ही देखो, जो न जाओ।” (आग्रह से)

“पर यह होगा कैसे?” (चिन्ता से)

“जैसे बने।” (व्यग्रता से)

“मैं जाऊँ?” (सन्देह से)

“हाँ-हाँ भैया, मैं बड़े संकट में हूँ।” (अनुनय से)

“और तुम्हारा रूप धरकर?” (घबराहट से)

“हू-ब-हू, भगवान तुम्हारा भला करे।” (विनय से)

“और चुम्बन चुरा लूँ?” (कौतूहल से)

“बेखटके।” (उत्सुकता से)

“और तुम?” (सोचकर)

“मैं द्वार पर खड़ा रहूँगा।” (विनोद से)

“फिर?” (विस्मय से)

“फिर जब तुम चुराकर भागोगे—मैं रोशनी करके उसके सामने आ जाऊँगा।” (गर्व से)

“सामने जाकर क्या कहोगे?” (व्यंग्य से)

“हाँ, यह तुम बताओ, क्या कहूँ?” (गम्भीरता से)

“कहना, वह मैं ही था। कहो, कैसा छकाया?” (कुटिलता से)

“उसके बाद?” (जिज्ञासा से)

"उसके बाद वह स्वयं एक चुम्बन की प्रार्थना करेगी।" (गम्भीरता से)
"अच्छा, तब?" (घबराकर)
"तब तुम चुम्बन लेना।" (मुस्कराकर)

(हँसकर)

"यह मैं बखूबी कर सकूँगा।" (गर्वपूर्ण प्रसन्नता से)
"तो मैं जाऊँ?" (संकोच से)
"हाँ-हाँ, सामने ही कमरे में है।" (बेफिक्री से)
"पर भई...।" (संकल्प-विकल्प से)
"बस देखो, नखरे मत करो।" (उतावली से)
(बत्ती गुल, मित्र का लपकते हुए भीतर जाना)

तीसरा दृश्य

(युग्म)

"हाय-हाय! क्या वह तुम थे?" (अनुराग से)
"हाँ, हम थे।" (मूर्खता से)

(आगे बढ़कर)

"सच?" (मधुरता से)
"और नहीं क्या झूठ?" (अकड़कर)

(निकट आकर)

"बड़े बुरे हो।" (लालसा-भरे नेत्रों से)
"बुरे ही सही।" (गर्व से)

(और सटकर उन्मुख होकर)

"बड़े छलिया हो।" (हास्यपूर्ण होंठों से)
"छलिया ही सही।" (स्तब्ध भाव से)

(आलिंगन करके)

"प्यारे! अब ऐसा न करना!" (कम्पित होंठो से)
"ज़रूर करेंगे।" (दबंगता से)

(मुख के अत्यन्त निकट होंठ ले जाकर)

"देखें भला।" (नेत्रोन्मीलन)
"देख लेना।" (प्रसन्नता से फूलकर)

''नहीं-नहीं, प्यारे!'' (भावावेश में प्रलुप्त होकर)
''हाँ-हाँ, यही मजा है।'' (हँसकर)

(आँखें खोलकर)

''क्या फिर वैसा ही करोगे?'' (निराश भाव से)
''ज़रूर करेंगे!'' (दृढ़ता से)

(मुख से मुख मिलाकर)

''करो फिर?'' (नेत्रोन्मीलन)

(अति साधारण स्पष्ट चुम्बन)

''झूठे!'' (क्रोध से)
''सच्चे!'' (व्यंग्य से)
''दुष्ट!'' (धकेलकर)
''यह क्या? यह क्या?'' (घबराकर)
''तुम झूठे हो।'' (आपे से बाहर होकर)
''मैं!'' (आश्चर्य से)
''तुम नामर्द हो।'' (घृणा से)
''मैं?'' (रोते हुए स्वर में)
''हाँ, तुम...तुम...तुम!'' (सर्पिणी की भाँति फुफकारकर)
''मेरा क्या अपराध था। तुम्हीं ने कहा था।'' (अनुनय से)
''भागो यहाँ से कीड़े!'' (तिरस्कार से)
''इतना तिरस्कार न करो।'' (विनय से)

(पैर छूता है।)

(ठोकर मारकर)

''भागो, भागो, मुर्दार, कीड़े, भागो!'' (लानत के स्वर में)
''मुझे क्षमा करो!'' (कातर स्वर में)
''कोई है? इस आदमी को दूर करो।'' (तेज़ और गर्व से)

(प्रस्थान)

चौथा दृश्य

(दम्पति)

''तुम पूरे छलिया हो।'' (व्यंग्य से)

“प्यारी, भगवान ने भी बली को छला था और कृष्ण ने राधा को।” (प्यारी से)

“तुम मेरे भगवान और कृष्ण हो प्यारे!” (विभोर होकर)

“केवल उस छल के कारण?” (कौतूहल से)

“हाँ, वह छल न था, पुरुषत्व था।” (गम्भीरता से)

“सच? यह मैं नहीं जानता था। क्या चोरी-छल भी पुरुषत्व होता है?” (गम्भीरता से)

“हाँ, प्यारे, संसार में कुछ चीज़ें माँगकर मिल जाती हैं, कुछ मोल पर, कुछ छल-बल और लूट से मिलती हैं। उनका कोई मूल्य नहीं होता, न उन्हें माँगने वाले कीड़े पा सकते हैं—उन्हें वे ही वीर नर पाते हैं जो यथार्थ में पुरुष हैं।” (ओज से)

“और वे अनोखी वस्तुएँ क्या हैं?” (तीखे ढंग से)

“राज्य और प्यार।” (मुग्ध भाव से)

“प्रिये, मेरा अपराध न था, मेरे मित्र का अनुरोध था।”

(हँसकर)

“अपने उस स्त्रैण मित्र को बधाई दो—वह आ रहा है, वह जनखा।”

(तीव्र व्यंग्य से)

(मित्र का प्रवेश)

“तुम छलिया हो।” (क्रोध से)

“क्या सचमुच?” (हास्य से)

“तुम कुटिल हो।” (दाँत पीसकर)

“सचमुच।” (व्यंग्य से)

“तुम लम्पट हो!” (उबलते हुए)

“नहीं यार, तुम झूठ बोलते हो।” (लापरवाही से)

“मैं तुम्हें मार डालूँगा।” (क्रोध में होकर)

“नहीं, ऐसा न करना।” (व्यंग्य से)

(युवती आगे बढ़ती है।)

“तुम चाहते क्या हो?” (कठोरता से)

“मैं इसे मार डालूँगा।” (कठोरता से)

“किसलिए?” (व्यंग्य से)

“पीछे तुम्हें मालूम हो जाएगा।” (व्यंग्य से)

“सम्भव है, पीछे तुम्हें बोलने का अवसर न मिले।”

“हाय! क्या स्त्री जाति ऐसी है?” (वेदना से)

“कैसी है?” (ताने से)

“तुम मुझे क्या समझती थीं?” (क्रोध से)

“मर्द और मनुष्य।” (क्रोध से)

“क्या मैं मर्द और मनुष्य नहीं!” (भय से)

“नहीं, उस दिन मर्दानगी देखी, आज मनुष्यत्व! चलो प्यारे, इस अभागे को यहीं बिलबिलाने दो।”

(प्रस्थान)

जार की अन्त्येष्टि

अब से कुछ समय पहले तक एशिया भक्ष्य और यूरोप भक्षक था। जिस समय भारत को अंग्रेज़ों ने पदाक्रांत किया, उस समय एशिया के सभी मुस्लिम देश (अरब, तुर्किस्तान, ईरान, अफगानिस्तान आदि) जो दक्षिण-पश्चिम में फैले हुए हैं—निर्बल और अराजक थे। पूर्व की ओर के बौद्धराष्ट्र चीन, जापान, स्याम आदि प्रस्तुप्तावस्था में थे। दक्षिण की ओर के छोटे-छोटे देश और द्वीप फ्रांसीसी, डच और स्पेनिश लोगों ने हड़प लिये थे। उत्तर में उजाड़ साइबेरिया देश था, जो रूस का कालापानी था। ऐसी परिस्थिति में अंग्रेज़ों ने अपने साम्राज्य के कांजीहाउस में भारत-रूपी दुधारू गाय को बाँधकर मजे में दूध पीना शुरू किया। उस समय अंग्रेज़ों की यह धारणा भी नहीं थी कि यह सीधी-सादी गाय एशियाई राष्ट्रों के हरे-भरे चरागाहों में चरने के लिए कान-पूँछ हिलायेगी। इस परिस्थिति में उत्तर की ओर से पाँव फैलाने वाला रूस और दक्षिण की ओर से अपना सिर ऊँचा उठाने वाला इंग्लैंड—दोनों पहले-पहल प्रतिस्पर्द्धी हुए। इसके बाद चीन और जापान का युद्ध हुआ। यूरोपियन युद्धकला की सहायता से जापान विजयी हुआ; जिससे पूर्वी एशिया में एक हलचल उत्पन्न हो गयी और यूरोप को यह भय होने लगा कि अगर एशियाई राष्ट्र यूरोपियन युद्धकला सीख लेंगे तो जनसंख्या के बल से वे यूरोपियन राष्ट्रों को तहस-नहस कर डालेंगे। इसके दस वर्ष बाद जापान ने रूस को पछाड़कर इस भय को सत्य कर दिया। यूरोप को मालूम होने लगा कि एशिया के पूर्व में सूर्योदय हो गया है। जापान की इस विजय से 'गोरे राष्ट्र अजेय हैं' वह गर्व चकनाचूर हो गया। एशिया में हलचल मच गयी। जापान खम ठोककर यूरोपियन राष्ट्रों की पंक्ति में जा बैठा। स्याम अपना घर सुधारने लगा।

ईरान में शाह और जनता के बीच बखेड़े होने शुरू हो गये। टर्की में तरुण संघ स्थापित हो गया। इसके दस वर्ष बाद यूरोपियन महायुद्ध आ धमका।

पृथ्वी के नक्शे की ओर यदि हम देखें तो प्रतीत होगा कि एशिया और यूरोप मिलकर पश्चिम की देशान्तर रेखा के 20 अंश से पूर्व की ओर 190 अंश तक यानी 210 अंश लम्बाई का और दक्षिणोत्तर भूमध्य रेखा से उत्तर की ओर 70 अक्षांश चौड़ाई का एक प्रचंड भूमिखण्ड दिखाई पड़ता है। वास्तव में यूरोप अमेरिका, आस्ट्रेलिया और अफ्रीका के समान कोई अलग भूखण्ड नहीं, प्रत्युत एशिया ही का बढ़ा हुआ एक खण्ड है। जिस प्रकार एशिया के दक्षिण में अरब, भारत और मलाया समुद्र में घुसे हुए प्रायद्वीप हैं; वैसे ही पश्चिम की ओर यूरोप भी प्रायद्वीप है। एशिया, अफ्रीका, आस्ट्रेलिया और अमेरिका इन भूखण्डों में प्राचीन काल से मनुष्य की आबादी का पता चलता है; परन्तु यूरोप की आबादी ढाई-तीन हज़ार वर्ष से अधिक पुरानी नहीं है। उसका क्षेत्रफल भी एशिया के एक मामूली देश के बराबर है, परन्तु वह जल-प्रलय, भूडोल और ज्वालामुखी आदि भौतिक उत्पातों से बना और एशिया से पश्चिम की ओर गये हुए आर्य और तूरान आक्रमणकारियों से बसा हुआ है। इस नगण्य भूखण्ड में इतनी विचित्रता, इतनी उधेड़बुन और इतनी गड़बड़ एकत्र हो गयी है कि संसार के इतिहास के 10 में से 9 पृष्ठ इन्हीं से भर गये हैं। इस विचित्र देश के छोटे-छोटे राष्ट्रों ने पृथ्वी-भर के मनुष्यों के आधिभौतिक और आध्यात्मिक जीवन को पलट दिया है।

हिन्द महासागर के बहुत-से द्वीप अंग्रेज़ों के अधिकार में आ गये। वहाँ पर इन्होंने बहुत बड़े-बड़े कारखाने और खेती-बाड़ी फैला दी है। आस्ट्रेलिया और न्यूजीलैण्ड भी अंग्रेज़ों के डोमेनियन हैं। जर्मनी को पेट भरने के लिए कोई गुन्जाइश नहीं रह गयी थी। परिणाम यह हुआ कि महायुद्ध का सूत्रपात्र हुआ। इस महायुद्ध ने यूरोपियन राष्ट्रों के संघ के कंकाल को खोखला बना दिया। चूँकि इस युद्ध में इंग्लैण्ड और फ्रांस को एशिया से बहुत कुछ मदद मिलनी थी, इसलिए उससे मदद ली गयी। और एशियाटिक लोग यूरोपियन लोगों से कन्धे से कन्धा मिलाकर लड़े। इसका परिणाम यह हुआ कि लीग आफ नेशन्स में एशिया के राष्ट्रों की कुर्सी यूरोप के राष्ट्रों की कुर्सी के बराबर रख दी गयी। इस प्रकार चीन-जापान युद्ध और रूस-जापान युद्ध तथा गत यूरोपियन महायुद्ध, इन तीन सीढ़ियों पर चढ़कर एशिया यूरोप का मित्र बन बैठा और यूरोपियन राष्ट्रों की बराबरी करने लगा।

इससे एशिया खण्ड में नया युग शुरू हो गया। चूँकि यूरोप के बड़े-बड़े राष्ट्र कमजोर और छोटे-छोटे राष्ट्र आवारागर्द हो गये थे, इसलिए एशिया के नवजाग्रत् राष्ट्रों को सुगठित होने का बहुत मौका मिला। यूरोप के राष्ट्र अन्तःकलह में लगे हुए थे। इंग्लैण्ड ने सोवियत रूस के लिए यूरोप के फाटक बन्द कर दिये थे। इसपर रशियन कम्युनिस्ट लोगों ने भारतवर्ष और चीन में अंग्रेज़ों के विरुद्ध बलवे उभारने शुरू कर दिये। इंग्लैण्ड और फ्रांस ने जर्मनी की जलसेना के हाथ-पाँव काट डाले तो जर्मनी ने अपने हवाईजहाज़ों से आकाश को पाट दिया। अब रूस और जर्मनी ने सलाह करके ब्रिटिश साम्राज्य को चुनौती देने का इरादा कर लिया। जर्मनी ने अपने कार्य के विषय में और सोवियत रूस ने अपने मुक्त व्यापार के लिए तकाजे कर-करके इंग्लैण्ड, फ्रांस और इटली, इन तीनों दोस्तों के बीच में कलह की चिनगारी छोड़ दी। इस महायुद्ध से जर्मनी के सभी उपनिवेश छिन गये, इसलिए व्यापार के सिवा उनका कोई ध्येय नहीं रह गया। मुल्क-फतह करने का पुराना ढर्रा, मालूम होता है हमेशा के लिए गया। जिस प्रकार बवंडर से वायु शुद्ध होती है, उसी प्रकार इस महायुद्ध ने यूरोप और एशिया को सम-संयोग का रास्ता दिखला दिया है।

रूस की स्थिति बिलकुल ही निराली है। रूस लगभग तीन-चौथाई एशिया में है। इसलिए रूस के नवीन राष्ट्र ने अपने को एशियायी घोषित करके यूरोप को परेशान कर दिया है। इस समय आधे से अधिक एशिया का खण्ड रूस के हाथ में है। 'जार' के ज़माने में रूस की हालत बहुत बिगड़ी हुई थी, रूस का तमाम प्रांत उजाड़, दरिद्र और अराजक था; परन्तु बोल्शेविक क्रान्ति ने रूस में एक ऐसा नवीन जीवन उत्पन्न कर दिया, जिससे यूरोप के सारे राष्ट्र थर्रा उठे। उन्होंने अद्भुत कार्यों तथा शक्ति से लोगों को दिन-प्रतिदिन चकित करना शुरू कर दिया। वे लोग ईरान, अफगानिस्तान, भारत, चीन और तिब्बत में अपने हाथ-पाँव फैला रहे थे। उन्होंने अपनी रेलों का छोर पैसिफिक महासागर तक ला पहुँचाया। वे दक्षिण की ओर अफगानिस्तान और ईरान के किनारे-किनारे हिन्द महासागर के किनारे किसी बन्दरगाह पर पहुँचने की तैयारी कर रहे थे। सबसे बड़ी बात जो रूस ने की, वह धार्मिक सत्ता को राजनीति से दूर कर देने की है। अगर गौर से देखा जाए तो रूस की राज्यक्रान्ति एशिया के लिए एक अमर वरदान है!

भयानक सर्दी थी। सब तरफ बर्फ ही बर्फ नज़र आती थी। मास्को से

100 मील दूर एक गाँव के किनारे, सशस्त्र सैनिकों से घिरा हुआ एक दल आया और चुपचाप खड़ा हो गया। चाँदनी रात थी, और उस मीलों लम्बे-चौड़े मैदान में सफेद बर्फ चमक रही थी। लम्बे और ऊँचे-ऊँचे वृक्ष काले-काले बड़े सुहावने प्रतीत होते थे। कुल सैनिकों की संख्या 200 थी और जो सेना उन्हें घेरे हुए थी, यह अनुमानतः 1000 की होगी। सेना का अधिपति एक पुराना जनरल था। वह बूढ़ा आदमी था। वह अपना रोबीला चेहरा लिये, अकड़ा हुआ घोड़े पर सवार था। उसने चमड़े के दस्ताने पहने हुए घोड़े की रास खींची और सेना को पंक्तिवद्ध होकर खड़े होने की आज्ञा दी। प्रत्येक सैनिक पत्थर की मूर्ति के समान अचल था। उनकी बन्दूकों के कुन्दे चाँदनी में चमचमा रहे थे।

सेनानायक ने सैनिकों को व्यूहबद्ध करने के बाद कैदियों को एक दोहरी पंक्ति में खड़े होने की आज्ञा दी। कैदी भी सैनिक थे और वे सैनिक वर्दियाँ पहने हुए थे। सेनानायक ने कड़ककर आज्ञा दी, ''तुम लोगों को 'बोल्शेविक' होने के अपराध में अभी गोली मार दी जाएगी!''

प्रत्येक व्यक्ति निश्चल था। सेनापति की आज्ञा थी, किसीने विरोध नहीं किया। सेनापति की दूसरी आज्ञा थी, ''अपने-अपने पैरों के पास अपनी-अपनी कब्रें खोद लो!''

कैदियों ने कन्धों से कुदालियाँ उतारकर गढ़डे खोदने शुरू कर दिये। सैनिक चुपचाप यह सब दृश्य देख रहे थे। उस भयानक सर्दी में इतना कठिन परिश्रम करने से कैदियों के माथे से पसीना बह चला। जब कुल कब्रें खुद चुकीं तो सेनापति ने हुक्म दिया, ''हर कोई अपनी-अपनी वर्दी उतारकर रख दे, क्योंकि वे सरकारी सिपाहियों के काम आवेंगी। गोली लगने से वर्दियों में छेद होकर उनके खराब हो जाने का डर है।''

कैदियों ने चुपचाप अपनी वर्दियाँ उतारकर रख दीं। उनके सफेद शरीर शीशे की माफिक चमकने लगे। वे काँप रहे थे, किन्तु भय से नहीं, शीत से। सेनापति ने क्षण-भर उनका निरीक्षण किया और हुक्म दिया, ''तुममें से जो बोल्शेविक सिपाही न हो, वह इस पंक्ति से हटकर अपने घर चला जा सकता है, उसे मैं स्वतन्त्र करता हूँ।''

कैदियों ने अपने आसपास खड़े मित्रों और बाँधवों को नीरव दृष्टि से देखा। इनमें बहुत-से पिता-पुत्र, चाचा-भतीजे और सगे-सम्बन्धी थे। उसके बाद उन्होंने सामने सोते हुए गाँव की ओर दृष्टि डाली, जहाँ उनकी प्यारी पत्नियाँ और बच्चे

सो रहे थे और यह नहीं जानते थे कि उनके पतियों पर क्या बीत रही है। फिर उनकी दृष्टि मीलों तक लहराते हुए खेतों पर दौड़ गयी जिनको उन्होंने जोता और बोया था, और जो अब पककर खड़े थे। उनकी दृष्टि सब तरफ दौड़कर फिर एक-दूसरे को देखने लगी और ज़मीन में झुक गयी। सेनापति ने फिर पुकारा :

"क्या तुममें से कोई ऐसा नहीं है जो बोल्शेविक नहीं?"

कैदियों ने एकस्वर होकर जवाब दिया, "हम सभी लोग बोल्शेविक हैं।"

जनरल पूरी ऊँचाई से अपने घोड़े पर तनकर बैठ गया। उसने उन खुदी हुई कब्रों को, कैदियों के नंगे शरीरों को और फिर उस सन्नाटे की रात को एक बार आँख भरकर देखा। उसके बाद उसकी दृष्टि अपने सैनिकों पर घूमी। उसने सैनिकों को संकेत किया। सैकड़ों बन्दूकें एकसाथ गरज उठीं। उस चाँदनी रात में, उस भयानक शीत में खड़े हुए वे दो सौ नरवर, जिनके खून के फव्वारे बहने लगे थे, अपनी खोदी हुई कब्रों में झुक गये। सेनापति की आज्ञा से सेना ने आगे बढ़कर, उन्हें ठोकर मारकर कब्रों में ढकेल दिया और जल्दी-जल्दी उनपर मिट्टी डाल दी गयी। उनमें से बहुत-से लोग अभी जीवित थे, और जीवित ही ज़मीन में दफन कर दिये गये थे।

इसके कुछ ही दिन बाद तख्ता उलट चुका था। पेट्रोग्राड से दो हज़ार मील दूर साइबेरिया प्रदेश में टोबोलस्क में 22 अप्रैल, 1922 को लगभग दस बजे दिन को एक अद्भुत और वीर सरदार धीरे-धीरे घुसा। उसके साथ एक सौ पचास चुने हुए घुड़सवार थे। नगरवासियों ने देखकर परस्पर संकेत में बातें कीं, पर कौन और क्यों? इसका हाल कोई नहीं जानता था।

सवारों का यह दल सीधा नगर के प्रांत भाग में स्थित एक पुराने और विशाल मकान के खण्डहरों में घुस गया। सभी जानते थे, उस मकान में कुछ राजनीतिक अपराधी एक वर्ष से कैद हैं। परन्तु थोड़ी ही देर में नगरनिवासियों ने आश्चर्य से देखा, खुद जार और उसका परिवार बन्दी की भाँति उन सवारों से घिरा हुआ उस मकान से बाहर निकला और इकटेरिंगबर्ग गाँव की तरफ चल दिया।

सरदार का नाम वेसलीविच जेकोलिन था। वह सोवियत सरकार का प्रधान व्यक्ति था। जार कहाँ है, कैसा है इसके विषय में कोई नहीं जानता था। यह एक वर्ष से गुप्त कैद था। उस गुप्त कैद से उसे निकाल जेकोलिन ने उस गाँव में रख दिया। यह गाँव सोवियत दल का प्रधान अड्डा था। जार इस गाँव के

साधारण मकान में अपने परिवार तथा अन्य मनुष्यों सहित कैदी की तरह रहने लगे। इनपर ज्यूरोवस्की का पहरा था।

25 जुलाई की आधी रात का समय था। दो बजे ज्यूरोवस्की आया और उसने जार के दरवाज़े को खटखटाया। द्वार खुलने पर उसने जार को कपड़े पहन लेने का हुक्म दिया। इसके बाद जार को एक तहखाने में ले गये। उसकी स्त्री-बच्चे भी बुला लिया गये। उनके कमरे में कुल ग्यारह व्यक्ति ही गये—जार, जरीना, तेरह वर्ष का रोगी पुत्र, चार पुत्रियाँ, एक गृह-चिकित्सक, दासी, रसोइया और नौकर। इन ग्यारहों के पीछे ज्यूरोवस्की था और उसके पीछे बारह आदमी और थे। सभी चुप थे। ज्यूरोवस्की ने इन ग्यारह आदमियों के दो दल करके अपने सामने खड़ा किया। राजा, रानी और राजकुमारों के लिए कुर्सियाँ मँगायी गयी। खिड़कियों से पहरेदार लोग भयभीत मुद्रा से जो कुछ होने वाला था, देख रहे थे।

ज्यूरोवस्की ने कुछ भी शिष्टाचार न करके अपना ऑटोमैटिक पिस्तौल बाहर निकाला और जार को निशाना बनाकर दन से चला दिया। क्षण-भर में ही जार मरकर ज़मीन में लुढ़क गये। इसके दूसरे ही क्षण दस पिस्तौलों ने एकदम अग्नि-ज्वाला उगल दी। सभी बन्दी क्षण-भर में मार दिये गये। कमरे में पिस्तौलों की प्रलय-गर्जना और मरते हुओं की चीत्कार के बाद सन्नाटा छा गया। यह हृदयद्रावक और भयानक दृश्य देखकर सिपाही भी भयभीत हो गये। जार का छोटा पुत्र एलेक्स अपने माता-पिता के मृत शरीर पर गिरकर फूट-फूटकर रोने लगा। ज्यूरोवस्की ने तत्काल उसे दूर हटाया और गोली मार दी। गोली खाकर वह मरा नहीं, सिसकने लगा। ज्यूरोवस्की ने एक सिपाही को संकेत किया। उसने भारी-भारी पैर आगे बढ़ाये और अपनी संगीन उसके कोमल कलेजे में भोंक दी।

उस कमरे की दीवारें रक्त और माँस के छीछड़ों से भर गयी थीं। प्रातःकाल चादरें लायी गयीं; उनमें मुर्दे लपेटे गये और बाहर खड़ी मोटरलारी में डाल दिये गये। ये मुर्दे जंगल में ले जाये गये। वहाँ उन्हें जला दिया गया, जिससे उनके प्रेत का भी अस्तित्व न रहे।

इस प्रकार शताब्दियों का अत्याचारी सम्राट धूल में मिल गया और जनता ने उनकी मृत्यु को खून नहीं जन-कल्याण के साधक यज्ञ की आहुति बताया।

दलित कुसुम

शाइश्ता खाँ शाहजहाँ बादशाह का साला था और एक चतुर और उच्च अमीर था। उसकी स्त्री एक ईरानी अमीर की इकलौती बेटी थी। वह बड़ी सती, सच्चरित्र और पवित्रात्मा थी। जैसी अद्वितीय सुन्दरी थी वैसी ही अस्मत वाली भी थी। वह एक नयी उम्र की बड़ी नाज़ुक मिजाज, भावुक युवती थी।

शाहजहाँ की उसपर एक अमीर के यहाँ दावत में दृष्टि पड़ी। रिश्तेदार होने के कारण वह बादशाह के सामने आने को विवश की गयी थी। बूढ़े कामुक बादशाह ने अपनी बड़ी बेटी जहाँआरा के द्वारा उसे एक जियाफत देने रंगमहल में बुलवा लिया। बेगम जफरअली उसे फुसलाकर बादशाह के उस रहस्यपूर्ण कमरे में ले गयी, जिसमें अनगिनत सतियों का सतीत्व लूटा जा चुका था। भोली-भाली लड़की जैसे दाँव में फँस गयी और जब वहाँ उसने अपने को बादशाह के चंगुल में फँसकर असहायावस्था में पाया तो छूटने को बहुत हाथ-पैर मारे, बड़ी छटपटायी पर वह अपने को बचा न सकी। बादशाह ने उसका सतीत्व भंग कर दिया। फिर वह बहुत-सी भेंट और नजराने देकर वापस भेज दी गयी।

परन्तु मुगल राज्य में जिस प्रकार की अन्य अमीरों की औरतें होती थीं—वह वैसी न थी। उसने घर आकर सब हाल अपने पति से कह दिया और खाना-पीना तथा वस्त्र बदलना भी छोड़ दिया। इस घटना को पन्द्रह दिन बीत चुके थे। वह कुचली हुई फूलमाला की तरह बिस्तर पर पड़ी रहती थी। तमाम घर-भर में उदासी छायी हुई थी। प्रातःकाल का समय था। उसके नेत्रों में मरने का दृढ़ संकल्प था। उसके पलंग के पास उसका प्यारा पति बैठा था। दोनों खूब रो चुके थे। अब जिस प्रकार एक कठोर संकल्प करने का भाव उस सती के मुख पर था

उसी प्रकार बदला लेने का भाव उस युवक अमीर वीर के मुख पर भी था।

उसने कोमलता से पत्नी का हाथ अपने हाथ में थामकर कम्पित स्वर से कहा, ''प्यारी, अपना यह खौफनाक इरादा छोड़ दो; जीती रहो—मेरी नज़र में तुम पाक-साफ हो! मैं उस जालिम बादशाह से ऐसा बदला लूँगा कि दुनिया देखेगी!'' बात पूरी करते-करते उसकी आँखों से आग निकलने लगी और काँपने लगा।

बेगम ने पति का हाथ दोनों हाथों में लेकर अपनी छाती पर रखा। वह कुछ देर चुपचाप आँखें बन्द किये पड़ी रही। फिर अपने क्षीण स्वर में कहा, ''मेरे प्यारे शौहर, इतने ही दिनों में मैंने तुमसे वह प्यार पाया कि ज़िन्दगी का सब लुत्फ उठा लिया। अब मेरी ज़िन्दगी में किरकिरी मिल गयी। मैं नापाक कर दी गयी। अब मैं तुम्हारे लायक न रही। प्यारे, मेरे जिस जिस्म को उस नापाक कुत्ते ने छुआ है, मैं उसमें न रहूँगी। और ताकयामत तुम्हारा इन्तज़ार करूँगी!''

''मगर प्यारी बेगम, मैं तुम्हारे बिना कैसे दुनिया में ज़िन्दा रहूँगा? मेरी ज़िन्दगी तुम हो, मेरी आँखों में सिर्फ तुम्हारी रोशनी है! तुम्हारे बिना दुनिया में मेरा कोई नहीं है।''

युवती की आँखों से आँसू ढरकने लगे। उसने पति के हाथों को प्यार से चूमकर कहा, ''रहना पड़ेगा मेरे मालिक; मैं ज़िन्दा नहीं रह सकती, मैं आबोदाना नहीं ले सकती; आह! उस जालिम ने न मालूम मुझ जैसी कितनी बेबस-कमजोर औरतों को बर्बाद किया होगा। मुमकिन है वे सब अस्मतफरोश न हों, लेकिन इस मुगल सल्तनत में एक भी ऐसा बहादुर आदमी नहीं जो हम बेबसों को उस जालिम भेड़िये से बचाये? मेरे प्यारे मालिक, तुम वादा करो कि बदला लोगे।''

''मैं वादा करता हूँ प्यारी, कि जब तक मैं तुम्हारी बेहुर्मती का बदला न ले लूँगा चैन से न बैठूँगा। परवाह नहीं, चाहे जान भी चली जाये।''

''तो प्यारे, फिर मैं बड़ी खुशी से मर सकती हूँ। इसका मुझे बड़ा फख्र है।''

''मगर मेरी प्यारी बेगम, तुम अपने इस इरादे को बदल दो, ख़ुदा के लिए मुझपर रहम करो; मैं तुम्हें उसी तरह आँखों की पुतली बनाकर रखूँगा।''

''नहीं प्यारे, मेरी गैरत यह इजाज़त नहीं देती; इस तरह जलील होकर मैं किस तरह ज़िन्दा रह सकती हूँ! नहीं, नहीं, किसी भी तरह नहीं मालिक। एक मर्द की तरह तुम मुझे विदा करना—हम फिर मिलेंगे—और वैसे ही पाक-साफ जैसे उस दिन थे जबकि हम पहली बार मिले थे!'' इतना कहते-कहते, उस बेगम

की आँखों से आँसुओं की धार बहने लगी। उसकी सांस ज़ोर-ज़ोर से चलने लगी, और उसका सारा शरीर थर-थर कांपने लगा।

कुछ सुस्ताकर उसने कहा, ''प्यारे, तुम्हें वह दिन याद है जब मैंने अपने मेहन्दी से रंगे हाथ तुम्हारे सुपुर्द किये थे, तुम्हें अपना बनाया था और तुमने मुझे अपनाकर निहाल किया था। हम लोग कितना हँसते थे, दुनिया कितनी मीठी लगती थी, दिन कैसे सुहावने थे, सूरज कैसा चमकता था, कोयल कैसी कूकती थी, रात कैसे हँसा करती थी, चाँद दूध बखेरकर दुनिया को कैसा बना देता था। हम लोग बातें करते थे, हँसते थे, रूठते थे, प्यार करते थे, लड़ते थे, फिर एक हो जाते थे। आह! इतनी जल्दी वे सब दिन खत्म हो गये!''

शाइश्ता खाँ ने उन्मत्त की तरह अपनी पत्नी को छाती से लगाकर कहा, ''नहीं-नहीं, प्यारी, यह दुनिया वैसी ही है! देखो बाहर सूरज है, चाँद है, फूल हैं, उनमें खुशबू है। प्यारी, यह दुनिया वैसी ही मीठी है। आओ, एक बार हम फिर उसी तरह हँसें, लड़ें, रूठें और प्यार करें।''

उसने विह्वल होकर मुमूर्षु पत्नी के अनगिनत चुम्बन ले डाले। फिर वह उसकी छाती पर सिर रखकर फफक-फफककर रोने लगा।

बेगम भी रो रही थी। कुछ देर रो लेने पर जब जी हल्का हो गया तो शाइश्ता खाँ ने कहा, ''तो प्यारी, कह दो कि हम लोग जियेंगे।''

''नहीं प्यारे, हमारी ज़िन्दगी में कीड़ा लग गया। अब हम उस तरह नहीं जी सकते। औरत की ज़िन्दगी उसकी अस्मत है; वह गयी तो ज़िन्दगी भी गयी! मेरे प्यारे शौहर, मुझे जाना होगा—मुझे मरना होगा। मगर ओफ, यह कभी न सोचा था कि इतनी जल्द। ओफ! ओफ!''

❑❑❑

www.ingramcontent.com/pod-product-compliance
Ingram Content Group UK Ltd.
Pitfield, Milton Keynes, MK11 3LW, UK
UKHW042019190726
13854UKWH00005B/2364